万物有爱

赵锋 著

WANWU YOUAI

天津出版传媒集团
百花文艺出版社

图书在版编目（CIP）数据

万物有爱 / 赵锋著. -- 天津 : 百花文艺出版社，2023.1
ISBN 978-7-5306-8431-3

Ⅰ. ①万… Ⅱ. ①赵… Ⅲ. ①散文集—中国—当代 Ⅳ. ① I267

中国版本图书馆 CIP 数据核字（2022）第 202672 号

万物有爱
WANWU YOUAI
赵锋 著

出 版 人：薛印胜　**责任编辑：**张 雪
特约编辑：刘 晓　**封面设计：**谢蔓玉
出版发行：百花文艺出版社
地址：天津市和平区西康路 35 号　**邮编：**300051
电话传真：+86-22-23332651（发行部）
+86-22-23332656（总编室）
+86-22-23332478（邮购部）
网址：http://www.baihuawenyi.com
印刷：三河市元兴印务有限公司
开本：660×960 毫米 1/16
字数：240 千字
印张：18.75
版次：2023 年 1 月第 1 版
印次：2023 年 1 月第 1 次印刷
定价：69.80 元

如有印装质量问题，请与三河市元兴印务有限公司联系调换
地址：河北省廊坊市三河市黄土庄镇尚庄子村
电话：0316-3180002
邮编：065200

万物有爱

万物有灵

我想把文字变成一道光

将故乡的苍茫大地

山河岁月照亮

张静

序｜在爱与时间的深处

《万物有爱》是赵锋近两年散文创作的精粹集结。书中所记皆是作家熟悉的生活，写人与土地的关系、人与生活的关系、人与万物的关系，是对荏苒光阴的凝望与回眸，也是对旧日时光的追忆和提炼，更是对自我生命旅程的深度追寻。

读了赵锋的文字，我才知道，多年来我一直生活的北京，饮食洗涤所用的自来水竟然是来自赵锋的故乡——湖北郧阳。那里是南水北调的中线核心水源区，为了一江清水永续北送，那里的人民做出了巨大的牺牲，有关停企业、远迁他乡的居民，还有依旧临水而居却要面对十年禁渔限制的人们……常年生活于汉江岸边、武当山脚下的赵锋，用文字记录下了水岸边的人和事，描绘了一个又一个生态美、环境美、生活美的鄂西北自然生态画卷，他以爱为背景，展示了一屋一物一山水，一村一落一风景，那些人与人、人与自然、自然与万物之间的依存和关照，如流水般跃然而出。

作者情感真挚，每篇文章都来自真实的心路历程和情感体验，他写熟悉的人和事，熟悉的自然万物，他叙述的方式是娓娓道来，保持沉静内敛的风度和舒缓自如的节奏，文字细腻绵密，情意绵绵漫长，质朴但有撼动人心的力度，显示出作者不俗的语言功力和情感掌控力。

作品中对于日常小人物和自然万物的关注和描写，我尤为喜欢。《温暖的巢》写出了一名父亲对自然和鸟的关爱，但同时也揭示了一名老人晚年的孤独和落寞；《爱情自留地》记叙了一位中年男人对爱情的渴望，他在现实中遭遇的尴尬和坎坷令人唏嘘；《小美》一文描写了远离故乡寻梦的女孩悲剧的一生，她一直都生活在流言蜚语之中，死在归乡的列车之上，但她为爱付出的一切却感天动地；《奔跑在黑夜里的爱》中那个为了爱一直奔跑在黑夜里的男人，当读到他在午夜的山梁上用木柴码成“小艾，我爱你”时，这个从未谋面的人物形象分明真切地出现在我眼前，如一个大写的惊叹号，在黑暗中坚守一份孤独的执着。《魔芋的魔力》围绕对魔芋这种植物的描述，揭示了亲人之间微妙的爱；《小院时光》讲述了关于一曲在老家小院里哼唱的歌谣的故事，那些旧日的家常成为萦绕于心的熟悉曲调；《寂静的衰老》是仿佛面对夕阳的挽歌，把对时光的追忆和崇敬，以及对岁月的眷恋和无奈准确而真实地表现了出来。

赵锋从事宣传工作多年，有丰富的媒体采访经验，从故乡到他乡，从青涩少年到人至中年，赵锋一直希望通过书写故乡、书写小人物来书写他眼中的人世间。他很愿意走向乡村，通过田野式的调查，用文学的方式来展示原生态的乡村印象。他写春爷、六爹、里根、任翠花等这些小人物，通过他们的命运去记录艰难而微弱的生活、朴素而真挚的情感，感受乡村背景下普通人的生活和命运。书中《温暖的庄稼地》《不能忘却的稻田》《飘逝在村庄里的雪》《芍药花开》《小院时光》《动人心弦冻青沟》等文章，作者用属于他自己的视角、体验和思考，沉浸在对故乡人与自然的怀念里，行文自然，语感清新，字里行间涌动着质朴、厚实之风。正如他在自己的创作谈中说的：“故乡那些人和事，记忆里的童年，你以为它们已经在远离你，其实在每个人的心里从未远离，一直藏在你的某个隐秘之地。总会有一道光在某一瞬间将它们照亮。我想用一道光把属于村庄，属于记忆中的山河照亮。”

赵锋的散文笔法不是简单的平铺直叙式记录，他常常用小说般的技术描绘出一个个故事画面。赵锋业余还擅长摄影，善于观察和捕捉，这对于他的文学创作提供了多种视角，不难理解他的文字在散文意境美的同时，又强调画面感。另外，对于场景关系、视角方位把握亦可谓精准。多篇作品汇集起来，就是一幅鄂西北乡村生活的移动画卷。

通读他的散文集，可以看到，流淌在字里行间的他对故土、乡情的怀念和挚爱，以及对自然万物的关注和关照，他的散文既有对现实的观照，又有精神的引领追寻；同时又对人性美有着终极的追求。在丰饶的生命体验中表达自己的情感，又在深邃的精神世界里叩问灵魂，展示着自己的精神向度和审美倾向。

读赵锋的文字，我仿佛听到来自南水北调中线水源地清亮的歌唱，如同这甘甜清冽的汉江水。他所抒写的对象都是充满人间烟火气的小人物，语言也不铺张华丽。简练、真实、准确，这对一个作家来说既是基本功，也是巨大考验。做到这些并不容易。从这一点上说，赵锋是有理由自豪的。

在生活的日常里，在自然万物面前，在爱与时间的深处，怀揣一颗善良、感恩、虔诚的心，就能找到属于自己的一方天地，那里盛满了爱与安宁。

张子影

2022 年 7 月于北京

张子影，著名军旅作家。中国作家协会会员，中国报告文学学会副秘书长、理事兼办公室主任。巴金文学院终身签约作家。毕业于空军导弹学院、解放军艺术学院，鲁迅文学院第 24 届高研班学员。已出版长篇文学作品《试飞英雄》《女兵一号》《洪学智》（上中下）、《飞机楼》《烽火狼娃》《我的兄弟我的马》等多部作品；她的作品荣获中共中央宣传部“五个一工程”奖、曹禺戏剧文学奖、中华优秀出版物奖、中国人民解放军文艺奖、徐迟报告文学奖、冰心散文奖、全军文艺新作品一、二等奖、空军蓝天文艺银翼奖、巴金文学奖等多种奖项。部分作品曾获得国家出版基金，入选中共中央宣传部重点主题出版、国家新闻出版署向全国青少年推荐的百种优秀出版物、“2017中国好书”年度榜等榜单。

目录

第一辑 爱在人间

第二辑
有多少爱可以重来

第三辑
爱是你我

第四辑
万物有爱

第一辑

爱在人间

万物生灵，正是源于
人与自然最本真的心灵密码。
我们不在父母身边时，这些鸟儿
目睹着父母站在院落里
张望着我们的每一个日子。

温暖的巢

父亲退休后就执意住在老家，他把老家的院落打理得井井有条。门前和屋后都有很大的院落，他在院子里栽树种花，还种了不少蔬菜。周末，我们总会抽空回去看看他，看看这熟悉的院落。

一天，院子门口的金弹子树上，鸟儿总是绕着树飞来飞去，始终不肯离开。我不明白是怎么回事，父亲说："树上有它的窝，还有它的孩子。"我悄悄走近看，果然看到窝里有几只刚刚出生的雏鸟，仔细观察，原来在树枝叶蔓的遮掩下有一个搭建得很精致的巢。巢就建在树中间，并不容易发现，是个很安全的地方。

我再凑近了看，巢里还有几只刚刚破壳而出的雏鸟，它们仰起头，张开嘴，像是在等待觅食归来的妈妈。父亲在一旁说："鸟儿很聪明，它们把窝造得很结实，而且巧妙，下雨时也淋不着雨。"父亲说这话，像是在表扬村里某个孩子。不一会儿，鸟妈妈从外面归来了，停在院子的围墙上，父亲示意我离开鸟巢，鸟妈妈果然快速地飞回到鸟巢，把食物迅速地送到雏鸟的嘴里。鸟妈妈每隔一段时间都会飞到院子的围墙上驻足，父亲说："它这是飞回来看看小鸟是不是安全的。"

父亲对门前树上的鸟儿的生活习性了如指掌，树上的鸟儿让我想到了眼前我们的家。

每一次回老家都越来越感觉到故乡对于一个人的重要性和影响力，

它时不时从心底泛起，你总会由眼前的一些人和事想起故乡的某些人和事，会与从前或者儿时某个瞬间重叠，仿佛它们之间存在着某种密码和关联。它们甚至在某个瞬间将记忆照亮。你常常也为此感到欣慰。

过春节，挂灯笼，父亲帮着我扶梯子，爬上梯子，才发现原本灯笼插座的位置被燕子的巢占了。我低头问父亲：“有鸟巢，怎么办？”父亲慌张地说：“千万别拆掉了，从旁边打掉一点儿，能插上插头就行。屋檐下的巢是燕子春天归来时的家，倘若把巢毁了，燕子就找不到自己的家。”

父亲退休后，在院子里种了不少四季常青的树，门前的院子里鸟儿更是经常光顾，鸟儿成了他朝夕相处的伙伴。每天清晨一声鸟叫唤醒父亲，每到黄昏鸟儿又挥动着翅膀欣喜地归来。它们在屋檐下，在树丛最深处筑巢生活。燕子每天飞去飞回，它们春风般地陪伴着父亲。

每一次从城里回家，坐在门前的院子里，都要看看那棵金弹子树上那个巢是否还在？是否完好？听到院子上空鸟儿呢喃，一股暖流涌上心头。

我心想，这世间万物皆有联系，人与自然密不可分。我们都生活在这样的大家庭里，在四季轮回中彼此守望，彼此生活。

这巢之于这些鸟儿，如同这小院之于我们。有巢有家，才有爱有温暖。

我常常在想，万物生灵，父亲这么关爱这些鸟儿正是源于人与自然最本真的心灵密码。我们陪伴在父母身边时，父母有我们；我们没在身边时，有这些鸟儿飞翔在这座院落，它们让这个院落充满了生机和希望。它们目睹着春去春又来；目睹着父母一天天地老去；目睹着父母站在院落里张望着我们的每一个日子。

老家后院　赵锋 / 摄　2022 年 . 赵庄

爱情自留地

爱情有时就像村里人种庄稼一样。到了季节，就该播种了，然后精心呵护，培育，最后收获。反之亦然。

但有时也会出现意外。比如村里的张孝奎和刘茂金。不知是错过了季节忘了播种，还是没有把握好时机，或是命运的捉弄。总之，他们俩在爱情的自留地里颗粒无收。他们的内心一定埋怨过自己的这片庄稼地里为什么就结不出他们想要的果实呢？也许他们努力过，耕耘过。

张孝奎生于20世纪60年代。他们的家住在村东的山梁上。与村中央还有一段距离。就是这样一段距离，后来成了他责怪父母的理由。许多年后，当他一直没有收获爱情时，张孝奎无比坚定地责怪已经年迈的双亲，说：“你们当年怎么就不会把房子往村中央盖一点。要不，我也不会落到这种田地。”那时张孝奎已近四十岁了。他也曾做过很大的努力，但最终都徒劳无功。他把自己感情生活的不如意完全归结于自家房子的位置，企图以此来掩盖自身的不足。

小时候，张孝奎生得英俊，个子又高。在学校里，他学习很好，一度被称为村里孩子的榜样。对此，村里人曾自信地预言，他将来一定会有出息。不过，后来发生的一切却打破了他们的预言。

张孝奎有一个哥哥，那年他的哥哥迎娶了漂亮、强悍的媳妇。这本来是一件可喜可贺的事。刚过门的嫂子不仅身体强健，性格也一点都不示弱。久而久之，她和性格耿直的小叔子合不来了。在嫂子看来，小叔子上学给家里带来了巨大的负担。可是又碍于村里人的说法。嫂子就一直忍气吞声。一次，张孝奎星期天在家看书。他的嫂子非常气愤地冲了进来，夺下他手里的书，就往屋外走，边走边骂："我叫你看！我们忙得要命，你在这儿清静。"边骂边将书扔进了门前的猪圈里。张孝奎还没来得及去拦，书已经浸泡在猪圈里的粪水中。眼睁睁地看着这些，张孝奎勃然大怒，他冲上前与嫂子争辩，他嫂子哪儿有耐心与他争辩，冲过来，就给了他一个耳光。气急败坏的张孝奎再也忍不住了。他开始和嫂子撕打起来。他嫂子哪儿能承受得了这些啊！不容分说地抄起靠在门边的扁担，照着张孝奎劈头盖脸地砍过去。张孝奎见势急忙躲闪。可他刚躲过第一扁担，这第二扁担又接踵而来，这一下正好砍在了他的耳根处。他连忙捂住了头部。接下来扁担就落在了他的身上，腰上，腿上……

那次被打之后，他的耳朵不断地化脓，直到最后他几近失聪。学当然是不能再上了。辍学之后，他便开始在生产队里劳动。可是文文弱弱的他根本适应不了生产队的劳动量。因为耳朵不好，又常常在劳动过程中出差错。为此，老队长都和他吵了好几回了！也因为这些，村里干活儿时没人想和他搭班。都嫌他干活儿慢。和他一起干活儿，只会吃亏。

他渐渐地在村里受到冷落。村里人也不像以前那样夸他了。相反，老人们常常用他当例子，教育自己的孩子："要么你就好好学习，读书，吃文化饭；要么你就给我好好把身体锻炼好，将来回来种地也有个底子。不要像张孝奎一样。书也没读出个啥名堂，还把身体搞坏了。种个地都种不好。"正是老人们的这种目光促使村里的孩子们也在他面前肆无忌惮地起哄，甚至公开戏弄他。他最初对此很愤怒，努力地阻挡，但禁不住孩子们的死皮赖脸。他渐渐地也不再反抗了。他心里明白，村里也只剩下这些孩子们喜欢和他玩了！他若抛弃这些孩子，将失去整个村庄。

一晃张孝奎已二十多岁了，是该找媳妇的年龄了。可是他这样的情况却无人问津。青春的萌动，屡屡努力却屡屡失败，这让他既沮丧又着急。

那一段不为人知的心路历程一定伴随着他度过了一个又一个寂寞夜晚。他总是期待下一刻出现奇迹，却一次次在等待中走向幻灭。最终，一切的渴盼成为一个又一个自欺欺人的幌子。

渐渐地，他连他们家的庄稼地也懒得去了。分家后，他和年迈的父母一起生活。年迈的父母为家境的捉襟见肘而内疚不已。觉得儿子没能娶上媳妇，他们罪责难逃。所以见到儿子现在这样，他们只是默默落泪，却从不责怪。谁知正是这样善意的理解和顺从助长了他的懒惰。

双亲过世后，他许久未去的庄稼地里长出了齐胸的荒草。与他的庄稼地同样荒芜的还有他的爱情。如果没有他渴望的奇迹出现的话。今生今世，他的爱情或许将一直荒芜下去。

村里与张孝奎一样把爱情荒芜了的是刘茂金。

刘茂金大字不识一个，如果后来没有那次“偷袭庆宝媳妇”的事件，也许他活得比张孝奎漂亮多了。他曾经有一个貌美的妻子，可惜英年早逝。自此他带着儿子与老母亲相依为命。虽然失去了貌美的妻子，他却依然保持着从前的做派。他俨然像从前一样居家过日子、种庄稼、养猪喂鸡，仿佛他的妻子根本就没有离开一样。

即便如此，他依然逃脱不了爱情的诱惑。一次，在村里庆宝家的菜园里，他替体弱的庆宝媳妇挖地。一直到黄昏时分，他趁着暮色正准备“偷袭”走在前面的庆宝媳妇，原本体弱胆小的庆宝媳妇吓得大声呼救，弃锄而去，引来的却是庆宝邻居的围追。其实他倾慕庆宝媳妇已经很多年了，一直将这种感情藏在心里。当他想把它化为实际时，竟然是一次“作茧自缚”！一时的冲动竟然将坚守多年的清白瞬间化为乌有。自此，他让村里人抓住了把柄，此后多年成了村里人们茶余饭后的谈资。这样的“前科”让他在此后的岁月里，一次又一次地与爱情擦肩而过。他已无力挽留住自己的爱情。

不管是现实的捉弄，还是命运的安排。他们面对爱情时的无可奈何是几近相似。与爱神失之交臂，他们只好在自己的爱情自留地里这么蹉跎下去了！

歌声荡漾的井

一

秋天的时候，老队长的儿子友道在没有征兆的情况下，跳进了村头的那口井。他巨大的身躯将整个水井都快填满了。他是个瘸子，并没有能在家人追赶不上的情况下跳进离家不远的井的能力。这说明他跳井是蓄谋已久的，而且他没打算让家人知晓，更没想到此事对他家庭的影响。他是村里还跟小孩玩的大人，那年他已经快二十岁了。

跳井的消息很快就在村里传开。荣爷第一个上前把他巨大的身子从井里拽出来。荣爷说："你这个娃子，好好的，跳什么井？你爹晓得了，还不揍你？"友道听到荣爷的训斥，恼火极了，大声吼道："再提我爹，我就再跳下去。"他挣扎着要再站起身，却动弹不了，只得作罢。不一会儿，周围都围满了人。大家都议论纷纷，有人说："友道有啥事想不开，小小年纪就跳井？"也有人说："是不是老队长骂他了？"友道此刻仍然躺在地上不起来。

正当大伙七嘴八舌时，老队长赶来了，人还没到，就听到责骂声："我看这个娃子是想造反了！"友道听到老队长的声音，也更加挣扎，周围的人想扶他坐起来，他却越发使劲，手脚并用，乱踢乱抓。老队长闯过人群，站在友道跟前，厉声喝道："快给老子站起来！"友道并没有停止下来，继续乱踢乱抓。老队长的脸越发阴沉了。只见他一个箭步跨到友道的肩膀旁边，顺手提住友道右臂，将友道从地上抓了起来。老队长是个大个子，力大无比，边抓边说：“跟老子回去，再收拾你。”然后扭过头对着人群大声说：“都回去吧！”

老队长领着友道回去后，还要再揍他。友道妈上前拦住，友道并不躲闪，嘴里念叨：“你再打我，我还去跳井！”老队长见状，更加愤怒了，举起手掌还要打，友道妈挡在中间说：“你再打他，我也跟他一起跳。”老队长这才住手。友道妈迅速给他找来干净衣服，让他换上。

老队长后来跟友道说：“以后不准你去井边玩儿。”友道噘着嘴说：“全村人都在那里玩儿，凭啥不让我去？”老队长说：“谁让你跳井的！”友道回道：“大不了，我不再跳了。”

秋天的清晨，天气微凉，满山的树叶已经开始变黄，稻田里的谷粒饱满。丰收的景象就在眼前了。老队长清晨就在村部门前高声组织大伙下地收割。老队长一言九鼎，没有人敢反抗。谁都没想到首先挑战他的是他的儿子友道。老队长家大口阔，友道是他最小的儿子。友道生得天庭饱满，浓眉大眼，是兄妹中长得最像老队长的。唯一的遗憾就是天生的跛足。小时候，全家都宠着友道，他是一家人的心肝宝贝。他慢慢长大，比同龄人长得更高、更快，而且脑子灵活，主意多。到了上学的年龄，友道要去上学了，但他因跛足总被人捉弄。他永远追赶不上捉弄他的那些孩子。尽管他身强体壮，但也无能为力，他总是跑不过别人。友道为此而愤怒和沮丧，可是他没有更好的办法来杜绝这些事情的发生。他也有几个要好的伙伴，但是这些伙伴并不能保证时时刻刻都跟随他左右。有一年，一个邻村的男生当着他面叫嚣道：“你不就是仗着你爹是村支书嘛！你一个瘸子，将来能干什么？”上学路上，友道总是提前上路，仍然常常迟到，学习成绩也总是跟不上。坚持了三年，友道实在坚持不下去了。起初老队长并不答应，赶着友道去学校。可是友道却常常逃课，久而久之，还不如不去了。渐渐地家人也就顺着他了。从此，他开始了在村里漫无目的的生活。

越来越闲散的生活并没有满足友道的要求。行动上的不便，阻挡不住他欲望的脚步。春天，村庄里开满了鲜花，他带着伙伴们在山坡的花丛间玩耍。他们相互追赶，友道坐在草地上看着伙伴们从他眼前呼啸而过，仿佛一只只自由飞舞的蝴蝶。友道羡慕地看着他们，他向往其他孩子，希望自己也能在花丛间自由地奔跑，但他却无能为力。平淡如水的日子每天都在继续，就像离家不远处那口井里的水一样。友道有限的活动空间就是他家门前的院子，以及离家不远的那口井。因为村里的人挑水、洗衣、洗菜、洗澡等都要来这里，老人、妇女、小孩和年轻人都会来这里洗手洗脸，一些年轻的壮汉还会趴在井口下方在小水潭里喝水。这口井是古井，井水冬暖夏凉，甘甜、清冽。正是因为如此，村里人的不管跑多远的路，都愿意不辞辛苦地来这口井挑水、淘菜。尤其到了夏天，井边是最热闹的，男人挑水回家，女人在井边洗衣服、淘菜，小孩子却在井边的桑树上摘桑葚、玩耍，井边热闹极了。

男人和女人相互打情骂俏。半大的孩子似懂非懂地看着大人们，并不能真正理解其中的含义。老队长经过井边时，会冲着半大的孩子们说：“你们赶快长大，好让你们娘给你们娶个媳妇。”

女人们都对老队长说：“老队长，有您这样教孩子的吗？还当村书记呢？就是娶，也让你们友道先娶个媳妇。”

女人们说这话并不脸红，脸红的是那些半大的孩子。这些孩子说长大就长大了，像春天山坡上的竹笋，一夜之间就能蹿起来了。

傍晚过后，等人群散去时，村里的年轻姑娘相约来到井边梳洗打扮。有的洗脸，有的洗头，有的偷偷把毛巾伸进前胸后背搓几下，生怕有男人经过。姑娘们都彼此相互盯着附近的情况，有人经过时，姑娘们一定会大声咳嗽，彼此提醒。梳洗完毕，姑娘们就会坐在井边的柳树下闲聊。有时，一时兴起，她们一起坐在井边唱《十五的月亮》《军港的夜》《妈妈的吻》《牧羊曲》等。

等月亮爬上山头时，姑娘们才各自回家去。

二

那年，住在水井东头的荣爷托人给他在部队当兵的儿子志军提亲。女方是邻县的一户人家，荣爷心急，还没等志军从部队回来探亲，就让媒人去跟女方商量，说等志军从部队回来就上门提亲。志军此时已经在武警部队当上了班长，军事素质过硬，一身戎装让他显得越发挺拔。

志军回来探亲的当天，荣爷就让荣奶奶给儿子说相亲的事。谁料志军一听就火了，这么大的事都不和他商量一下就定下来了。志军当场就拒绝了荣爷的要求。荣爷更火，大声骂道："老子给你说媳妇还有错了？你出去打听一下，有几个像你这么大还没结婚的？"

"我的事不用您管。"志军把父亲的话怼了回去。

晚上，志军跟着荣奶奶一起去水井那挑水，荣奶奶心疼儿子，专门杀了只老母鸡拿到水井边拾掇。志军用水桶给母亲打水上来。荣奶奶见旁边并没有人，就跟志军商量他的婚事。荣奶奶说："你爹也是好意，你今年都二十四岁了，也应该成家了，过两年你退伍后恐怕就不好找了。跟你一起长大的多半都结婚了。这些你都得打算一下。"

志军跟母亲关系好，荣奶奶也是村里最贤惠的母亲。家里兄妹几个都比较听荣奶奶的话。

志军说："妈，您不必着急。我现在还在部队，找对象也不合适。我有我的打算。"

"那你怎么跟你爹交代？他都已经请人到对方定好日子了。我劝过他，他也不听。你总不能把你爹架在火上烤吧！"荣奶奶反问道。

志军从井边站起身来，低头看着井水，默不作声。

荣奶奶继续说："志军，还是按你爹的安排办，先见见对方，若实在不如你的意，我们再商量，总不能让你爹妈都下不来台。你还有两个弟弟呢，将来谁还敢给我们家说媒？”

志军一听母亲的口气，感觉这样的安排其实是她和爹一起做出的决定。

志军看着母亲满头的白发，内心充满了内疚。那年他去部队时，母亲的白发还很少。他轻声对着母亲说：“那按您说的办吧！”

志军跟着媒人一起去了邻县对方家。对方姓江，姑娘叫江梅。志军本来是带着应付的态度去的，谁料他看到江梅的第一眼时，内心起了波澜。江梅是个皮肤白皙，身材匀称，性格随和的姑娘。尤其是眼睛，是典型的双眼皮，大眼睛，而且目光清澈。志军看到江梅的时候就动摇了自己之前的想法。江梅二十出头，正是女人最好的年纪。在当地江梅也是数一数二的好姑娘，也有众多提亲者。江梅就是听说对方是一名军人，才同意见面。见到志军后，媒人问她的意见，她娇羞地点了点头。江梅爹妈对志军也很满意。

荣奶奶得知志军答应这门亲事后，高兴坏了。她原本也不想委屈自己的儿子，如果他自己不满意，将来也不会幸福。荣奶奶也一直是这样对待每一个孩子的。她当然希望孩子们一生都会幸福。最高兴的是荣爷，总算了却自己的心愿。江梅在志军家里玩了两天就回家了。两人约定春节回来就订婚。

江梅秋收时还来志军家里帮着荣奶奶忙碌，招待家里帮工的亲戚。亲戚们都说志军好福气，找了一个贤惠的媳妇。江梅也常常跟着荣奶奶到井边泡菜、洗衣，俨然是志军的媳妇了。江梅每次到井边洗衣服时，村里总有一些心急的家长上赶着找江梅聊天，托她给自家的儿子介绍对象，江梅总是笑而不答。

快过春节了，进了腊月，荣奶奶就盼望着志军早点回来探亲。可是都过小年了，还不见志军回来。荣奶奶有些着急，江梅也等着志军回来，过两天她就要回自己家过春节了。回去之前，她希望能见志军一面。可是到腊月二十七了，仍然不见志军的身影。荣奶奶只好让江梅先回家，等志军回来了，过完年，到了正月初二再去江梅家。直到腊月二十八晚上，志军才风尘仆仆地赶到家。

荣奶奶看到儿子终于回来，高兴极了，但荣奶奶感觉到志军自从走进家门到晚上睡觉前都是一脸沮丧。荣奶奶并没多想，也许是儿子赶路累的呢！

第二天清晨，志军跟在部队一样保持早起锻炼的习惯，刚锻炼完，就跟荣奶奶到井边挑水。母子俩边走边说着话，荣奶奶就问："志军，你这次回来是怎么了？在部队领导批评你了？"

志军连忙解释说："那倒没有，就是有点累。"

荣奶奶问："你说的是真话吗？我是你妈，我可看出来了。"

志军听母亲这么一说，也不好再隐瞒了。

坐在井边，见四下没人，就对母亲说："妈，我遇到点麻烦事。我也不知道该怎么处理？也不知道怎么跟您说。"

荣奶奶镇定地对志军说："你说说，我们一起想办法。"荣奶奶在村里是出了名的能拿事的。

志军这才说出事情的真相："我今年回来探亲时就准备给你们说这件事的，因为江梅，所以没直接说，就想回部队后再尽快解决。前年国庆节时，我休假期间随连长到附近的毛巾厂办事，刚好遇到他的一个老乡关小敏。她大概二十五岁左右，比我稍大一点儿，江西人，是一个大大方方的女孩。一来二去，我们就熟悉了，休假时也联系，一起聊天吃饭。我感觉她人挺好的，当时也没多想别的。后来可能是我们连长，知道我们很熟悉，就对我说你们都是年轻人，可以多处处。再后来，关小敏找连长时，也会顺带找我。再后来，我才知道她就是连长的远房表妹。我和她的关系越来越近了。有一次放假在一起吃饭，喝了一点酒，关小敏就主动提出来说想和我处对象。我也没说什么，算是默许了。自那以后，我们的关系就更亲密了。那年春节，她没有回家，她在单位附近租了一间房子，大年三十她约我去她那里吃年夜饭。独在异乡，过年时我也希望有人一起过，就去了。她那天做了一大桌子菜，还备了酒。平时我们在部队管得严，训练任务重，春节我轮休，我们就一起喝了不少酒，聊得也很投机，就又多喝了几杯。那天晚上，我没有回去，我们在一起了。在一起以后，我们相处得不错。她继续上班。今年回来探亲之前，我有一次去她单位找她，她的同事说她好像回老家江西了。我想她回老家怎么没跟我说起过呢？我正准备起身走的，她另外一个同事却说她好像是回去处理她的婚事。这个同事并不知道我和关小敏的关系。我一路纳闷儿。后来我才得知她在江西老家有过一段婚姻，但对方是个'混混'，她就是因为想结束这段婚姻才独自出来的。我一听到这个情况，就很生气，我找到关小敏问她，她说她就是想跟我在一起才回去处理这件事。她说只和对方相处一年，自己也很后悔，才想尽快结束这段婚姻。我去年回来你们让我去相亲，我就是因为这个才没同意。后来改变了想法是因为见到江梅以后，我觉得江梅是个善良单纯的姑娘，我也觉得很合适才答应的。我也下决心回部队后就跟关小敏坦白，等退伍后就跟江梅结婚。可是探亲回部队后，我把江梅的事告诉她了，关小敏却说她怀孕了，还拿出检查报告给我看。我当时就蒙了，而且她不答应分手，说如果要分手，她就拿这个检查报告来找你们老两口儿的。这次春节回来，她就闹着要一起回来。我坚决没让，她才作罢。情况就是这样的，妈，这件事是我的问题，您说该怎么办啊？"

志军一口气把整个事情讲给母亲听，希望母亲能给他拿主意。听完志军的话，荣奶奶还真有点儿蒙。

接着荣奶奶问志军："你心里到底是咋想的？"

志军说："我现在不知道该怎么办才好？我也谁都不想辜负。"

荣奶奶严厉地说："志军，这个事你必须要有个态度。既然有关小敏的事，你上次相亲时为什么不说？好在江梅这边还没结婚。江梅那边现在暂时不能再向下走了。初二你也不要去拜年了。不然以后更难收场。我一会儿就跟你爹再商量一下。"

志军坐在井口边，连连点头。

荣奶奶一刻也不耽误，站起身就往家走。

志军挑着一担水回家时，就听到荣爷在厨房里跟荣奶奶争执着。志军把水挑进厨房时，荣爷狠狠地瞪了他一眼说："你个不成器的东西。"

荣爷刚出去。荣奶奶就对志军说："我和你爹商量好了，你初二先不要去江梅家了。不能害了人家，江梅是个好姑娘。关小敏那边处理好了再说。"

志军点点头。

三

初二那天上午，志军去给他大伯拜年，中午在大伯家喝酒。兄弟几个正喝在劲上时，只听外面荣奶奶大声喊："志军啊！快回来，快回来，有事了！"

志军慌忙随荣奶奶跑回家，刚进院子，只见关小敏笑盈盈地站在院子中间。志军慌了神，他万万没想到关小敏此时会来他家，脱口就问："你怎么来了？谁让你来的？"

关小敏一脸微笑，说道："大过年的，我来看看伯父伯母啊！"

志军悄悄抬头看了一眼荣爷，荣爷脸拉得老长。

荣奶奶倒是不慌不忙地对着关小敏说："到屋里坐，外面冷。"

关小敏拎着行李随荣奶奶进了屋，荣爷却朝院门走去。

志军只好跟着进了屋。

荣奶奶正在给关小敏倒茶。志军上前接过荣奶奶的茶杯，端给了关小敏。

荣奶奶问："姑娘，还没吃饭吧？"

关小敏感激地看了一眼荣奶奶，点了点头说："是的，伯母。"

荣奶奶起身到厨房里去给关小敏做饭了。

志军内心也很挣扎，关小敏千里迢迢地来找他，又是大年初二，而且还怀有身孕，总不能不理人家吧！

但志军此时正处在水深火热之中，艰难抉择之中。可是这一切皆由他起。他能怪谁？

志军怎么也没想到关小敏会这么快就能赶到他家里。平日没感觉她有这个本事，她不声不响地跟着脚就赶来了。

此时，志军倒是显得左右为难，不知所措了。不理关小敏显然说不过去，对她热情好像也不合适。可是毕竟他们的事并没有结论，再加上关小敏大过年的，一个人孤身一人赶到家里，就算是一个普通朋友也不能冷落人家，更何况是怀有身孕的人。

荣奶奶把饭做好了，志军把饭菜端上桌。荣奶奶也从厨房里出来，在餐桌边坐了下来。此前，荣奶奶一直在厨房里忙，也没有多打量这个远道而来的姑娘。现在才有时间仔细端详眼前这个姑娘，这关小敏身高在一米六五以上，是个高挑的姑娘，五官端正，鼻梁高挑，长头发，穿一件方格子呢绒大衣，围一条红色的围巾，下身穿一条黑色牛仔裤，脚上是一双黑色短皮靴。这身打扮在当地很少见到，属于很时髦的装扮。荣奶奶心里想，眼前这个姑娘一副城里人的打扮，估计不会做家务，也不会做农活儿。她不自觉地将眼前的关小敏和江梅进行比较。江梅看着虽然比眼前的关小敏年轻了许多，但没有关小敏时髦；江梅上次来家里还是比较勤快的，家务活儿也抢着干，是个懂事的孩子。荣奶奶还是比较喜欢她的。

荣奶奶问关小敏：“你来我们这里，家里人知道不？”

关小敏摇摇头说：“我没给他们说呢。”

荣奶奶又问：“家里人知道你和志军的事吗？”

关小敏连忙回答：“我给我妈说过和志军的事，我妈同意。”

此话一出，反倒让荣奶奶不好再多问这件事了。

志军一直没作声，见母亲没再说话，他问：“你怎么打听到这里的？

不是跟你说了，不要过来。等我归队后再找你嘛！”

志军的语气里似乎还有责怪的意思。

关小敏微笑着说：“我一个人在那边也没什么事。怪孤单的！就过来找你了。”

志军心里明白，关小敏就是不放心他，怕他趁着春节把江梅的事定了。

关小敏来到荣奶奶家的消息不胫而走，很快全村的人都知道了。志军的几个堂兄弟甚至都跑到院子里来了，都说要看看这个远道而来的“嫂子”。志军在院子门口拦住了他们，让他们不要跟着起哄了。

这关小敏还真是个吸引人的主。第二天早上，她就早早地起床帮着荣奶奶做饭，还给志军的弟弟、妹妹带了新衣服。弟弟妹妹们一下子对眼前这个“嫂子”充满了好奇和感激。志军的妹妹们看到关小敏一身时髦的打扮和她包里装的各种不同的生活用品。她们在她的行李箱里看到了眉笔、口红、洗发液、吹风机……她们被眼前物品弄得眼花缭乱，心生好奇和羡慕，这些她们之前只在大伯家的黑白电视上看到过，一下子在自家屋里亲眼看见，这还了得。

志军把事情的经过告诉给了荣奶奶，她的心里一直是倾向于江梅的。江梅是农村的姑娘，年轻、朴实、善良。她当然希望儿子找一个踏踏实实过日子的姑娘。可是关小敏来后，荣奶奶的态度好像不由自主地发生了一些微妙的变化。她去水井洗菜，关小敏会自然地跟在她身后，遇到邻居和亲戚，她会主动跟别人打招呼，也没觉得有什么不好意思。过年来串门的人自然多，有些邻居和亲戚也是打着来串门的旗号，来看志军这个“新媳妇”。关小敏一看见有小孩来家里，她一定会抓一把奶糖装在孩子们的兜里，孩子们高兴坏了。出门时，她总是自然地把手环在荣奶奶的臂弯里，一副很亲密的样子。

荣奶奶也似乎被她的自然、诚恳不知不觉地打动了。而且她好像就顺理成章地享受着关小敏带给她的感受，尽管她也觉得有着某种不踏实的感觉，或者心里也在为接下来怎么解决这件事担忧。她隐隐地感到这件事远比她想象的复杂。

果不其然，到了正月初五，江梅娘家人闻讯赶来了。江梅家一共来了五个人，江梅、她的两个兄弟、舅舅和母亲都来了。看到这阵仗，荣爷和志军都慌了神，这分明是来讨说法的。荣奶奶看到江梅一家气势汹汹的样子，就知道这次不好收场。但她并没有慌，她让荣爷先招呼客人，又私下连忙让志军去把他大伯国爷请来。国爷是家族里的老大，在村里也德高望重，而且见过世面，说话声如洪钟，也镇得住人。荣奶奶把国爷、志军叫到里屋一起商量怎么处理此事。

一刻钟后，荣奶奶、国爷和志军从里屋出来。

荣奶奶还特别给志军交代："绝对不能让关小敏和江梅见面。让小妹志红把关小敏带到邻村大姑家里待着，不要出来。"

江梅大哥开口就质问："听说志军在部队已经谈了对象，为什么还回来找我小妹。志军，你怎么解释？"

志军低着头："大哥，首先这件事是我处理得不对，是我对不起江梅和你们一家。去年探亲时我也不知道江梅的事。后来见到江梅时，我才决定回部队后把那边的事情处理清楚，就回来和江梅结婚。谁也没料到后来会出现这样的事。"

江梅大哥大声喝道："你这是找理由，没处理清楚就找我小妹就是不负责任。"

志军没再作声。

国爷接过话说："江梅大哥，事已至此，都怪我这侄儿。志军刚才说的也是实情。并不是志军找理由，他确实想回部队处理好了就回来跟江梅办婚事。但有些事情他也控制不了的。现在他也很为难。但绝不将错就错。一定要给你们一个交代。"

荣奶奶这个时候才附和着国爷说："江梅大哥，是我们志军没处理好，他还年轻，还请你当大哥的给他一个机会。"

江梅大哥满脸铁青，气愤地说："谁是他大哥，我可当不起！"

比屋内更热闹的是志军家的院子外，已经是里三层外三层地挤满了人。有的说这次志军算是完蛋了；有的说人家两个哥哥都来了，非干一架不可，有人反驳说，忘记了？志军就是武警兵，撂倒几个人还不在话下。另一个说这是志军惹的事，还敢动武不成？也有人说人家是来要说法的，还打架？志军的堂兄志华说："要说志军还真是有福气。我连个媳妇的影子都没见到，他倒是'桃花运'不断。"人群中有一个年轻媳妇说："你们觉得志军会选哪个？"大家你一言我一语，叽叽喳喳说个不停。

关小敏跟志红在志军大姑家待了一整天，荣奶奶悄悄给志红交代了，一步也不能离开关小敏。荣奶奶怕关小敏去现场闹，那样情况就更复杂了。荣奶奶想得周到而细致。

江梅大哥一行和荣奶奶直到黄昏时才从屋里出来。荣奶奶留他们一行吃饭，江梅大哥坚决不干，只说："这饭你们能吃下去吗？志军你尽快给我们答复，否则我们可不依你！"

志军连连点头。

荣奶奶让荣爷将提前备的礼物提出来递给江梅舅舅，江梅舅舅挡了回去："你们的礼物我们要不起！"

一行人在苍茫的夜色中匆匆离去。志军想跟江梅说些什么，却又欲言又止，江梅也只是站在母亲身后默默地看着他。

自始至终，志军都没有单独跟江梅说过话。志军一直觉得对不起江梅。志军也观察到江梅从进他们家门到现在没说任何话，只是时不时无辜地望着他和母亲的眼睛。她的眼神里充满了无辜、不解和忧虑。志军心里想，江梅越这样，他心里就越过意不去。若是江梅也跟她大哥一样责怪他，甚至是谩骂，他内心可能还好受点。

江梅越这样，志军心里的自责就越重。

他觉得此刻若再不跟江梅说点什么，内心将会受到更大的谴责。

他叫了一声江梅。江梅正要往前走，被她的大哥拦住说："你这么没出息？"

江梅乞求哥哥说："大哥，你就让我听听他怎么说。"

江梅大哥只好把手放下了。

志军带着江梅向水井走去，在水井旁的树下，志军停下了脚步，对江梅说："江梅，我对不起你！我也没想到事情会变成这样。这是个意外，但根儿还是在我。你是个好姑娘，我敬重你！也许是我没这个福分……"

江梅一边听一边摇头。此刻，她泪眼婆娑地对志军说："志军，我敬重你是一名军人，我之前一直是信任你的。但你为什么要这样对我？你这样做是害了我啊！"

话未说完，江梅就忍不住哭出来了。她边擦眼泪边调头向着她的母亲和大哥跑去。

志军跟了上去，但江梅已经穿过人群，继续向着公路跑去。志军看着江梅的背影，内心愧疚难当。他是说要向她交代，向她家里交代。可是他能交代得清吗？

志军注视着江梅的背影渐行渐远，他心里想：这辈子注定要有负这个善良的女子。

四

直到晚饭时间，志军才去大姑家，把关小敏接了回来。关小敏忐忑不安地看着志军，渴望能从他的脸上读出什么信息。志军一言不发，直到走进院子，荣奶奶才说："回来了，等一会儿吃饭。"关小敏这才愉快地回答："好，伯母。您辛苦了！"荣奶奶说："你这个娃子，倒是会说话。"

当天晚上，荣奶奶让志红带关小敏早点睡。她则带着志军去了国爷家，他们要一起商量志军的事。

国爷说："婚姻的事是一辈子的事，这得看志军的态度。"

荣奶奶接着说："你看他惹的啥事？没个主心骨的东西！今天这事丢人可丢大发了。"

国爷说："志军他妈，你也别生气！志军是有他的责任，但我们现在要妥善处理这事，就不要再抱怨了。"

荣奶奶连忙回答："大哥，我知道了。这件事还要请大哥帮着拿个主意。"

国爷问志军："把你的真实想法说说。"

志军说："听大伯和妈的。但眼前关小敏这种情况，我也是没有办法了。她也说处理好了她的事情。刚才江梅走前我也跟她说了自己的想法。是我对不起她。江梅是个好姑娘，但我大概是没有这个福气了。"

国爷对荣奶奶说："你看，这个孩子已经有主意了！但将来要给江梅一个交代。让他今年退伍后就结婚吧！"

荣奶奶点点头。

初六清早，志军便跟荣奶奶说他和关小敏准备正月初七就回部队。当天天气晴朗，志军跟着荣奶奶去井里挑水，荣奶奶则在井边淘菜、洗衣服，关小敏和志红也跟来了。关小敏伸手要帮荣奶奶洗衣服，荣奶奶伸手拦住说："你现在还敢沾凉水？"关小敏把手缩了回来，心里却暖暖的。志红调皮地说："咦！妈现在就开始心疼小敏姐了！"荣奶奶笑笑说："就你话多！"

志红在水井边帮着荣奶奶洗衣服，嘴里不由自主地哼唱着：

遥远的夜空有一个弯弯的月亮，
弯弯的月亮下面是那弯弯的小桥。
小桥的旁边有一条弯弯的小船，
弯弯的小船悠悠是那童年的阿娇。
呜……呜……
阿娇摇着船，
唱着那古老的歌谣。
歌声随风飘，飘到我的脸上。

…………

志军听到志红的歌声，问：“小妹，你这唱的啥歌？”

志红说：“哥，你真老土。《弯弯的月亮》，你都没听过？”

志军说：“我们只唱军歌。之前没听你唱过。”

志红说：“是小敏姐这两天教给我的。”

志军和荣奶奶把目光转向关小敏，关小敏微笑着点点头。

第二天清晨，志军按照惯例，将家里的水缸挑满后，才整理好行李，牵着关小敏的手一起站在路边等车回部队。荣奶奶和家人一起送他们到路边。

沧浪河水　赵锋 / 摄　2018. 赵庄

芍药花开

故乡东河位于鄂西北最高峰沧浪山山麓，沧浪山立于郧阳与上庸古国竹山交界处，与道教名山武当山遥遥相对，主峰金顶海拔 1824.7 米。峰高林密，山清水秀，沧浪之水逶迤前行，清冽甘甜，润泽了故乡万物生灵。

沧浪山下的村民都有种植芍药的习惯。大片大片的芍药花点缀在群山峻岭之间，花期来临时，故乡热闹非凡。

芍药花不但美还香，但比起栀子、茉莉、玉簪、晚香玉等常见花木，它显得要娇柔内敛许多，只有极其淡雅的一点清香，它最大的优势无非就是美。刚刚尝到春暖的人们，为这淡淡的花开着迷。因此每年去故乡看芍药花的人们成群结队、络绎不绝。

每年“五一”劳动节前后，故乡的芍药花就次第开放，蔚为壮观。到了周末，远近来看花的人蜂拥而至。一时间，花丛间人头攒动，拍照声，喝彩声，声声入耳。

当地的老百姓之前一直种植农作物，直到当地一个年轻后生种植了一小片芍药，村里老人说这孩子不好好种庄稼，种花何用？其实芍药是一种毛茛科芍药属的著名草本花卉，为草本之首。芍药，古代就作为折枝花，如今是高端鲜切花。芍药不仅有极高的观赏价值，更有相当重要的药用价值。

三年后，种芍药的收入远远超过了种庄稼的收入，当地百姓才恍然大悟，于是纷纷都开始种植芍药。久而久之，当地就形成了成片的芍药花，慢慢成了亮丽的风景。

人间四月天，东河看芍药。

约三五好友，远离喧嚣，走进天然氧吧——东河。那里春风沉醉，那里繁花似锦，那里花开如梦。这一排排娇艳动人的芍药花点缀在青山绿水间，赏花人在花间悄悄地嗅，独享这份沉醉，或者让同伴在花丛间留个影，发发朋友圈，把美分享给大家，把美传递在亲朋间。

赏花，别错过美食。这里是胭脂米的故乡，有酸辣可口的泡菜，有腊味十足的地方腊肉，有地道正宗的柴火豆腐，还有口味醇厚的苞谷酒。农舍就在花海旁，坐在农舍前，花触手可及，喝一杯沧浪毛尖，兴趣浓了，打一壶地方老酒，花间饮酒，聊聊陈年往事，放松心情，打开心扉，身心彻底地获得自由。此番情景让人不禁想起了《红楼梦》里“憨湘云醉眠芍药裀”这一回。宝玉等人为平儿过生日，众人行令，湘云喝多了，倒睡在芍药圃中。

花香味美人自醉，山好水甜情更浓。

你看那花开的希望田野；你看炊烟袅袅的乡间农舍；你听来自山谷的声声流响；你赏眼前这一派绚烂的山乡图。

等风来，这花香四处蔓延，你往哪儿躲？都是花香阵阵来袭。

等风来，这花香沁人心脾，你心间想啥？都带着花香的味道。

此时，此景，此地，赏花、吃饭、喝酒、聊天不得不说是一种享受。当地百姓淳朴善良，话语里有浓厚的方言，言语间满是真诚，脸上永远都是纯朴的笑容。

芍药花开期间，当地百姓忙得不亦乐乎，这样一个小小的村庄，一天的接待量最高纪录已经过万了。对于一个人烟稀少的小山村，已经相当不容易了。他们的食材都是纯天然的，豌豆角是从篱笆上摘来的，韭菜是从地里刚刚割回来的；腊肉是昨天才从木楼上取下来的；著名的胭脂米就产自门前的稻田里。《红楼梦》称胭脂米为“御田胭脂米”，皇宫贵族方能享用之珍品。关于胭脂米的发现，还得从2013年3月说起，当时北京孙姓专家到十堰市郧县（现郧阳区）东河考察，在大墩子村的农户家里吃饭时，发现村民端上来的是一种红米饭，口感、味道很特别。他向村民找来稻米一看，认出这是曾经名盛一时、后来一度绝迹的胭脂米。

在芍药花基地旁边，有一处两层木楼和一排老瓦房构成的四合院，古朴的木质大门上书写：刘家大院。走近才得知这院子是当地一个刘姓百姓家的院子，如今改成了一处农家乐。他们原本准备盖楼房自己住的，因为芍药花引来游客无数，刘家人改变了思路，何不将老房子改成农家乐和民宿。

思路一变天地宽，经过改造，这里成了一处风景，有古朴的乡村瓦屋，有依山而建的茶室，有接待游客的民宿，也有原汁原味的土特产，他们用自己的原生态的生活感染着每一个来这里游玩的旅客。据老刘介绍，去年五一节就接待了近一千人，老刘说：“我在这里生活了将近七十年，从来没见过像现在这么热闹，生活这么舒适！”老刘看着眼前人头攒动的景象，内心乐开了花。

每年的花开仿佛是一场不变的约定，因为花把四面八方的赏花人聚拢到了这里，也因为花让他们记住了这个小山村，而且也给自己的记忆涂上了一抹亮色和温暖。

因为花，这个小山村变美了；因为花，让那些爱美爱花的人们走进了大山，走进了大自然，走进了自己的内心深处，感受美好、感受自然，感受内心深处的那一份珍贵的乡愁。

有人总会把芍药和牡丹搞混，很多人分不清，两者同为毛茛科芍药属的花。区分二者最简捷的方法是：牡丹为木本，芍药则是草本。到了冬天，牡丹还有树枝在，芍药就是地面以上，什么也没有。

“维士与女，伊其相谑，赠之以勺药……”（《诗·郑风·溱洧》），意思是说到处挤满男和女，又是笑来又是说，古代男女交往，互相赠送芍药，表达结情之约或惜别之情，故芍药又称“将离草”。这画面是既欢喜，又难忘。

芍药作为草本之首，古人叫“红药”，白居易写过“今日阶前红芍药，几花欲老几花新”。唐代诗人柳宗元及宋代诗人陈师道均谱写过生动的、让人回味的咏芍药诗篇。

如今在故乡，因为芍药花，从四面八方赶来的男男女女穿梭在花丛间，他们喜欢的和难忘的是眼前的美景以及天地间的清新空气。

故乡人种芍药，最初的目的是药用。善良朴实的故乡人没有想到这一地花开竟然引来这么多游客，给人们带来美丽和快乐。“立如芍药、坐如牡丹、行如百合”，芍药拥有这样的风姿，它的美有说不出的精致的味道，这美中带着不可摧折的力量。

每一次看到故乡的芍药花开，就会无端地想起故乡的山水人事；想起童年跟伙伴一起在开满鲜花的山坡上奔跑嬉戏；想起在河边草地上奔跑的那个灿烂少年。故乡花开，开在每个人的心间，让人在一夜之间仿佛又回到了童年，回到记忆里每一个美好的瞬间。

植物与人的关系千丝万缕，在这千山万水的大自然中间，花养人，人养花，彼此关照，彼此给予，彼此相连。因此每当看到芍药花开便能想到人与自然之间的那份微妙和关联。

我想，大概是这盛开的芍药花激起了我们内心深处的那份浓浓的乡愁吧！

芍药花开　赵锋 / 摄　2019 年 . 赵庄

母亲的缝纫机

一觉醒来，耳畔里仍然传来缝纫机的“哒哒哒”声，挣扎着睁开眼睛，迷蒙中看到母亲还趴在缝纫机上做衣服。她依然保持着惯有的姿势，双脚踏在缝纫机踏板上，均匀地踏着踏板。

母亲并不知道我醒了，全神贯注地借着微弱的灯光做衣服。她旁边是一个两米见方的裁剪台，这是她的工作台。在工作台的里侧叠放着一沓沓布料，布料堆得太高，有些倾斜。母亲在每一块布料上都详细标注对方的姓名、尺寸、样式等信息。

看着母亲依然在忙碌，不知不觉中我又趴在缝纫机托板下面的小方桌上睡着了。母亲今晚的任务还很重，没有工夫搭理我。

“哒、哒、哒……”我又进入了梦乡。

母亲吃过晚饭后没多久就催我，让我做好作业就去睡觉。但我并不想那么早就去睡觉，那时我还在上一年级，不敢独自一个人在房间里睡觉，母亲并不知道我一个人不敢去。我宁愿留在缝纫机旁边，听着缝纫机的声音，用“哒哒哒”声去驱赶我内心对夜晚的恐惧。这“哒哒哒”声成为我对夜晚所有恐惧的掩护，成为我抵御黑暗的盔甲，以至于我对它产生了依赖。我再大一点的时候，母亲太忙，就让我去给一个远房亲戚送礼，远房亲戚住在十几公里外的山里。他们家嫁女儿，必须晚上去，吃完饭后，我一个小孩，自然是不敢独自回家的，不得已只能住在亲戚家里了。

亲戚家的房子很多，都是有些年代的老瓦房，有高高的屋顶和楼板。楼板的边缘钉上钉子，悬挂着陈年的腊肉，腊肉长近一米，一排排挂过去，在昏暗的灯光下，投射在对面的土墙上，形成了一个巨大的投影，犹如人形，我睡在这间房子的最里面，在屋角有一张老式的床，宽大而陈旧。

领我来的亲戚家的人，指着床说："你晚上就睡在这里吧！"

我小声问："就我一个人吗？"

对方回答："一会儿说不定还要来人。"

他的语气并不肯定，但似乎也有希望。我渴望有人会来，不然我是怎么都不敢睡去的。

我躺下后怎么都无法入睡，窗外隐隐传来隔壁喝酒猜拳声、小孩欢笑声。这些声音似乎就在眼前，却被厚厚的土墙挡住，我努力想看看墙那边的情形，但循声望去，却再次看到墙上巨大的腊肉投影。我慌忙地把目光收回来，仿佛停留久了，就会有更巨大的危险。外面的热闹场景与屋内的寂静形成了鲜明的对比，我不敢再多看一眼那堵墙，更不敢抬头看屋顶上几片光亮的瓦。

我想，此刻母亲一定还在缝纫机前踩着踏板做着衣服。案上还有堆满的布料。如果此刻能趴在缝纫机旁边的小桌板上睡觉该多好啊！不知不觉中，我已睡着了。睁开眼时，对面窗户射进来的阳光已经落在绣花被面上。窗外人声鼎沸，乐班声已经响起，迎亲的队伍已到大门外了。

我不知道怎么给母亲说我这一次"恐怖"的经历。再次坐在缝纫机旁的小桌板前，我还是忍住了诉说的欲望。我不希望母亲窥见我内心的恐惧和害怕。母亲的忙碌让她忽略了我的"恐惧"。我也错失了向她倾诉的最佳时机。

夜晚，我依然趴在小桌板上做作业。我一直想找机会给母亲说我上次的经历。但母亲依然忙碌，根本没有时间和心思关注我内心的这些微小变化。我害怕那个巨大的投影会在不经意间潜伏到小桌板下面。因为害怕，不敢独自回到自己的房间里，只能争取多留在缝纫机旁。有了缝纫机的“哒哒哒”声，我内心才安宁。

母亲做衣服从未出现过失误，她总能让每个做衣服的人满意。大家都很信任她，即使有些村庄也有会做简单衣服的人，乡亲们依然不畏路途遥远把布料送到她的案头。她把原本有限的布料，合理安排和裁剪，尽可能物尽其用，一块布料给大人做件上衣，剩余的布料，她会给家里的孩子改一条裤子或一件衬衣。因此，每一个来取衣服的人都能满意而归。

除了做衣服，母亲还要操持繁重的家务，管好一大家人的吃喝拉撒，夜晚堆积如山的布料还在等着她。

我有一个姑姑、两个姨、一个小叔……表兄弟表姐妹加起来有二十多个。每年寒暑假，我们家里是最热闹的，表兄妹们轮番到我们家里玩儿，母亲总是忙个不停。不仅要照顾大家的吃喝，还要盘算给这些晚辈们做一身新衣服。那个年月，物质匮乏，能穿上新衣服并不容易。表兄妹知道母亲会做衣服，都知道来我们家里玩一段时间，回去的时候一定能穿上新衣服，因此都争先恐后地来。

为了补贴家用，母亲基本抽出她所有的空闲时间做衣服。其间，她先后收过两个徒弟，其中一个没有什么印象了，另一个是邻居家的贵枝。贵枝小学毕业后就辍学了，她的母亲想让她学门手艺，多次登门恳请母亲收她女儿为徒。母亲实在不好拒绝，就破例收了贵枝。贵枝倒也上心，天天来家里，跟着学习，先练踏缝纫机，接着学画图，然后是裁剪，最后上机做成衣。贵枝算不上聪慧，但很勤奋。一天到晚都跟着母亲，母亲有空闲时就教她，她跟着母亲一起熬夜，从不叫苦。母亲说这贵枝哪儿都好，就是只会“照葫芦画瓢”，有母亲在时做得很好，一旦离开母亲，她就手足无措，常常出错。有几次，被她做坏的衣服，只能是母亲悄悄地替她赔。贵枝也为此羞愧难当。过了几个月，贵枝似乎有了一些进步，终于可以独立制作一些简单的衣裳。贵枝也暗自欣喜，也更卖力地学习。

有一天，张大爷拿来了存放多年的一块咔叽布，想请母亲给他做一件中山装，过年穿。母亲给张大爷量了尺寸，顺便教贵枝裁剪，贵枝在一旁跟着学习。正在裁剪时，粮所通知买粮，母亲觉得也该给贵枝一个独自操刀的机会，于是就将剩下的工作交代给贵枝，把每一个步骤都给她说了一遍，就匆匆忙忙地去了粮所。贵枝也珍惜来之不易的机会和信任，她暗暗告诉自己一定不能出现差错，她很仔细地开始裁剪。

等母亲从粮所回来时，天已经快黑了。她刚走进大门就看见贵枝垂头丧气地坐在缝纫机旁。见到母亲进门了，贵枝慌忙站起来，低着头说："师父，对不起，我把衣服裁坏了，两个衣兜的位置裁得不对。怎么办？"母亲拿起衣料一看，果然问题很大，两个衣兜完全错位，补救都没有办法。母亲说："贵枝啊，你学了这么久，还出现这样的问题，啥时候才能出师啊？"

贵枝低头不语，内心羞愧极了。她低声问："师父，那怎么处理？我赔布料，行不？"

母亲回答："我不会让你赔，赔也是我赔，哪儿有让徒弟赔损失的？"

贵枝回家后，母亲拿起布料有些惆怅。张大爷这布料是几年前的，现在供销社根本买不到这种布料。事后，母亲亲自找到张大爷说明缘由。张大爷过去当过兵，也是耿直之人。他说就着布料改一下就行。

贵枝为此事几天都心事重重。她回家告诉了妈妈，她妈没有责怪她。那件事后，贵枝果然进步很大，像是变了一个人一样，衣服也越做越好。

又过了两个月，母亲跟贵枝说："你可以回去了，可以独立做衣服了。但要记住，一定要认真对待这门手艺，做好每一件衣裳。不偷工减料，不敷衍了事。要对得起信任我们的每一个人。"

贵枝恋恋不舍地点了点头。贵枝是他们家姑娘中最小的，她还有三个姐姐，一家人都把她当宝贝，她母亲更是喜欢这个小女儿。从小就把她看得娇贵，但是贵枝就是读书不行，上了好几年一年级，上到四年级的时候，她已经是个大姑娘了，比班里的同学高出不少，她自己都感觉害羞。三番五次乞求母亲不再去上学了。母亲心软，怕女儿遭人嘲笑，就答应她了。贵枝上学不行，做农务、干农活儿可是一把好手，贵枝越来越像个大姑娘了。上门提亲的人倒是不少，可贵枝没有看得上的。

贵枝手艺学成回家后，自己也买了缝纫机，在家自己试着做衣服，反复练习，慢慢也能给亲戚们做些简单的衣服了。贵枝的母亲欣喜不已，她逢人便说："谁说我们贵枝学习不行？做衣服这么复杂的事都学会了！"没多久，一个请贵枝做过衣服的远房亲戚给她介绍了一门亲事，对方听说贵枝还有做衣服的手艺，很是满意。不久之后，就上门提亲，贵枝也很满意对方的条件，心里乐开了花。

贵枝出嫁时，还专门找到我母亲，郑重地说："师父，是您教会了我手艺。我的嫁衣还是由您来做吧！"母亲满口答应了她。贵枝出嫁后，成了她婆家方圆百里的裁缝师傅，日子也过得红红火火。贵枝逢人便说："我得感谢我的师父，要不是她教我手艺，我还没有现在的幸福生活。"

贵枝是个有情有义的人，对母亲很尊敬。贵枝能生活得好，母亲也感到欣慰。贵枝算是母亲唯一正宗的徒弟。

我们兄妹长大后也都离家求学，都从事着不同的工作。兄妹中间也没有一个学会母亲手艺的。许多年过去，一次，大姐带着年近七旬的母亲去商场买衣服，母亲对衣服的质地、款式、做工、比例等相关细节极其严格，问得商场的年轻小姑娘都无言以对，惊叹不已。

到了晚年，母亲便没再挨过缝纫机了。那两台牡丹牌缝纫机也搁置在老家二楼的角落里。做了一辈子的衣服，不知熬了多少夜，裁剪了多少面料，踩了多少次踏板，机器的"哒哒哒"声穿越了时空，至今仍然时常回响在耳畔。

长在树上的“蔬菜”

记得儿时，惊蛰一到，万物复苏，一声春雷唤醒了沉睡的生灵。故乡海拔高，气候寒，像香椿、竹笋之类的作物都比其他地方生长得慢一步。

和煦而温暖的春风几乎是在一夜之间就把村里满山遍野的竹笋都唤醒，它们开始钻出地面，尽情地生长。

村里人观察着，等待着，直到它们长到可以食用。村里人熟知山间每一种植物的生长状况，对它们的成熟期更是了如指掌。他们知道竹笋什么时候破土而出，知道山药何时发芽，知道悬崖上的金钗何时开花，对这些植物的熟知和关注一点也不亚于对自己孩子的了解。

最先引起村里人关注的是香椿。山间的椿树高大而俊朗，春风吹来，过不了几日，椿芽便禁不住春风的撩拨，悄悄探出了嫩嫩的头，它以为自己是隐秘的，其实它一露头就在山坡间暴露无遗。它的暴露并非仅仅因为它的颜色，更重要的是它无法抑制的香气。春风吹过，淡淡的香气一泻千里，弥漫山间，飘向远方。

村里人叫它椿芽。它们长在高高的树顶上，只在枝端长出嫩嫩的芽，过不了四五天，它们便伸出绿绿的芽，油亮可人。绿芽散发出浓浓的、别样的香气，弥漫在山林间。

母亲做得一手好茶饭，总能把平常的食材做得别有一番风味。椿芽自然是上好的食材，母亲不会错过。我家后院的院墙外有几棵椿树。母亲总是将最新鲜的椿芽从树上扳（方言，采，掰的意思）下来，在开水里焯一下，然后捞出放入冷水使之变凉，捞出切末放在碗里，加入鸡蛋，以及盐等作料，搅成蛋糊。炒锅注油烧至七成热，将鸡蛋糊倒入锅内，翻炒至鸡蛋嫩熟，一道油炸香椿鸡蛋就做成了。也有腌制香椿的，腌制好的香椿窖藏或置阴凉处均可。这样腌制的香椿可存放数月至一年。开罐时，香椿经过发酵，香椿味犹存，微酸，色泽暗绿，拌以麻油，乃是十分雅致的小菜。也有将香椿晾晒成干菜，等漫长的冬季缺菜时再拿出来，用开水泡开，炒一盘香椿腊肉，又是一道香气扑鼻的佳肴。

香椿被称为长在树上的“蔬菜”。每年春季谷雨前后，香椿的嫩芽可做成各种菜肴。它不仅营养丰富，且具有较高的药用价值。香椿叶厚芽嫩，绿叶红边，犹如玛瑙、翡翠，香味浓郁，营养丰富远高于其他蔬菜，为宴宾之名贵佳肴。

要想吃上鲜嫩的椿芽，还是需要一些技巧的。年轻的村妇常常用长长的竹竿用力敲打树枝，椿芽就会掉落下来。但村里老人会告诫她们：不能这么干，敲打过猛，会让椿树“疯”掉了，来年就不再发能吃的椿芽了。

树也会“疯”吗？年轻的村妇半信半疑。依然有个别村妇我行我素，就是不信。她家门前便有一排椿树，当年她就不听老人们的话，依然用竹竿敲打椿芽，也许是椿树真的“伤筋动骨”了，第二年门前的椿树果然长不出好吃的椿芽，长出来的椿芽又老又苦。老人们早已在时光中掌握了各种树的习性和规律。

村里的椿树并非每棵的椿芽都能食用。村里人将其分为香椿和臭椿。臭椿自然是不能吃的。每家每户的主妇们都有闻香识椿的本领。她们都能靠气味来分辨出是香椿还是臭椿。同样的香气，村里人能够分辨出其中的奥秘，也许这正是他们长久地与自然相处，与之默契的见证。

小时候，经常跟着大人们去附近的山坡上扳椿芽。说是去扳椿芽，其实是趁机跟大人们去山野撒野、疯跑。春风把一道道山坡染绿，山间万物都蠢蠢欲动，竹笋和毛芽都将破土而出，就等待着春天那一缕春风，那一道暖阳。孩子们脱去了棉衣棉裤，撒开了被束缚了一个冬天的臂膀和腿脚，那是春天里最舒展的时刻。

元好问有一首诗《游天坛杂诗·溪童相对采椿芽》，就是描绘春天时儿童们在山中溪水边扳香椿芽的情景。元好问在诗中写道："溪童相对采椿芽，指似阳坡说种瓜。想是近山营马少，青林深处有人家。"我想诗人当时创作这首诗的时候，大脑里应该也闪现了自己儿时在故乡山间扳香椿芽的快乐时光。

"雨前椿芽嫩无比，雨后椿芽生木体"，谷雨前后是吃香椿的最佳季节，连康有为也沉醉于香椿的芳香。

有一年，父亲让我和同伴去山上扳椿芽。山上的香椿树高大，但树枝韧性差，在老家山上的树中，椿树大概是最容易折断的。我刚爬上树干，没走两步，树干突然断裂，我从三米高的树上摔下来，我被摔在一片竹丛里，我挣扎着想站起来，但感觉右脚掌疼得厉害，坐起身查看，只见脚底渗出血来，原来是一棵竹茬子正好插进了我的脚掌。我忍着疼痛，在同伴的搀扶下才回到了家。伤口半个月后才好。

香椿是时令名品，含香椿素等挥发性芳香族有机物，可健脾开胃，增加食欲。香椿含有维生素 E 和性激素物质，有抗衰老和补阳滋阴的作用，故有"黄体酮"的美称。香椿含有丰富的维生素 C、胡萝卜素等，有助于增强机体免疫功能，并有润滑肌肤的作用，是保健美容的良好食品。在当今时代，这些天然的时令名品受大众的追捧，是不可多得的上品。

恰春潮，芽叶未舒，椿树冒出酒红的细尖，汪曾祺写香椿，"一箸入口，三春不忘"。儿时，村里人把扳来的香椿，过水，晾晒，晒干后装在袋子里。到了冬季，拿出来炒腊肉，实在是再好不过的菜肴，在腊肉的醇香中仿佛能闻到春天的味道，体会入春、入冬的味道。香椿成了家乡人"春季社交"的礼物，街坊邻里，左邻右舍，送上一捧，表示情谊。也许正是这味道让故乡人乐此不疲，欲罢不能。

我们家的军人情结

从我记事起，每年腊月当地政府和村委会就会组织村里的乐班敲锣打鼓地到我们家里进行慰问。慰问的缘由是我的叔叔在部队当兵，这是对军人家属的慰问。慰问的仪式很隆重，除了敲锣打鼓，还要放鞭炮。每当乐队朝着我们家走来时，周围的大人小孩也总是跟在乐队后面欢呼，大人们一致地夸赞叔叔在部队有出息。

每到此时，母亲都提前准备好用来接待慰问队伍的茶叶、烟、米酒、鸡蛋等。慰问队伍一进门，父亲忙着发烟，我们兄妹分头给大家倒茶，母亲则在厨房里煮米酒荷包蛋。乐队进入院子后，会按节奏再继续敲打一阵才会停，喇叭爷总是鼓着腮帮，把喇叭吹出最高音才停。喇叭一停，周围的乡亲就跟喇叭爷开玩笑："这来给您侄儿家慰问，您吹得格外响！"喇叭爷笑着答："这么有出息的侄儿，不好好吹咋行？你侄儿明儿去部队了，我也去给你吹。"一阵说笑过后，乡里和村书记落座后，边喝茶边询问："今年在部队咋样？最近有没有给家里来信？家里有什么困难？"奶奶和父亲一一作答，不一会儿，米酒荷包蛋端上来了。一人一碗，我们兄妹几人就负责从厨房往外端，往往要跑很多趟。来看热闹的，愿意喝的都会喝上一碗。大家边喝边聊，喇叭爷嗓门大，对站在厢房门口的母亲说："存荣（母亲的小名）啊！打这么多鸡蛋！把过年的鸡蛋都端出来了吧！"母亲连忙解释说："没有，没有，大家吃好喝好我就高兴！"

喇叭爷又接着说：“我看村里就数存荣待客最舍得！”

喝完米酒，喇叭爷嘹亮的喇叭声再次响起。乐队声再次响起，刚刚喝过米酒，锣声、鼓声更响了，喇叭爷也往往在这个时候吹一曲大伙在别处听不到的曲目。奶奶、父亲、母亲站在门口送慰问的队伍，我们兄妹站在院门后不舍地望着乐队离开。很多次，我在队伍里看到班里的同学，内心有一种莫名的喜悦和骄傲。

送走慰问队伍，奶奶总会回到她的小屋，戴起老花镜，翻看叔叔从部队寄回来的军装照，一个人坐在小屋里很长时间不出来。奶奶每年腊月都常常坐在小屋里看叔叔的照片。

叔叔是 1975 年参军去了部队。部队在北方某地，属于北京军区。他从最初的一名新兵，慢慢成长为一名真正的战士。部队在塞外大漠，北方的气候、饮食，军营的训练、纪律都是挑战。但他克服了诸多身心上的困难，快速成长为一名合格的战士。他先后担任班长、警卫员，在部队的大熔炉里，他得到全面的锻炼，由一名士兵被提拔成了一名军官。叔叔在部队勤学苦练，踏实肯干，很快在同期士兵中脱颖而出。

儿时，最盼望叔叔的家信，信中除了汇报他在部队的情况外，总会在信末交代我们兄妹四个好好读书学习，只有这样长大才有出息。有一年，叔叔回老家探亲，一身整齐的戎装、挺拔的身姿、自律的言行引来左邻右舍的交口称赞。有一次我悄悄动了他的军帽，他连忙说：“这可不能乱动。军帽代表着军队。”后来，他留了一颗五角星在家里，每次放学时我就悄悄跑到奶奶房间里拿起来细细端详，内心涌动着自己的军人梦。

叔叔探亲时也会给我们讲部队的训练、学习和生活。有时也会带几套旧军装和解放鞋回来，我那时个子还小，穿不了这些旧军装，看着哥哥穿军装，心里羡慕极了。

不过，时隔多年，首先穿上军装，成就军人梦的是我的哥哥。受到叔叔的熏陶和影响，我和哥哥从小都有从军的梦想。1991 年冬天，哥哥实现了自己的梦想，走进了军营。他在部队时刻苦训练，不怕苦，不怕累，年年被评为“优秀士兵”。无论是体格还是心智，他都得到了严格而全面的训练。两年后，他参加部队考试，顺利地被石家庄陆军学院录取。在军校，他在实战训练、军事理论等方面更为专业而深入学习，这使他成为一名合格的陆军军官。

我清楚地记得，他当兵的那些年，母亲每年春节时都坐在厨房的火炉旁边看他的照片，边流眼泪，母亲总说：“老二天天训练，多辛苦啊！过年了，不知道部队能不能吃上饺子？”儿行千里母担忧。哥哥最初去部队的几年，母亲每年都是在这种思念的煎熬中度过的。

陆军学院毕业后，哥哥在基层连队待了两年，再次考军校，如愿被西安政治学院录取，哥哥严格要求自己，从未放松训练和学习，就在毕业那年又接着考上了本校的研究生。研究生毕业后进入总参谋部工作。

哥哥从军后成了我们家的又一个榜样。继他之后，我的表弟也走进军营，最终成为士官。之后我的堂弟也走进军营。一直有着军营梦的我，早在高中毕业时就想去参军，但那时哥哥已在部队多年，早已提干，估计转业的可能性不大。父亲母亲有些舍不得我再去当兵。我曾执意要去，母亲却道出她内心的苦衷，她希望总要有一个儿子陪在他们身边，就这样我只得作罢。

又一个走进军营的是我的表弟。表弟生性顽皮，从小就喜欢舞枪弄棒的，一直都有当兵的愿望。姑姑就一个儿子，也舍不得他走进军营。但表弟个性强，主意多，姑姑也拦不住。走进军营后的表弟，经过严格的训练，不仅强健了体魄，性格也不像原先那么顽皮。在部队，他在汽车连学会了驾驶技术，最终成为一名驾驶兵。那年，是表弟走进军营后的第三年，他回家探亲，当他站在姑姑面前敬上一个标准的军礼时，姑姑喜极而泣。军营改变了表弟的言行举止，令他提升了能力，增强了本领。

在我们的大家庭里，还有我的二爷参加过抗美援朝战争；我的堂弟也走进过军营。目前仍在部队的是我的叔叔和哥哥，他们都是从一名普通战士成长为大校军官，尤其是叔叔，从十八岁离开老家，驻守塞外近半个世纪，从英俊少年到“两鬓青青变星星”，千里之外的北国，他面对风雨，保家卫国，成长为一名有大校军衔的军官，为国家默默奉献。他是我们家的榜样和表率，成为我们家的精神引领，是我们家一笔宝贵的精神财富。

前几年，我带着九岁的儿子去北方军营看望叔叔。孩子看到叔叔驻守了近半个世纪的军营所在地，兴奋地问我：“二爷就是在这里当兵？”他一脸的自豪。

时至今日，我的叔叔和哥哥仍然在部队。他们身上的军人作风、风范和精神成为我们全家人的行为标准，慢慢变成了我们全家自觉遵守的家风家规，它必将成为一个家族的精神基因传承下去，必将影响着我们家里一代又一代的儿女。

爷爷的军功章　赵锋 / 摄　2019 年 . 赵庄

乡村木器

一棵树就是一个村庄的灵魂。

一棵树在一个村庄里的地位很高。

村里人的生活也是离不开树的。树和村里人的生活息息相关。

村里人对树木情有独钟。他们的生活几乎都离不开树木。

在乡下，有许多东西都与树木有着千丝万缕的联系。村里人的生活也离不开树木。他们对树木有着天然的亲近。他们把树木做成各式各样的木器,用于日常生活。这些木制的器具给乡下人的生活带来很大的方便。

乡下人用惯了木器。他们似乎从来都在拒绝木器以外的器具。村里的大妈们做饭总是用木质的锅盖，用木缸装水，用木盆洗菜。村里的张大爷老了，走起路来很困难，儿子给他砍了一根竹棍，让他当拐杖，张大爷却不乐意用这根拐杖。他到屋后的树林里砍了一根很结实的木棍。他把木棍做成了一根很好看的拐杖。他很满意地拄着这根拐棍在村子里闲转。即使是喝一瓢凉水，村里人也愿意用木瓢。

小时候，村里的孩子们总是聚在村口纸厂的吊楼上玩游戏。个个都在自家屋里用小刀削好各种木质武器,有手枪、宝剑、大刀,还有红缨枪,最简单的就是棍棒了。然后带着各自的武器就到纸厂的楼下集合。武器最好的当然就是每一次游戏的领头。多少次激动人心的拼杀争斗都在这里上演，多少次欢欣鼓舞的金戈铁马都在这里挥舞，多少次自己的奇思妙想在这里得以实现。村里的孩子们就是这样，早早地用木头来表达着自己最幼稚，也最纯真的梦。

一棵树从小长大，长成了一棵大树。村里人也在寻思着这棵树能干点什么。其实村里人早就想好了怎么处理这棵树。一棵树从小树长成了大树，长到在盖房子的时候可以做一根大梁，这也许是它作为一棵树一生中最大的光荣。再小一点的就可以做一根椽子。房子盖好了，父亲就会张罗着给儿子找一个媳妇。其实这些树，还有这些房子都是给儿子准备的。他们老了不是还有老房子嘛！还有再小一些的树，就可以做一些门窗的原料。

还有一些树就站在村口。它们在那儿已经站了近二十年了。它们似乎在等待着什么，就像村里那些美丽而善良的姑娘们一样。像树一样着急的还有村里刚刚长成大小伙子的张家老大，他和李家的三闺女从小青梅竹马，两小无猜。张家老大早想着，要是能把李家老三取回家那该多好啊！她就是梦想中的新娘。那还犹豫什么呢？

三闺女是村里同龄的姑娘中最漂亮的。在村里能娶到三闺女那是前世修来的福！村里人都这么说。想到这些，张老大有些心里没底了。其实，打小三闺女就暗暗地喜欢他的能干、老实和憨厚。张老大最终还是鼓足了勇气请了村里有名的周婶婶去到三闺女家说媒。张老大做梦都没有想到，三闺女毫不犹豫地答应了这门亲事。村口的树终于派上用场了。它们终于如愿以偿地成了三闺女的嫁妆。嫁妆里装着三闺女准备已久的各种精美的礼品，有奶奶给她的祖传下来的首饰；有母亲送给她的珍藏了多年的龙凤被面；也有妹妹给她戴上的美丽头花。其实这些嫁妆里装的远远不止这些，它们还装着三闺女对未来的憧憬和畅想，装着婚后的甜美和幸福。它们将伴随着三闺女度过婚后漫长而又很幸福的日子。许多年月后，三闺女还会在这些已经陈旧的嫁妆里找到只属于新娘时的甜蜜和年轻时的激情。木质的嫁妆给予三闺女一生的幸福，一世的畅想。

在乡下，男子婚后就要开始承担起家里的所有的农活儿。他们要用犁、耙、锄、扁担这些农具。他们就要用这些木器农具养活一家老小。等到庄稼成熟了，他们又要用斗、筒、柜这些木质容器装载他们的庄稼、收获以及喜悦。那些年月倘若离开了这些乡村木器，庄稼人如何承载庄稼带给他们的欣喜和希望。

一年又一年的过去，一件木器在一个村庄的存在远远超过一个人。村里的老奶奶们用的仍然是年轻时的梳妆台,用作为嫁妆的柜子装衣服，睡的仍然是结婚时的新床。一年又一年的过去，村里的人老去了，但是木器反而因为它们古老才会焕发出独有的年轻光芒。它们才不像村里人的脸，一过四十岁就开始被皱纹占据。然后，用一脸的沧桑面对着永远年轻而又成熟的土地，打发着剩下的漫漫长路。

一件木器就是一个乡下人家的财富，就是一个人家的传家宝。一件好的木器能从祖辈传给父辈然后再传给儿孙以至子孙万代。它们在一个村庄的路太漫长了，就像一匹奔跑的马，远远地把村里人落在后面。去走村里人不能也无法走完的“马拉松”。因此它会拥有比村里人多出几倍的故事和经历。它们比村里人更有能力来见证和关注一个村庄曾经走过的风雨和历程。它们才是一个村庄的见证者。

村里的老人在还没有年老时就开始准备老去之后的棺木。即使是在与年老还有一段距离时，他们就开始张罗着把山上年轻时就栽下的几棵上好的杉树砍回来。刚过六十岁，他们便把木匠请到家里来，把自己的棺木做好。他们好像担心自己一夜之间就会老，走不动，没有人为他们准备这些了。只有做好了这些，村里的老人才会心安理得地过日子；才会胸有成竹地在村子里溜达；才会有一种高枕无忧的坦荡；才会真正觉得自己融入了这个村庄。

老人们生前用木器打造装饰着一生的生活，身后又用木器来遮风挡雨。这就是一件木器的命运。但是木器却像村里站着的树一样默默无闻、无怨无悔。

乡村木器贯穿了一个乡下人的一生。童年时，用木器编织着五彩斑斓的梦；青年时，用木器承载着一生中的沉沉浮浮；老年了，又是一副棺木定义了一世的轨迹和荣辱，遮挡已经无力躲避的风风雨雨。

老屋窗口　赵锋 / 摄　2020 年 . 冻青沟村

怕花的女孩儿

在这个世上，你一定怕过什么！不管是人还是物，是物质还是精神，抑或别的什么？可是你一定不会像我告诉你的这个女孩儿一样，会怕花！

那是一地黄灿灿的油菜花，这是上学必经的小路。她必须每天从这里经过，去到学校。因为这条路既近又有美丽的风景。

她的家房后有一片花园，很漂亮，就像她的年龄一样充满着的阳光和色彩。开花的季节，她家的花园就像是打扮得花枝招展的姑娘。

开花的季节是花的节日，她用自己的花期吸引着所有的眼睛。但花却吸引不了她。因为她是一个怕花的姑娘。

过去，她也是一个爱花的女孩儿。她们家的那个花园里很多花都是她亲手栽下的。她喜欢所有的美丽的花，包括她们家周围庄稼地里的庄稼花。这也许是其他女孩儿不喜欢的花。村庄里的女孩儿已看惯了村里庄稼地里开的庄稼花，就像吃够了家里清晨永远都不变的玉米粥一样。她们说那些花不如牡丹和海棠名贵。

她似乎从来都不愿意像村里其他女孩儿一样去看待这些村里的庄稼花。她生怕自己一不小心就冷落了那些花。

从小她都是从这条小路去上学的。她就是希望看着这些花从小长大的样子，最后看着它们绽放着美丽。看着它们能开花，她总是满脸的幸福。

这条小路她从小学走到中学。

中学的时候，在油菜花开满她必经的小路上的时候，她的身体肿得近乎到了透明。她住进了医院。这个春天，她再也不能看到油菜花开满村庄的景象。她无奈地躺在病床上。窗外是高楼和污浊的空气。空气里是她不想闻到的味道，没有花香，没有花的颜色。突然离开了那个充满着花朵和花香的村庄，那里有她和其他女孩儿一样的少女梦。那些梦就像村里那些花朵一样五彩缤纷的，散发着诱人的味道。

医院检查的结果是：她的皮肤对各种花的花粉会产生反应。一旦到了花季，她的这种病就会犯。从此以后，她就注定和花近在咫尺，却要天各一方。她注定要与花朵保持一段距离。她只能远远地看花。

是花诱惑了她，也是她捉弄了花。她是村庄里唯一远离花朵的人。

她是一个怕花的女孩儿。

远离了花朵，她的生活显得有些暗淡，像是小时候的黑白照片，只有影像，没有想象。

远离了花朵，她的梦想似乎更加遥远，像是天空中飘荡的云彩，只能看见，不能采摘。

从她住进医院的那一天开始，她就知道自己将与花朵告别。这对她来说，是一种残酷的分别。今后的岁月将会少一份光彩和颜色。儿时的花篮里偷偷藏着的小花只能是回忆中的气息。这气息已经够她嗅一辈子了。

从此，能上学的时候，她必须远远地离开村里那条她走了十几年的小路。那条路在她的眼里是用花铺就的路。那些花好美好美。她只能远远地绽放着幸福的微笑。

她的几个同样爱花的女孩儿又采了几朵美丽的指甲花。她们把指甲染得五彩缤纷的。她看到了，心里微微动了一下，然后又默默地走开。

她只是远远地看着这群和自己一样爱花的女孩儿，远远地看着伴随自己童年的指甲花。第二天，她实在有些忍不住了，于是，她背着母亲到后园里掐了几朵指甲花，悄悄地放进自己的小屋里。她仿佛闻到童年的味道，一种幸福的味道。那一夜，她梦见自己又走在春风中的油菜花丛中，她又看到童年的伙伴和她一起嬉戏、打闹。就在这个时候，一阵莫名的风从天边吹来，她毫无准备地躲闪。但是，她仍然看到地里所有的油菜花都被远方的风吹得不知去向。她凄然地站在田地里，突然失去了方向，突然不知了回家的方向。她哭喊着。

哭喊的同时，她听到了母亲的声音：“女儿，你疼吗？”

她醒了，睁开了双眼。她看到了母亲焦急的双眼和盖在身上的白色被子。

她突然意识到自己是躺在医院里。

母亲并没有作声，她也没有问母亲。母亲只是说：“醒了，就好。你可把妈吓坏了。”

既然与花朵无缘，与美丽无缘，那就学会告别吧！

为了健康，她不得不有意躲避那些美丽的花。那些花远远地离开了她的生活。只有这样，她才会离健康近一步。

她要远远地绕过门前的油菜花地去上学。她远远地凝视着那片可爱的油菜花，心里一直像是缺了点什么。从那以后，她常常梦到自己还在花丛中间奔跑、呼喊。每一次从梦中醒来，她都怅然若失。

从小学到大学，女孩儿是班里的优等生，同学都愿意和她一起玩儿，尤其喜欢看她绚烂如花的笑容。谁都没有觉得她是个生病的女孩儿。

女孩儿虽然远离了花朵，但她懂得用爱心面对人生。女孩儿心里一定明白：这样的人生，无花也一定是美若鲜花。

温暖的庄稼地

村里的庄稼地就像村里的人家一样。有多少户人家就有多少片庄稼地。庄稼地连着庄稼地，共同历经着风霜雪雨，彼此最终成了兄弟姐妹。

庄稼地是村里人的衣食之所。庄稼地养育了庄稼人。

庄稼地里也有流浪儿，比如河边的庄稼，一些年月会长满庄稼，另一些年月它们又被大水冲走，冲得无影无踪。河水来去无常，村里人刚刚把一块乱河滩改成了庄稼地，种子刚种上，河里又发大水。一季的忙碌就算完了。

庄稼地都有自己的主人。反过来，庄稼地在村庄里也代表着它们的主人们。庄稼茂盛了，主人在村里也很光彩。倘若某一块庄稼地里长满了草或是长得过瘦。村里人就会说这家人多懒，连地里的草都不锄。

庄稼地是村里人的命根子。没有庄稼地的人，在村里就是流浪人。没有庄稼地，该怎么生活呢？有一年，村里来了一户家人。他们是从别的地方搬过来的，因此在这个村庄里，没有他们的地。他们是村里唯一一家没有地的人家。村里没有人愿意把自己的地让给他们家。那么多年，他们年复一年地看着村里的人把庄稼从地里收回家。内心不知有多羡慕，要是在这个村庄有一块自家的地该多好啊！那么多年，他们在村里很尴尬，他们失去的不只是庄稼地，失去的是在这个村庄里安身立命的资本。他们成了村里的流浪人。

有一年，一群修路工人来了。他们要在村里修路，而且不再像从前把路修在河边了。村里人为了不失去庄稼地，往往把路修在河边或地边。然而，这一次却不同了。工人们先用仪器测量，然后画线。画完线，村里人才明白。公路这次要从自家的庄稼地里穿过。村里人这次急了，经营了多年的庄稼地要被占了。庄稼地养活一家老小，这次却要长久地失去了。怎么办?

村里人想起了庄稼地一年又一年繁茂、茁壮的情景，想起了一年又一年收获时的挥汗如雨；想起了一年又一年粮仓满盈。内心涌起了不舍，就像舍不得亲人离去一样。

庄稼地从此就要变成公路，从此就再没有种子在这片土地上生根、发芽、收获，成就村里人脸上的微笑。无数次的耕耘，无数次的翻越，也翻越着村里人心中闪烁的希望；多少回的辛勤收获，收获的是大地回赠给村里人沉沉的果实。

村里人失去了一片庄稼地。

村里人觉得像是失去了一个孩子。

乡间柿子

秋天到了，它红着脸挂在枝头，羞涩得如同村头的小姑娘。

秋天到了，是该它们成熟的时候了，就像村里待嫁的新娘。

它们是村里随处都能看到的柿子。就在路边，它们喜庆的颜色装点着整个村庄。

在村子里随处都可以见到柿子树，在田边、在山坡，在河边都可以看见它们的身影。它们是这个村庄里的一道风景，装点村庄的同时，也给了村庄一种收获。

小时候，各家各户的地边基本上都栽几棵柿子树。即使没有，细心的主人也会出于习惯在地边栽上几棵，柿子树成了地的门牌。

有了柿子树，小孩子们就希望它们快快长大。那是他们暑假里的一道快餐，一长串的乐趣。对于乡下的孩子来说，柿子树是它们童年回忆的一抹亮色。

夏天刚到，柿子树便开始开花。开花过后，樱桃般大小的柿子就闯了出来。没过几天，便长成核桃大小。此时，暑假已经不远了，村里的孩子们都巴不得早点放暑假。

好不容易等到放暑假，孩子们还没有来得及冷却因为期末考试成绩带来的伤感，就迫不及待地跑到各自的柿子树下，看看树上的柿子长多大了。树下的巴望是乡下孩子才会拥有的真正快乐。

等到柿子长到青苹果大小时，我们就毫不客气地开始上树摘柿子。但是此时的柿子味道很涩，难以下咽。这很好办啊！村里早就有腌柿子的习惯。由于害怕大人指责，而且此时摘来的柿子大都是偷偷摘别人家的，所以不可能大大方方地把柿子拿回自己家里腌。在解决吃的问题上，村里的孩子永远都是最能发挥想象力的。于是，我们就把柿子分别埋在各自的稻田里。这样，既能达到腌制的作用，又能很隐蔽，不容易被别人发现。可是问题还是出现了。村里的田太大，匆忙之间记不住精确位置，过几日兴高采烈地去掏柿子时，却怎么也找不到柿子的踪迹。

村里的春花也和我们一起腌柿子。但女孩子就是细心，每次她都会记好自己的柿子埋在自家田边的第几行稻谷旁。到了时间（一般为一周）就不慌不忙地去取。春花后来告诉我们这样的方法，我们都纷纷仿效起来。这种方法果然很灵验，从此，我们就再也不用为找不到腌柿子而发愁了。

腌柿子尝过之后，我们就巴望着能尝到真正的红柿子。这个过程很漫长，基本要贯穿整个暑期。由于气候的原因，家乡的柿子一般都要等到秋季开学时才真正熟透。

熟透的柿子灯笼般地挂满了枝头。阳坡、西坡、后坡的柿子都相继红了，把整个村庄都染上了喜庆的色彩。红透了的柿子，也惹红了村里孩子的眼睛。

孩子们放学后，背着书包，三五成群地跑到柿子树下。稍大一些的孩子就负责上树摘，小孩子就待在树下，等着大孩子把柿子摘下来，由他们保管，事后再分而食之。

枝头通红的柿子像是村姑脸上的颜色，当然也会吸引村里的汉子，他们在忙完了农活儿后也会到柿子树下，上树摘几个柿子，尝个新鲜。

此时，在农忙的间隙，村里的农妇会不失时机地把自家的柿子摘回家。将红透了的柿子切成片儿，然后用竹签穿成串挂在屋檐下。这样一直挂到冬天，经霜打过后，柿子片上就会结出晶莹的白色的霜花。霜打过的柿子片香甜可口，是乡间冬天无可比拟的美味。

到了秋收之后，还有一些没有完全红透的柿子，再不摘下来就会自己掉下来，烂在地里了，那多可惜！这时，各家都会抽空背上背篓，去把树上所有的柿子都摘回家，一部分用坛子腌上，另一部分用来酿酒。

柿子酒在乡下很有市场，村里的人都喜欢喝柿子酒，那种热乎劲甚至超过精品瓶装酒。毕竟，村里柿子的产量远远低于玉米，这反而让柿子酒出尽了风头。只有贵客到家，主人才会把柿子酒拿出来给客人尝尝。

柿子像是秋天村庄里的灯笼，它的颜色是丰收的色彩，它的味道是甜美的滋味。它们一年又一年如期而至地迎接着村里人丰收而甜美的生活；它们一年又一年坚持不懈地传递着村里人喜庆而温馨的岁月。

摘柿子的人　赵锋 / 摄　2018 年 . 汉江

水电工的爱情

他戴着一顶很旧的黄色帽子，穿一套天蓝色的工服，从帽檐露出来的头发因为凌乱而有些发卷。瘦瘦的面庞显得有些苍白，显然与他的年龄不相符。

他干这行已经有八年了，这八年里，他从一个不知天高地厚的少年变成了一个担负家庭的男人。八年间，他当过学徒，做过厨子。他说当厨子太累，所以他宁愿选择学会了现在用以谋生的手艺。他做活很卖力，也很漂亮。

以前他边做活边唱歌，那时的他无忧无虑，收完工，就跟工友们出去溜达，有时也出去喝酒，但从不惹事生非。他是个诚实的人，就是因为诚实，他在工地上迎来了他的爱情。

那时他去外地，工地上有一个二十出头的姑娘，姑娘爱干净、衣着得体，虽说是小工，其实主要是负责工人们的生活，给工人们做饭。后来，姑娘得知他当过厨子，就刻意找机会与他接近，也想从他那里学点手艺。他很乐意帮她，除了他本来就乐于助人外，还有一些别的原因。时间久了，两人真的擦出了感情的火花。后来，他不再陪工友们出去溜达或者喝酒，而是陪姑娘到附近逛街。夏天他给姑娘买冰激凌，去一些小饭馆吃饭，冬去春来，上街的时候，他已经拉着姑娘的手，姑娘没有挣脱，他咧着嘴，傻傻地笑。

第二年，他将姑娘领回到他的家乡，一个滨江小城。尽管那时他依然一贫如洗，心里却美滋滋的。他依然辗转在小城的各个工地，但他每晚都风雨无阻地回到属于他们的家。第二年，他们生了一个女儿。女儿乖巧、伶俐。这让小两口很是欣慰，他们觉得日子很有希望。

转眼间，女儿周岁了。女儿长大了，没有变化的是他们贫困的家。妻子似乎已经过够贫穷的生活，女儿长大了，原以为随着岁月的变化，生活就会变化。其实却毫无转变。邻居家早就搬到楼房里了，他们却蜗居在平房里，这让她一筹莫展。一次她上街遇到从前邻居的女主人，邻居的穿着很入时，尽管很热情，但她却能明显地感觉到从对方语气间透露出的对她的轻视。也许她已厌倦了这种贫困的生活，也许她真的无法承受来自邻居的蔑视，渐渐地，她开始埋怨他，说他没有能力，说他连个房子和衣服都买不起，还算什么男人？

她的变化让他既意外又束手无策。他还爱她，在他的眼里，她依然是从前那个与自己风雨同舟的妻子。

又过了一年，她对他说自己要和表妹一起出去打工。起初，他很反对，因为女儿还小，走了，女儿怎么办？但她说了一句话，让他哑口无言了。她说："我不出去打工，你能让我住好房子吗？你能让我过上好日子吗？"那年夏天她和表妹一起远赴广东打工。那是她一直梦寐以求的地方。

她走后，他变得沉默了。开始了单身男人的忙碌生活，每天还要照顾女儿。她走之后，他的生活的确变得凌乱而乏味。女儿很可爱，这成了他唯一的快乐。她一去三年，女儿常常问起自己的妈妈，他很无奈，只好对女儿说："妈妈去亲戚家了，过些日子就回来。"这样的话他从她走后，第二天就开始说，已经说了三年了。

终于她在走后第三年的夏天回来了。她完全变了，那是夏天，她穿得显然有些暴露，以至于年幼的女儿不解地问她："妈妈的肚脐都露出来了，羞！"她的语调里明显有很浓的广东腔，手上还戴上了戒指，想到昔日朴实的她变得如此时尚，他有些不知所措。

邻居们见了他，打趣地说：“媳妇打扮得这么漂亮，挣到大钱了吧？你可要将她看好，免得跑了。”

邻居无意间的玩笑在一年后成了现实。她真的远走他乡，杳无音讯。

女儿年年都在家盼望着妈妈能回来，可是等来的年年都是父亲的那句话：明年妈妈就会回来。

面对女儿的期盼，他越来越沉默和忧郁，她后来甚至没有给女儿打过电话。来过一次电话，说的却是离婚的事。

他依然要辗转于各个建筑小区，给每家每户做水电路。他依然每天都戴着黄色的军装帽，满脸尘土地走水管、电线的路线，他点着一支烟卷，神情黯然地蜷缩在墙角。工地上的人都说他活儿干得越来越漂亮，凡是他走的管道、线路从未出现过问题，短路的却是他精心呵护的爱情。

那天，他又走好了一家的水电线路，主人试着把新房的开关打开，灯亮了，身后的电灯照亮了整个房间，屋内一片温暖的灯光……

他拾掇好自己的工具走出房门。

灯光　母爱　温暖

我曾在一篇散文《儿子，去看看海》里写过：“在这个世界上，如果真的有一种无私的爱，那就是母爱。不管有多少以爱为名的爱存在这个世界上，也不管那些爱用怎样精彩的故事吸引眼球，以多么惊心动魄的形式撩人心魂。然而，母爱的真实和纯粹让我有理由相信这个世界上有真爱和无私的存在。”

许多年过去，在这深秋的夜里，从老家赶回到家里，坐在书桌前不禁想起这一切。那一年，母亲在老家不小心骨折，从受伤、手术、住院到一步步康复，整个过程对她来说那么漫长。母亲好强，并不屈服于手术带给她的不便，平静时如长者，倔强时像孩子。母亲从卧床不起到下床努力复健，她的内心历经挣扎。我们在忙碌中照顾她，但不能替代她，她在我们忙碌时独自一人，身体慢慢好转之后便牵挂老家诸事。回到老家，坐在自家的院子里晒太阳她才踏实。

在城里小住时，每晚睡前我定会将母亲床头的小夜灯打开，让这暖暖的灯光伴她走过这长夜。今晚她回老家了，故乡的夜里一定有这温暖的灯光陪伴。

这个春天因为突如其来的变故，我连母亲的生日也没能赶回去，往年无论多忙我都会如期赶回老家去陪父亲母亲过生日，就像他们儿时总会数着我们的生日一样，期望我们健康快乐地长大，如今我们更渴望他们能健健康康的。

“您养我长大，我陪您变老”。

在彼此的守护和守望里体味着彼此的爱恋。深夜，春声，故乡满山遍野的树叶慢慢变绿，春笋也一定使劲地往外钻，也许明天它们便会把一座又一座的山梁染绿。这是山的本来模样，也是母亲喜欢的模样。年轻时母亲就在这山上扳竹笋以填补粮食的不足，也丰富了我们家的餐桌。每年春天母亲都在抢时节，在菜园里忙碌着，准备着要下的苗，规划着菜园里每一寸土地。

去年冬天，母亲去北京哥哥家小住，每次打电话除了家里的情况，问她的孙儿们，最后一定不会忘记问老家的菜地。其实这么多年过去了，家里已不再是当年那样为了我们读书而捉襟见肘，更不用依靠院子里的那点菜地来改善我们的伙食。可是，她的内心里却依然放不下院子里的菜地。我想，这些菜地大概多年前给了母亲的内心某种安慰和恩惠。

我常常想起每晚给母亲打开的灯光，温暖而温馨，一如儿时母亲每晚关灯时叮嘱我们早点休息一样。你看，人生轮回，何其相似，一样的情形，共同的情愫，总会在生命的某个时空不期而遇。

昨天看到新华社公众号里刊发的一篇文章《真正的成功，就是能陪父母吃很多很多顿饭》，文章写道：“跟爸妈吃饭，在我们看来，是一件微不足道的小事，可对于父母来说，却是晚年生活中最大的仪式感和最踏实的幸福。”这是大多数人的共识，可是在忙忙碌碌的生活和工作中，最终有几人能够做到。所以，有机会就多陪伴父母，一起吃一顿饭，听他们唠叨，其实这并非是成全父母，而是在成全自己。

林清玄说:“浪漫，就是浪费时间慢慢吃饭，就是浪费时间慢慢喝茶。”

我想说，浪漫，就是浪费时间陪父母吃饭，就是浪费时间陪父母慢慢变老！

我的父亲母亲　赵锋 / 摄　2021 年 . 赵庄

布凉鞋

小梅明天就要上学了。

小梅在自己的房间里收拾下一周要用的各种物品。母亲叮嘱："把袜子也带上，预防天要下雨。"小梅说："我知道了。"

小梅快要睡的时候，趴在房间的门口问："明天，我穿哪双鞋？"母亲边搓着衣服边回答："就穿我给你做的那双新布凉鞋。"小梅皱起了眉头说："妈，现在谁还穿那样的鞋。同学会笑话我的，我才不穿布凉鞋呢！"小梅很不高兴地从床上坐起来。

母亲听小梅这么说，也停下了手里的活儿。母亲想：为做这双鞋，她可是用了将近一个月的空闲时间。每天做完农活儿后，母亲总不忘拉几针。夏天来了，母亲怕女儿没有凉鞋穿，脚被捂着了哪有心思学习呢？母亲根本就没有想到自己的一片苦心竟然遭到了女儿的拒绝。

母亲之所以这么着急地给小梅把凉鞋做好还有另外一个原因，家里实在是拿不出钱来给女儿买胶凉鞋。老二、老三下个星期也要买本子了。母亲想，给女儿做一双布凉鞋是一件两全其美的事。

母亲就怕小梅嫌布凉鞋不好看。所以，她就从箱子里找出她年轻时的一块碎花布。母亲想，这布又好看又结实。女儿会喜欢的。

听小梅这么一说，母亲既吃惊又着急。

小梅倚在门边，看着母亲搓衣服的身体又向下埋得更低了。小梅似乎看出了母亲的内心。

小梅的话真的让母亲有一些担心。她怕女儿真的不穿这双鞋上学去，更怕女儿穿着这双布凉鞋上学去会遭到同学的嘲笑。母亲宁可自己多受点苦，也不想让女儿受半点委屈。

母亲想到自己小的时候连鞋都穿不上。那时候，如果能有一双布凉鞋穿，心里别提有多高兴。母亲以为女儿也会有自己当年的那份欣喜。

小梅明天一早就要走了。母亲实在想不出更好的办法。母亲的眉头皱得更紧了。女儿在小屋里还没有睡。想着同学们都穿着五颜六色的凉鞋，心里羡慕极了。但她也知道父亲自从在煤窑里把腿摔坏了之后就再也不能出门挣钱了。家里的兄妹几个读书已经很不容易。母亲为了他们上学已在一日日透支自己的身体了。她有点后悔刚才给母亲说的话。

这时，小梅看到父母屋里的灯还没有熄。她悄悄地凑到父母屋门外。母亲说："我原以为她会喜欢这双布凉鞋，谁知她看不上。""现在这些孩子可不比我们当年了。"是父亲在说话。"要不就先把买化肥的钱让她带上去镇上买一双凉鞋。"母亲接着说。"那化肥怎么办？"父亲有点着急地问。"这几天，我再上山打点儿山货。"

小梅在窗外实在听不下去。她泣不成声地跑回了自己的小屋。母亲听出是女儿的哭声，急忙追过来。母亲坐在女儿的床边，女儿把脸埋在被窝里。母亲劝女儿："小梅，别哭了。明天你把这十五元钱带上。""我不拿，我就穿那双凉布鞋。"小梅近似沙哑地喊道。忽而又坐起来，小梅抱住了母亲。母亲有点不知所措地惊慌。"妈，您把那双布凉鞋拿给我吧！明天我就穿那双布凉鞋。"母亲内心有股暖流流过心田。她看昏暗灯下，小梅还在抖动的双肩。

第二天在小梅的教室里，女同学们都围在小梅的周围。"小梅，这凉鞋真漂亮！""小梅，你的鞋在哪儿买的，我要买这样的。"一群女孩儿在教室里叽叽喳喳地看小梅脚上的鞋子。

小梅看着身边一群女孩儿，心中不禁有一股暖流流过。

小美

一

美丽的东西，人们总是想让它常在。然而却总是事与愿违，有时它们稍纵即逝，让你无法把握。

花儿很美丽，但总有凋谢的时候。有些花在你一不小心的时候就早早地谢了。小美就是这样的。

念中学的时候，小美就坐在教室的后排。刚开学的时候，班里的同学都是从各村来的。小美乌黑的秀发，扑闪扑闪的大眼睛，还有相对漂亮而整洁的着装让全班的同学都有一种耳目一新的感觉。小美成了全班的焦点，成了班里最漂亮的“公主”。小美慢慢地也走进了班里几个年龄稍大一些的男生的梦里。小美有一副好嗓子，课余的时候总是不停地唱歌。除了唱歌，她也喜欢跳舞。一个女孩子在这个年龄里最能惹人注目的长处，几乎都被她占全了。

正是对小美这些美好的印象，在中学的时光里，她成了刚刚进入青春期的男生在宿舍里谈论的永恒话题，常常走进了男生们的梦里。三年过去了，小美娇美的面容和甜甜的笑容永远地留在了大家的记忆之中。

中学毕业后，爱好文艺的小美去了小镇上一家文化站里工作。年轻的心灵里做着同样年轻而稚嫩的梦。小美以为自己终于找到了一份喜欢的工作。她曾经给在异地求学的好友说找到了自己的所爱。那份生命中最初的狂喜在她的幼小心灵里演变成了一种生命中最初的激情。她以为自己今后就可以无忧无虑地唱歌、跳舞了。

其实，这对小美来说只是一个开始。校园外的世界是个远远超过小美想象的“大世界”。它的复杂性超出了她所能预料到的一切。她的天真和纯洁却成了这个复杂世界引诱她的最好借口。少女在不经意间就走向她无法预测的前路。生命利用了少女对人生过于乐观的预测，最后在对生命最美的畅想中迷失了自己。小美就在这种最美好的畅想中走进生命中的暗角。

二

为了生活，也为了隐藏在内心的梦想。小美用最大的幻想和耐心等待着生命有一天的灿烂。就是为了那份灿烂，她愿意为此付出自己一生都无法挽回的代价。

那一年，小美在小镇上遇上了一位从外地来的商人。男人的魅力在这位已经进入了不惑之年的商人身上得到了近乎完美的体现。正值花季的小美被她从来都没有看到过的优雅迷住了。小美听他讲外面无比美丽，也无比精彩的世界。这些再一次拨动了小美的心。小美完全被这个满肚子都装着故事、风景和梦想的男人征服了。然而，男人讲完故事，满足自己的欲望后，在一个秋日的清晨，消失了。梦想与小美更加远了，留给小美的只有黑夜。

小美几乎一夜之间失去了所有的希望和理想。那年，她只有十八岁。

那个男人从此不知去向。但是小美的生活仍旧在继续。然而，小美像是一朵孤独而无助的花开在她这一生中最为绚丽的时光里。

日子总会教人成熟。绝望中的小美在流言蜚语中慢慢长大和成熟。就像花儿经过风雨后学会绽放。既然小镇里没有自己的位置，那就走吧！

带着心里残留的梦，她几经辗转去了南方。面对更为陌生的城市。一次次求职的失败，一次次的伤心和失望，她终于进了当地的一家小厂。后来了又去了一家美容院。

与此同时，在她的家乡方圆百里，流言蜚语，此起彼伏。她注定要生活在流言里。她似乎离故乡越来越远了。故乡人总是以一种异样的目光注视着她。她没有办法躲闪，也没有办法逃避。

小美在流言中远离了故乡，也远离了亲人。

小美在故乡的人们的目光里搁浅，她搁浅在遥远的他乡，搁浅在冷漠的记忆里。

三

大家再次把目光聚在小美身上是在十年以后的冬天。

这年冬天，这个在家乡人眼里总是不安分的女子，让家乡人异样的目光再次异样了一次，不过这次大概是最后一次了。

这年冬天，从小美故乡去往广州的列车上传回了她的噩耗。那年她才二十八岁。小美所在的村庄再次谣言四起。小美再次给这个村庄及周围的人赋予了更多的想象空间和可能。小美和谣言似乎无法在她所认识的人头脑中消失，谣言与她生死相依。

听到小美不在了的消息，她所有的同学几乎都有些不敢相信，也不愿相信。她很年轻，她很美丽，她给了同学们少年时期有关美的印象和想象，她还是一个新婚不久的新娘，她才刚刚找到属于自己的幸福。相反，她在正当青春年少的时候受到本不是这个年龄所能承受的打击，又在令人不堪重负的处境里历经着一次又一次的流言蜚语，她这辈子几乎都活在别人的来势凶猛的谣言里。那些青春岁月过去了，青春的容颜在流言蜚语里裂变成了一种无言的伤痛。一次次地灼伤，灼伤的是一颗柔软而脆弱的心。

小美成了同学中最早离开这个世界的人。她没有过幸福的生活，一辈子都在流言蜚语中度过的。是她创造了谣言，还是谣言毁灭了她，谣言似乎成了小美无法面对的现实。小美去了，带着她纠缠一生的流言蜚语和美丽面孔去了。

2002 年的冬天，小美的凄美故事连同关于她的谣言在她的故乡被传唱。就像小美活着的时候一样她没有办法去抗拒流言。除了亲人和朋友，还有谁能记起这个几乎一辈子都与谣言有关的美丽女孩儿呢？

2002 年冬天，小美已经只是熟悉她的人们心中的一个符号，人们也许会忘记小美，却会把关于她的这些谣言铭记。

小美远去了，就像一个美丽的梦一样。她意外的远去了。熟知她的人还像她活着一样用异样的目光打量着她美丽的容貌，和她在他们眼里充满传奇的故事。她在谣言中远去，带着生命中曾经让她心动的梦想，曾经憧憬过的美丽爱情。

她从少女时代就开始远离故乡和亲人，甚至没有朋友，没有依靠和帮助，没有理解和寄托。她好比是从故乡那个小山村里飞远的孤雁。和鸟儿一样，年少的她曾经飞得太累了，她曾经想在故乡的屋顶歇歇脚。但她像麻雀一样被赶走了。

如果是鸟，她的歌声曾经是那样的动听。

如果是鸟，她曾经是一只多么好看的鸟。

如果是鸟，她动人的外表是多么难忘。

如果是鸟，她曾经想用翅膀扇动出最优美的孤线。

如果是鸟，在故乡的小树林里该有属于她的大树吧！

如果是鸟，她应该飞回自家的屋檐吧！

小美，你的灵魂飞回来了吗？

第二辑 有多少爱可以重来

有多少爱可以重来。
在日常生活里，
在自然万物面前，
在爱与时间的深处，
怀揣一颗善良、感恩、
虔诚的心，就能找到
属于自己的一方天地，
那里盛满了爱与安宁。

听着水声长大

人间有多少爱是从大自然里获得的，它们聆听、观赏和体验。那些山谷里吹过的风，溪水穿过河岸的流响；鸟儿在树梢上欢快地鸣叫；花香在山坡上漫延；朝阳从山的那一边升起，夜晚的星河万里，田间的蛙声一片，还有秋雨打芭蕉，冬季的雪簌簌地落在村庄里。

还有听着风声，喝着春雨长大的植物。也有伴着朝露、顶着暖阳盛开的花朵；更有经过风雪洗礼，历经春夏，在秋天里结出的果实。

每一次聆听都是浇灌，每一次浇灌都是成长，每一次成长都是风霜雨雪之后的硕果。生命与自然之间总是存在着某种关联，甚至一个人的情绪也是如此。

在大自然面前，我们的情绪总能被其左右，无论是大地长天，还是苍茫远山，我们总是在一次次与大自然的对视中，完成一次次情绪变化。香椿伴着春风长大，金钗在悬崖边听着水声长大。据说，金钗是一种很神奇的植物，它们必须生长于悬崖峭壁之上，终年享受云雾雨露的滋润。最早记载石斛产地的《名医别录》曰：“石斛生六安山谷水旁石上。”据说，上好的金钗石斛不仅要生长在潮湿的悬崖之上，还要听着水声长大。我想，金钗石斛大概也是一种诗意而浪漫的植物。因为这份独特的生长环境，因为有独特的功效，它才成为人们世代追捧和看重的植物和药材。

植物与人一样，有了身份上的独特，自然要拥有更高更严格的生长条件，金钗石斛的药用价值极高，被称为是听着水声长大的宝贝。

小时候，村里总有一些胆大的男子，长途跋涉进入深山悬崖之上寻找金钗石斛。那些金钗就生在高高的悬崖之上，而且极不容易被发现，村里人没有望远镜的帮助，只能靠自己的双眼。即便如此，村里仍然有寻找金钗石斛的高手。村里的顺礼就是这样的人。同行几十个壮汉进山，最终能够找到金钗石斛的也不到三五人，但顺礼几乎每次都能找到。众人都很疑惑，莫非顺礼有什么特异功能？此事被周边村镇传得越来越玄乎。顺礼也因此在众人面前很有面子，但不管别人怎么问，怎么套，他都笑而不答。有人说：顺礼哪儿都好，就是这点不好，生怕别人抢了他的饭碗。

此后多年，跟随顺礼进山的人越来越多，却没人能学到顺礼的本领。进山的人发现了不少顺礼的习惯，却并不知道是什么原因。有人说看到顺礼走到悬崖边总是先闭目养神，然后再缓缓睁开眼睛，目不转睛地顺着悬崖的立面仔细搜寻，别人若此时说话了，他会严厉地喝道：别作声！众人都觉得顺礼是不是有些故弄玄虚，你找石斛，跟大家说话有什么关系。随行的表弟智福悄悄地回了一句：石斛又不是鸟儿，还跑了不成？

找石斛就找石斛，怎么搞得这么神秘？又不是村里的“阴阳先生”，还怕冒犯了神灵不成？可是，顺礼总会在这一次次凝神静气的神秘时刻之后准确发现石斛的踪迹。每当此时，那些质疑他故弄玄虚的声音总会消失。顺礼也因此在村里受到与木匠、篾匠一样的待遇。石斛名贵，又很稀少，它是村里植物中少数能救命的“神药”。它在村里人心中的地位不言而喻。

顺礼采金钗石斛已经几十年了，从未失过手。有一年，顺礼的表弟智福跟随他一起进山，那天山里的雾气很大，几米开外就看不到人影了。顺礼交代表弟要紧跟自己的身后，一连跑了几处悬崖，顺礼驻足片刻之后，便摇摇头，催促表弟再往深山里走。起先，表弟并不反对，跟着顺礼继续前行。眼看晌午已过，雾气仍没有散去的意思，表弟有些不耐烦了问：

“表哥，不如不再往前走了，再到之前几处仔细看看！”顺礼果断地说：“那几处并没有，回去还是采不到。”表弟问：“你就这么肯定？你到底看清楚没有？”顺礼答：“我说没有就一定没有。”表弟有些急了，反驳道：“莫不是不想让我一起采吧？”顺礼无奈地叹气说：“看你这小心眼儿！”表弟这下彻底地急了，大声吼道：“都说你是行家，我看每次都是你自己进山时才采得多，别人一起你就说这里没有，那里没有。你是个啥亲戚？也没见你教教我手艺！”表弟说完，头也不回地出山了。

表弟走后，顺礼独自坐在山涧抽烟，许久才开始采石斛。

表弟的话之前他也经常听到村里人私下这么议论。他心里也为此苦恼，村里人并不理解他。他的这一手艺也是来自爷爷传授，爷爷当年就告诉他：“采石斛是件危险的手艺，我看你稳重、厚道，才选择你，记住千万不要告诉别人我在教你手艺，千万不要再轻易教给他人，这是一件会丢命的手艺。”顺礼牢记爷爷的话，不管村里人怎么追问，他都不曾将手艺传给别人，这里面也包括他自己的儿子。

表弟智福自那次从山里归来后，就再没搭理过顺礼。原本从小一起长大的表兄弟也不再来往，成为陌路。在村里那些采石斛的男人中间流传着一种说法：那天智福从深山空手而归，而顺礼却满载而归。智福四处就说顺礼背着他去采的。智福还当众发问：“你们大家想想，每一次进山有哪一次不是他顺礼采的石斛最多？”村里人一回想，好像还真是这么回事！每一次都是顺礼采得最多，卖的钱也最多。仅凭这一点，都会让村里的男人们深信不疑，其实村里有近一半的男人内心都有这种疑惑，只是一直将其装在心里没有说出口而已。

智福的这一举动，对顺礼来说无疑是莫大的打击。顺礼为人实诚，从不做伤害他人的事。没想到因为自己这一点不太起眼的手艺却伤了众人的心。智福还当众说：“顺礼就是生怕别人都学会了他的手艺，每次跟他一起进山都在我们面前‘装神弄鬼’的，对着悬崖，一会儿仔细从上往下看，一会儿又跑到悬崖根下，闭上眼睛，把耳朵贴在悬崖的石壁上听。

你们说采石斛不都是拿眼睛看，哪儿有用耳朵听的？难道那石斛还有名字让他喊不成？”闫二说：“我跟他一起进过几次山，确实像你说的那样，他把耳朵贴在石壁上，好像在听什么？我们当时几个还问他，他没有理我们。”

就在大家质疑顺礼时，村里发生了一件大事。村里的顺国进山采石斛时，绳子断了，不幸摔下悬崖，等找到他的时候，人已经不行了。顺国是顺礼的堂哥，在村里的威望极高，老村支书甚至在心中已经确定他为接班人。顺礼的家族都在为顺国的事忙碌，顺礼也在忙前忙后，一连两天都没睡觉。可是就在埋葬顺国上山回来的路上，表弟智福再次在人群中间指桑骂槐地说：“有些人心里咋想的？会点手艺就不得了了？要是早点把手艺传授给大家，顺国哥也不会死得这么早？这么惨哦！”大家都心知肚明，这话是说给顺礼听的。

顺礼听到这些并没有理会，只好放慢脚步，故意落在人群的最后。智福仍在人群中大声说：“我看有些人良心上咋过得去？”智福还想再说下去，顺国的小弟顺军拉了拉他的胳膊，让他不要再作声了。顺礼不由自主地站在了原地，脚步再挪不动了，他看着远去的人群，又回过头去看看顺国刚刚修好的坟茔，内心更加悲怆起来。其实他心里知道顺国的死跟他并没有必然的联系，甚至村里所有人都没觉得顺国的死跟他有关系。但智福的话仿佛是一根刺扎在他的心上，是一个有意无意的提醒，让他把顺国的死跟自己联系起来。他回想起从小到大，顺国对他的好。小时候，村里有其他人欺负他时，都是顺国帮着他教训对方。一起上山砍柴，背不动的时候，顺国哥也会把他的柴夹放在自己手臂间捎上一段。他娶媳妇时，也是顺国哥帮着他张罗，乐队、厨子、酒席等都是他出面料理的。顺国是他们同辈中既能干又厚道的人。顺礼越想越难过，竟然又折回到顺国的坟前大哭一场。

天渐渐地黑了，顺礼才迈开步子往山下走。他一直在想：“怎么亲戚朋友都这么看我？这手艺是爷爷悄悄教给我的，爷爷也交代过不能外传。

现在这手艺传给谁都不行。”但现实却恰恰相反，村里有很多男人都希望学会这门手艺。顺礼的年龄虽然不算大，但他对这门手艺的掌握程度却远远超过村里其他的男人。除了听爷爷给他讲从前的故事外，他也看到了太多关于这门手艺的故事，从他开始这门营生后，他也看到与此相关的争议。顺国是他看到的第三个为采石斛而丢命的人。

越是这样，顺礼对这门手艺就越是谨慎。晚上睡觉时，顺礼的媳妇李红梅悄悄对他说：“最近村里对你的议论很多，意见也很大。都说你自私，不肯把手艺传给别人。还说你就会这点手艺，有啥了不起的！要我说你选个合适的人，把手艺传下去也行。”

顺礼说：“你说得轻巧，哪有那么简单？这是门危险的手艺。我要负责任的。”

李红梅没有接话，她明白顺礼的心事。

偌大的村庄，并没有可以选择的传承人。外界已经传得更绝了：就是顺礼到死都不会传这门手艺的。

有一年，顺礼甚至一整年都没进山了，他似乎不想再踏上进山的路，想把这门手艺忘掉。

又过了许多年，村里进山采石斛的人渐渐少了，年轻人都外出打工，都说进山采石斛又辛苦又危险，也没有人愿意跟着老人一起进山了。来找顺礼的人也越来越少了。媳妇向顺礼抱怨：“早些年，我让你瞄一个合适的人当徒弟，你就是不听，还拿自己的手艺当宝贝。现在这年头，你看谁还稀罕这个？”顺礼默默地听着，并不作答。他心里有数，若收不到徒弟，岂不是更好！

与从前不同的是，原先村里有人生病，首先想办法通过中草药来调理医治，能不去医院就尽量不去。到了最危急的时刻，金钗石斛总能力挽狂澜，救人于生死之间。现在大为不同，有人头痛脑热，大都往医院送，吃药片子，挂“吊瓶子”，好是好得快，但人似乎没有原先的抵抗力强了。

顺礼到了晚年仍然在盛夏之时进山里采各种中草药。他总相信这些中药会有用得上的一天。之前跟着他进山的汉子也都跟随年轻人的脚步四处务工。有的学会了做小生意；有的开始从事建筑业；也有的去遥远的煤矿挖煤。留下的男人屈指可数，顺礼却守在老家，哪儿也不去。让大家意外的是已经无人问津的石斛，顺礼却对它们关爱有加，每年在不同的季节他都会独自进山去几处悬崖找石斛。更让大家奇怪的是顺礼也不采这些石斛，有时候会采一小部分，有时空手而归。顺礼媳妇李红梅常常抱怨他，跟村里人说："他纯属闲的，没事进山去看那些石斛，跟看他儿子一样。"

村里哪家生病了，顺礼依然用最原始的中草药帮着医治。年复一年，村里那些出门打工的人年初出门，年末归。进山的路只有顺礼一个人的脚步，路上杂草丛生，顺礼每年进山都要用砍刀将草木割掉。但这些杂草并没挡住顺礼的脚步。

直到有一年，一个闻讯赶来的药厂工作人员找到顺礼，问他有没有石斛，顺礼才将自己这些年陆陆续续采摘的石斛搬了出来，整整一麻袋。村里人才知道顺礼这些年一个人进山一边采摘石斛，一边保护悬崖上的石斛。那些石斛也越长越好，越长越多。

晚上，媳妇李红梅悄悄问他："那些深山里悬崖上的石斛你都记得它们长在哪里？"

顺礼思考良久，李红梅以为他睡着了，用脚碰碰他问："你睡着了？"

顺礼哼了一声说："没有。"

李红梅问："那你咋知道那些石斛长在哪里的？"

顺礼答道："我用耳朵听到的。"

李红梅一骨碌扭过身子，嘟囔一句："我没有耳朵听的。"不一会儿，只听见鼾声如雷，李红梅早已进入了梦乡。

梦里水乡　赵锋 / 摄　2019 年 . 汉江

拒绝

这个村庄里发生过许多次的拒绝。尽管每一次的主角并非全都是我。为此我常常感到庆幸，同时也曾为此伤感过。

最早知道被拒绝的滋味是小时候和伙伴们做游戏。我被村里大我几岁的老海丢在一棵比我身体和年龄都高很多的树下。而老海他们却在树上嬉戏，并在树上摘紫红的桑葚。我极委屈地站在树下，仿佛被遗弃的孩子。树下只有我一个人，我第一次被拒绝了。童年时也第一次感到了树上的桑葚并不是村里的每一个孩子都能自由地吃到，童年的快乐也不是村里每个孩子想拥有就能拥有的。

待在树下的日子对于我来说是一个漫长的过程。就这样一年又一年地看到桑葚红了，又谢了。因为，我要等到长大、长高的那一天的到来。我必须长到一个不会轻易就会被他们拒绝的高度和年龄。为了这一天的到来，我宁愿把童年缩短一些。尽管，我明明知道这些是不太可能的。

再次体验到这种滋味是再大一些的时候。那时候，我跟着别人去放牛。时间长了，我才知道牛也是可以交朋友的。要不然，村里为什么常常会有牛打架呢？

一天放牛时，我发现一头小牛想跟着它的哥哥去吃草。哥哥回头用角去抵小牛。小牛执着地试了几次。然而，哥哥并没丝毫松口的意思。小牛被它排斥在了离它十米以外的地方。小牛独自孤零零地在荒草地上守望着自己的哥哥。那一刻，我像是被强烈地击了一下。眼前的牛让我想起了自己小时候被大孩子们抛在树下的背影。以前，总觉得朝夕相处的牛不会彼此分开，分开了也没有关系。动物能懂得什么呢？直到看到那只小牛，我才明白牛也能体验到被拒绝的滋味。牛的童年其实也并不是亲密无间。它们也会懂得被拒绝的滋味。我想：小牛的心里一定也和我小时候一样孤单。小牛也一定在童年时就早早地尝到了被拒绝的滋味。

再后来，我长大了。我听到和看到更多次的拒绝。听到最多的就是村里的老毅被当时称为“村花”的春花拒绝了的故事。这件事发生的时候，我还很小。我庆幸没有看到这个故事，只是听那个流传在村里的故事。老毅和春花从小一起长大，青梅竹马。老毅心里早就开始喜欢春花了，就是嘴上不说。他暗自看着春花一天天地长大、成熟，一天比一天更有女人味。老毅心里暗暗地兴奋着。他像是在树下等着树上的苹果变红，直到熟透了，他再去把它摘下来。他以为树上的“苹果”肯定是属于他的。

为此，他早早地和父亲把自家的旧房翻盖一新。他就要在这亮堂堂的三间大瓦房里娶新娘，把梦中的春花接进新房。

这一年，老毅二十二岁，这在农村早就是应该结婚的年龄了。老毅的新房都盖好两年了，就等着新娘进去住了。

接下来就要去请媒人说亲。村里的三姑娘与春花妈平日里很是不错。那就请三姑娘去说亲。三姑娘义不容辞地去了春花家。老毅美滋滋地在家里等着三姑娘带回好消息呢。

但是三姑娘并没有带回让老毅满意的好消息。三姑娘说，春花妈说她们家的春花要远嫁了。三姑娘起初并不相信。就问：“那春花要嫁到哪儿？”

春花妈说：“村里大概就你们一家子不知道吧！就是上次村里来摆摊子的河南人。”

听春花妈这么一说，三姑娘这才猛然想起前些日子在春花家里住的那个外乡人。

“那春花她本人也愿意吗？”三姑娘又问。

“就是她本人愿意啊。要不她能听我的？”

“老毅这孩子就是怪好的。”春花妈最后对已走出门的三姑娘说。

三姑娘低着头急急地往侄儿家里赶。老毅听后，怎么都不相信三姑娘的话，硬说三姑娘跟他开玩笑的。

其实，老毅在心里已有所察觉。前一段时间，他就发现春花说话有些不一样。他以为是春花的心情不好，就没有多加留心。谁知她会来这么一出。

老毅心急如焚，想道：不，我得亲自去找春花，听她亲口对我。

老毅决定当晚就去找春花。

还是村里水塘边的槐树下，老毅生怕春花会因为害怕不来。他刚走到槐树下就看见春花坐在树下的石头上。两人在树下进行长达两小时激烈而悲壮的对话。

后来，两人不欢而散。老毅拂袖而去。

一个月后，春花就和那个外乡人走了。

村里人都说：真看不出平日里善良而温顺的春花，心也这么狠。

老毅在春花走后在家睡了三天。他对父亲说，要娶个外乡女人。父亲后来就托人在邻县给老毅找了个媳妇。

春花的拒绝让老毅比村里其他年轻人更快地成熟起来，更能面对生活中突如其来的变故。

老毅是村里最早盖楼房的人。是拒绝成就了他的成熟。

许多年以后，老毅才得知，当年春花之所以拒绝他，原因是春花爸要老毅他们家里必须拿出两万元的彩礼。但是老毅家里当时根本不可能拿出这么多钱。那个外乡人就是因为拿出了相应的彩礼才领走了春花。

好女人就是春花这样的女人。她们才是真正拥有过爱情，真正懂得去爱的女人。她为爱默默地付出，还要忍受着人们的非议。她们的爱就像是金子，是禁得起生命和岁月考验与推敲的爱。

当年被误解的春花却给村里其他姑娘做了好榜样。村子里再也没有因为彩礼钱而耽误的亲事。

在村里，春花成了“真爱”的代名词。

追风少年　赵锋 / 摄　2020 年 . 汉江

大叔的有爱时光

一个人如果能做到对财富没有任何的兴趣，恐怕很难。但拥有了财富也并不一定就能快乐！曾经遇到过一个很年轻，但却很有钱的朋友。她曾经向我诉说过拥有这些财富背后的苦恼和烦扰。

记得儿时曾经见过村里的一个大叔。他家里有白发苍苍的老母亲。虽早已过了颐养天年的年龄,却要担负起家里日常家务,照顾儿子的起居,除此以外，她还要精心饲养一头高龄却很盛产的老母猪。这头老母猪一年能让家里得到过千元的收入。尽管每天都忙忙碌碌,老母亲却毫无怨言。还经常向村里的老人说，我儿子最可怜了！你们的儿子都成家了，就剩我儿子了。

这位大叔年轻时曾经娶过一个年轻貌美的妻子，后来因为禁不住贫穷的煎熬，昧着良心与一个外地的情人远走他乡了。唯一的理由就是对方有钱。大叔别无爱好，一闲下来就喜欢吹喇叭，以此来排解妻子远走带给他的伤痛。许多年过去了，妻子杳无音信，大叔吹喇叭已经十年了，尽管村里从没有人来请他去当师傅。可是他并没有因此而间断下来。每天干完活儿就吹一阵子。村里有人鄙视和嘲笑他说，一个连自己的女人都看不住、养不活的人还想吹喇叭当师傅。这样的言论曾经有一阵子在村庄里泛滥，但大叔却从未改变自己的初衷。

老母亲说:“我儿子吹喇叭才高兴。我也很喜欢听他吹。”

其实周围的人都知道老母亲是怕自己的儿子伤心。每年老母猪生小崽子了，母亲就会让儿子吹一段喇叭以示庆贺。母亲此时俨然是生活在幸福中的人！

一年一度，大叔和老母亲都会在过年时杀头猪。不管平时生活有多拮据，过年可马虎不得。杀年猪前，大叔都要用胶壶去打一壶酒，拎着沉甸甸的酒壶经过村庄时，内心阵阵喜悦洋溢在空气里，大叔想着不久就要来到的春节，想着接下来就要与酒肉和喇叭为伍的每一天。他的步子飘摇得有点不知所措了。这可是他梦寐以求的生活。

白发苍苍的老母亲每天给他煮肉煨酒。老母亲像往常一样对村里的人说：我儿子平日里辛苦，该让他享受一下了。老母亲生怕自己的儿子在过年时品尝不到应有的温暖。生性善良的老人甚至开始诅咒那个抛弃自己儿子远行的女人。过年了，老母亲给儿子做他最爱吃的红烧肉，甚至不顾自己的高血压陪着儿子喝几盅，只要儿子高兴的事，她都愿意去做。老母亲在村里辈分高，德高望重的，娘家人和邻居们请她去吃饭，她总推说有事，其实大伙心里明白，老人担心自己出去吃饭了，儿子怎么办。

老母亲就以这样的方式默默地陪伴着儿子。他们彼此相依，快乐地度过每一天。他们不知道明天迎接他们的将是什么，也好像从来都不曾想过。每一天，老母亲给儿子做饭，喂她的那头老母猪，儿子却日出而作，日落而息，还有那陪伴他多年的喇叭。

能有母爱、劳动、音乐陪伴的日子是快乐的。不需要任何理由和形式。日子快乐是最重要的。母子相依，彼此温暖就够了。快乐和爱有时是不需要装饰和理由的。

春节回老家过年，我家屋后原来乡供销社的院子里从下面村子搬来了很多人家。一天，我在门前晒太阳，看书。一位四十多岁的大叔从门前经过，手里提着一打啤酒，穿一件单衣和一双很旧的解放鞋，鞋上布满了雪泥。父亲跟他打招呼说："今天又要加餐了？"大叔把敞开的单衣理了理，开心地笑着说："今天杀年猪了！"他满脸如春风般的笑容远远盖住了天气的寒冷。父亲开玩笑地叮嘱他说："记得中午多喝几杯！"那大叔抖着步子，极兴奋地回答："肯定要多喝几盅，一年就等这一次。"在现如今不缺吃喝的今天，大叔还能有这份内心的喜悦实属不易。

大叔喝完这顿杀猪酒，再吃过团圆饭，就又要上路了。他至今未娶，住在弟弟的家里。他没有多少文化，甚至只认得自己的名字。每年他都要辗转在河南、山西、山东、河北等地的建筑工地和煤窑里，在居无定所和汗流浃背的漂泊里，他每年都会回到弟弟的家里。在这里和弟弟一家团聚几日，又开始年复一年的漂泊。只为这相聚的温暖，只为还有一个弟弟的家，只为这里藏着他发自内心的快乐。

万物有爱　赵锋 / 摄　2022 年 . 赵庄

永远无法猜度的内心

也许是上天的恩赐或者是基因遗传，三姑娘把美丽的基因传给了她的孙女春秀。和三姑娘一样，春秀是村里最美丽的姑娘。一样的美丽，也有着一样不同寻常的人生经历。

因为美丽，三姑娘成了村里当时竞相追求的对象。本爷、十八爷、九娃等都是当年主要的竞争对手。其中最有竞争力的当数老毅的爷爷。老毅爷爷体格健壮，为人仗义，实干孝顺，在村里口碑很好，有超高的人气指数。

本爷人虽聪明，为人却很小气；十八爷力大无比，人也忠厚老实，也很孝顺，却是有名的“爆脾气”；九娃手巧，点子多，口才好，可谓“手有一双，嘴有一张”，却是说得多，做得少，徒有一张嘴。

十八爷原本有一定的“晋级”可能性。可是“抓壮丁”时，他远走他乡，走入了军营。用他的话说“我天生就是当兵的料”。再说，他当年没少给三姑娘家干活儿。凡是力气活儿，他几乎全部包揽了。可是三姑娘闪烁的态度让他提前丧失了斗志。那年秋天，在庄稼地里，他鼓足了勇气向三姑娘表白。紧接着他准备去拉三姑娘细白的小手，眼看着就要拉到了，三姑娘却在一瞬间却将手抽回，然后惊恐地向玉米地深处跑去。火爆的十八爷哪能受得了这种打击，他发疯般地跑出了庄稼地，仿佛全村子人都看见了刚才发生的那一幕。内心的委屈和怒火让他早早地淡出了三姑娘的视线。

后来，他参军到了部队，他强健的体魄、优良的品质让他迅速成长为一名真正的军人。因此，他参加了淮海战役和抗美援朝等重大战争。由于他作战勇猛，所以屡次立功，他一直保存着两枚金光闪闪的抗美援朝勋章。十八爷显然是个“施瓦辛格”式的硬汉形象。他没有陷入与三姑娘的感情旋涡之中，也许他是幸运的，虽然失去一次拥有爱情的机会，但他却走出了属于自己的路。他在战争年代成就了一个热血男儿应有的梦想；成长为一个经受得住风雨洗礼的战士。

正当十八爷在战场上保卫祖国的时候，三姑娘也同样在进行着自己的“爱情战争”。聪明的本爷，花了不少心思和手段，却被现实一一打破，让他的真实嘴脸在三姑娘面前暴露无遗，最后只得落荒而逃了。与本爷相比，村里人一直认为老毅爷爷应该是三姑娘的不二人选。大概三姑娘本人也这么认为的。倘若按照村里人想法，毫无悬念地发展下去，也许三姑娘的爱情神话就会有一个很圆满和甜美的结局。可是村庄里的戏剧常常发生，因为有了戏剧村庄才变得异样的精彩。

老毅爷爷是村里当时年轻人中为数不多的高中生。生性稳重仗义的他，自然成了村里不少姑娘的目标。都梦想着有一天成为老毅爷爷的婆娘，给他烧饭、洗衣、温酒、暖被窝。单单是老毅爷爷家的那份殷实的家产也足够让她们中意。更难得的是老毅爷爷打小就很成器，不仅精明能干，还很会操持家务，农活儿也是全村年轻人中干得最漂亮的一个。在姑娘中同样出类拔萃的三姑娘成为老毅爷爷顺理成章的选择。心照不宣的他们彼此保持着足够的信心和耐力。即使本爷、十八爷和九娃先后发起了强劲的攻势，也没有让老毅爷爷和三姑娘有任何危机感。他们相信爱情和幸福属于他们。内心的淡定和从容，竟然改写了他们原本设计和看好的结果和人生。也许是“大意失荆州”；也许是命运原本的写就。

老毅爷爷胸有成竹地经营着自己的生活，从小队会计做起，慢慢地成为小队长，他正在铆足了劲，全心全意地向着大队会计努力，然后就是村主任、村支书。当然三姑娘是他为这条路奋斗的最大动力。他一路奔走着，他想着在全胜的时候迎娶他梦中的新娘；他想用最优美的方式和男人最优雅的态度成就自己的婚事。

现实总会给予想象出乎意料的注脚。原本已经与此事无关的九娃，却在三姑娘和老毅爷爷之间适时地占了先机。一天，九娃跑到他二伯家里，他二伯是方圆百里有名的算命先生。第二天，村里就有人说，三姑娘和老毅爷爷八字不合，老毅爷爷命硬，三姑娘跟着他是走不到头的。这话恰恰就被三姑娘的娘听到了。三姑娘的娘原本就反对女儿嫁给老毅爷爷，而且在村里她是最信命的人。她当年就是听九娃二伯的话才没有远嫁他乡的。为此，三姑娘的婆婆感激了九娃二伯好多年。这次，九娃二伯的话她自然就深信不疑了。她极力反对这对在他人看来很般配的新人。而三姑娘并不顾她娘的反对，铁了心要嫁老毅爷爷，她费尽心思和精力与自己的娘战斗。这让在一边猴急的九娃乱了方寸，原本想折腾一下，把三姑娘的念想给断了。谁知却适得其反，这不是搬起石头砸自己的脚吗？

正当九娃一筹莫展的时候，传来了老毅爷爷出事的消息。就在三姑娘和她娘极力较量的时候，不知情的老毅爷爷却开始心灰意冷。毕竟是年轻人，缺了那么点定力。一向沉稳的他却独自借酒浇愁，一个人躲在村后的山上喝得酩酊大醉。正当他神志不清的时候，在山上干活儿的兰花经过这里。见老毅爷爷晕倒在一片玉米地里，心性善良的她就上前去扶他，可是兰花哪能扶得起体壮如牛的他啊？于是她只好全力将他抱在自己的怀里。烂醉如泥的老毅爷爷此刻根本分不清抱自己的是兰花还是三姑娘。他闻到了一股少女的芳香，仿佛被一片温暖和幸福包围。他体内的骚动瞬间传遍全身。他完全被一种强烈的冲动控制着。接下来，强壮的老毅爷爷不由分说地将兰花压在身下，兰花被眼前的情形惊呆了，有些不知所措，却又无力反抗。在那片寂静、碧绿、绚烂的玉米地里，老毅爷爷把少女兰花变成了自己的女人。烂醉的老毅爷爷以为那个少女就是三姑娘。直到黄昏，他醒来时才看到由于惊恐和害怕不敢回家，守在自己身边的兰花，他才明白自己的过错。他看到坐在玉米地里的兰花，心中有一丝不安和慌乱。看着村庄各家各户屋顶飘起的炊烟，他心里明白，他心中的爱情也和屋顶的那缕炊烟远远地飘走了。

其实，受伤的兰花也是村里暗恋老毅爷爷的姑娘之一。兰花虽然没有三姑娘那样有姿色，却也是一个善良、本分、能干的姑娘。兰花只是觉得自己可能没必要去白费力气地向老毅爷爷撒下爱情的种子。此前，她也以为三姑娘才是属于老毅爷爷的。经历过这个下午，当她小心翼翼地跟着老毅爷爷从山上向村里走去的时候，她心中明白她从此就是老毅爷爷的女人了。那一刻，她心里甚至有过一丝“受伤”的侥幸。

像老毅爷爷这样的有志青年，却在村里有了这样的绯闻，他只能对兰花负责。不久后，不仅老毅爷爷在村里的职务被撤了，当然失去的还有他梦寐以求的和三姑娘的爱情。兰花没过多久就进了老毅爷爷家，成了老毅的奶奶。

真正受益的是九娃。三姑娘的娘坚定不移地相信九娃二伯的话，也深信三姑娘嫁给九娃无疑。许多年后，当村里人谈起这件事时，村里的媳妇们都替三姑娘遗憾。都说九娃除了一张嘴能说外，别的都不值一提。九娃不仅不务正业，家底还很薄。三姑娘极尽所能，也没能让这个家有多大的起色。九娃在村里得意扬扬，四处炫耀自家的媳妇。老毅爷爷在村里遇到了三姑娘，也有意无意地躲开。等三姑娘走过，他又在篱笆后或是某个拐弯处偷偷地看三姑娘略显臃肿的身材，心中有说不出的酸楚。

村里人说，都嫁给九娃好多年了，每到大忙季节，三姑娘还时不时地在自家屋后远远地欣赏老毅爷爷犁田耙地。村里人还说，九娃嘚瑟什么，人家三姑娘心里装着的一直都是老毅爷爷。

老屋天井　赵锋 / 摄　2021 年 . 冻青沟村

奔跑在黑夜里的爱

他骑着二八式的自行车，飞快地穿行在乡村公路上。越来越快的车速，让他满头大汗。其实现在真正奔跑的是他的心。月光被大山挡住了去路，自然照耀不到在山间穿行的他。长长的公路上，只有他的喘息声。

黑夜里，他的车辘轳呼呼作响，和他一样似乎忘记了这是在夜里。路边有里程桩，但是他看不见。他心里知道离他想要去的那道山梁还有多远。每次的奔跑，他都用心丈量着这段他走过无数次的山路。

一年前，他喜欢上了比他小很多的女孩小艾。淳朴的小艾被他这突如其来的想法弄得不知所措。小艾住在离公路很远的大山里，他住在镇上，去小艾家要走很远的路。走完公路，还有很远的山路。他白天要上班，所以想见小艾时就只有选择在黑夜里去那个遥远的小山村。

为了能见到小艾，他就经常在黑夜里骑很长时间的自行车去小艾家。小艾是个倔强而善良的女孩。起先，他来了，小艾只是客气地接待他。但是时间长了，小艾有点不习惯他的来访。由开始慢慢的回避到最后的逃避。他感觉到小艾的这种变化，这种变化也让他痛苦不堪，最终让他变成了一个地道的“夜游者”。

他做过很多职业，进过工厂，辗转了很多地方，最终回到小镇做了一名小职员。用他的话说，他并不喜欢这个职业，他的梦想是当一名老板，他满腹的牢骚无处发泄，就只好借酒浇愁了。在遇到小艾后，他更是如此。

小艾开始躲闪他后，他越发觉得世界对他来说是个黑洞。他想象的明天总是消失在黑夜来临之前。他常常在黑夜来临时，开始喝酒，酒过三巡，他就把那辆二八式的自行车从门后推出来。趁着夜色朝着小艾住的村庄骑去。

小艾的家离小镇足足有五十里。山村公路弯多坡陡，借着酒劲儿，他冲过了一个又一个陡坡。他想更早一点看到小艾。不巧半道上，自行车的链条断了。趁着月色，他心急如焚地修好链条，但是时间过去了半个小时。一看表，已快夜里十点了。这时候，小艾该休息了吧！他拼命地蹬着自行车。匆匆忙忙地赶到小艾的家时已是深夜十一点了。他把自行车放在路边，朝着小艾家的那个山梁走去。小艾的家里黑灯瞎火的。

他试着去敲小艾的窗户，轻轻地敲了几下，没有反应。他把身子凑得更近了，听到小艾均匀的呼吸声。他还想去多敲几下窗户。但他的酒劲儿刚过，他用理智压制住了他的冲动。

小艾家对面一家的狗在朝着他狂叫，好像随时都会向他扑来。他从衣兜里掏出了烟，把烟点着，朝着山梁走去。山梁就在小艾家的对面。他选了一个可以直接看到小艾窗户的位置坐了下来。借着月光，他可以清晰地看到小艾的小窗。在他眼里小窗的小巧就像是小艾的脸孔。他一根接着一根地抽着烟。月亮慢慢下山了，他的身边是一地的烟头。他久久地凝望着小艾的窗户。

突然他发现了小艾窗户下堆放整齐的木柴。他的眼前一亮，起身跑到小艾窗前，抱了两大捆木柴到他抽烟的地方。然后，他又将木柴棍排列开来。最终在山梁上排成了几个大字。

排完这几个字后，他长舒了一口气。然后又坐下来，将衣兜里剩下的仅有的几根烟抽完。他还像开始一样凝望着小艾的窗户。

月色渐暗，村庄里的狗吠声也越来越稀少了，只有不时传来的几声鸡鸣。初秋的夜有点凉。他坐起身来，朝着小艾的窗户看了几眼，这才依依不舍地离开小艾的家。

他骑着自行车上路了。天快亮时，他赶回了小镇。

清晨，上山种地的邻居路过小艾家对面的山梁。看见一排用柴码成的字。他不识字，就喊来了小艾看。小艾连头发都没有梳理就跑过来了。一看，小艾满脸通红。原来那五个大字是：小艾，我爱你。

他还是一如既往地朝着小艾家里跑。小艾就像捉迷藏一样躲着他。他除了上班，在每一个心潮澎湃的夜晚，依然骑着那辆破旧的自行车，在黑夜里向着那个山梁奔去。小艾总是想方设法地躲着他。

就这样半年过去了，他并没能见上小艾几面。但他丝毫没有改变自己的想法。黑夜，是他向爱奔跑的路程。他穿过了一个又一个的黑夜，穿过一次又一次的望眼欲穿。可是小艾还是一次又一次地躲着他，并不因为他的举动而改变。他越来越喜欢喝酒和抽烟了，身体急剧地瘦弱下去。显得越发瘦小了。

一次，他又去找小艾，却意外得知小艾已经远走他乡打工。他黯然神伤，骑着他那辆破旧的自行车，趁着黑夜一路狂奔而去。

几年以后，小艾从南方打工回来。她已经长成了一个成熟的女人。坐在回家的大巴车上，她透过车窗看到，他和一个比他高大很多的女人并肩行走在小镇街道上，那个高大的女人就是他的妻子。

每个夜晚，只亮起一盏灯

每天下午下班回来，就先去超市里买回晚上要吃的食物。超市里播放着周传雄的《黄昏》。这大概是超市里有意的安排，或者是无意的“讨好”。提着塑料袋往回走，沿途的路灯次第亮起，仿佛乡村傍晚飘起的炊烟。它们告诉人们，夜晚来临了！

夜晚来临就意味着黑夜的开始。在许多年前的乡下，村里的那些怕黑的女人就要乖乖地把门插好，特别是丈夫不在家的夜里。面对黑夜，女人们显示出人的天然本性。到了夜晚，这些外表的强悍在她面前訇然倒塌。它拒绝女人的所有的娇媚和柔情似水。

是黑夜的理性拒绝了坚强本身给予它的特质。驱赶黑夜，屋里亮起了一盏灯。在丈夫没有回家的夜里，女人与灯为伴，与黑夜做着持久的抗争。

记得村里有一个独自生活的老人。他儿女成群，却要独自生活，独居一室的他，基本不与儿女们来往。他过去是当地响当当的人物。他的强悍，他的精力旺盛，让他在村里叱咤风云。可惜，老伴并没有陪他走更远的路。老人六十不到，老伴就匆匆离去。老伴的离去让他有点措手不及，生活突然之间有些凌乱。就这样，老人一个人度过了一个又一个的夜晚。此时，儿女大都成家，有的在本地工作，有的远走他乡，各忙各的。老人住在原来和老伴一起住过的房子里。每晚只点一盏煤油灯。

灯光如豆，老人在灯下摸索着吃饭、洗脚、铺床，然后就早早地睡下。窗外，村子里其他的人家，屋里灯火通明，老人却已早早地入睡。

每个夜晚，只亮起一盏灯。

儿女劝老人用电灯多好，老人谢绝了儿女的孝心和好意。几十年来的习惯让他离不开这煤油灯；勤俭的作风使他更愿意点一盏灯。一个夜晚只亮一盏灯！这是老人的偏爱。

老人说，老伴在时，晚上全家就点一盏灯。全家人就集在堂屋里。为了省油，大家早早地吃饭，然后早早地睡觉。遇到有月亮的夏夜，全家人就都搬着椅子去屋子外乘凉。老伴有时会给大家熬点绿豆汤，全家人就一起喝汤,其乐无穷！老人一直很怀念那些有月亮、有绿豆汤的夜晚。

乡村夜晚的寂静吓到了村里的许多女人，灯成了她们的保护神。亮起一盏灯就是一种安慰。那时，村里的汉子们都有上山打山货的习惯。为了生活,为了能挣点钱来养家糊口。他们往往要翻山越岭地走很远的路，去砍竹子，打山货。起早贪黑是家常便饭。

在村口张望过后，村妇们还要回家煮饭。家里还有一群孩子呢！天黑了，丈夫还在深山里，匆忙的脚步正朝着家的方向走来。家里灯已点亮了。丈夫的脚步正朝着这盏灯走来。他心里知道家里有妻儿老小在等他回家。

一年，村里三姑娘在外村的妹夫去很远的深山砍树，失足掉下了悬崖里。三姑娘的妹妹请了家里所有的亲戚去那座山找了几天。

许多天后，村里另一个汉子在山上的悬崖上看到了三姑娘妹夫撕破的衣襟。

儿时，村庄里的一切让夜晚显得神秘而恐怖。许多年后，电灯装饰着村庄的夜晚。

我辗转到了一个小城。有了房子，有了自己的一个家。每晚坐在电脑前，开始自己的书写旅程。开一盏灯，在灯下完成自己的生活流程。窗外路灯闪亮，隐隐约约间，我常常会想到村里老人那盏油灯，想到村妇们家里那盏等待丈夫的灯。

那些灯为思念，为期待而亮。老人、村妇、步履匆匆的丈夫，为着这样一盏灯而忙碌着，奔波着。

前不久，回老家了，见到老人。我问：“现在用电灯了吧？”老人很慈祥地回答：“还用我的煤油灯呢！”

每个夜晚，只亮一盏灯。

老人已经习惯在灯下度过一个又一个黑夜，因为他老伴的一生也是在这样的灯下度过的。

故乡的灯火　赵锋 / 摄　2022 年 . 赵庄

遇见老家

带儿子去北京，在哥哥家小住。哥哥提议带儿子去西单图书大厦看看书，儿子从小就比较喜欢读书，也好，带他去看看。

儿子也很乐意去书店，之前每到周末，有空就会带他去书店，去年我带他去过上海吾同书局，感觉很不错！但西单图书大厦还是第一次，儿子一路还是很激动的。

我们到了一楼，儿子说："这么多书，像一个大超市！"我说："这是中国最好最大的书店之一，你得好好看看。"

儿子一边答应，一边穿梭在书架之间，兴奋极了。

到了二层，儿子看到有很多文学类的书籍，便顽皮地说："老爸，找找看，有没有你的新书。"

我说："你又想笑话老爸吗？我的一本小书怎么会在这么大的书店里呢？"

儿子边说边看书，走到中国当代散文书架时，他说："找到你的书了。"我回头问他："不会吧？"他哈哈一笑说："老爸，我开玩笑的。"

说着，他转过身，走到另一排书架前看书，不一会儿，又听到他说："老爸，我找到你的书了！"

我没搭理他，以为他又开玩笑的。

他说："老爸，真的是找到你的书了！没骗你。"

我转身，看到他手里果真拿着一本我最新出版的散文集《老家：一个人的故乡心灵史》，顺着他手指的方向，果然看到书架上放着我的新书。

没想到自己会在首都这么大的书店里看到自己的书，就在“中国当代散文”架上，旁边是敬一丹老师的书，还有散文家李娟老师的两本散文。

我的内心掠过一份激动，毕竟自己的书能摆放在首都最大的书店里，对于一个基层写作者来说，当然是一件值得欣慰的事情。从一个籍籍无名的写作爱好者，慢慢坚持写下来，慢慢地出版了自己的书。这是一条艰辛而漫长的路，对于别人这也许无足轻重，但对于我却显得意义非凡了，因为它不仅是对自我的一种肯定，更多却是给予我力量，让我更加坚定了在这条路上走下去的信心和力量。让我有理由相信，自己还有能力，有写下去的必要。

看到书架上自己的书，儿子一脸的兴奋，他也感到了一份莫名的自豪。看着儿子快乐的笑容，我的内心也感觉无比欣慰和轻松，不是因为虚荣，而是在内心有了一种交代和传承。我自己的过往、经历、回忆、童年、故乡以及老家的故事都写进了这本书里，用我认为最好最恰当的方式传递给了故乡，给予了它。

我觉得这是能给予儿子的、这个世界上最好的礼物。而且在他还在童年的时候，让他看到，读到我的童年、我的故乡、我的父母兄弟、父老乡亲以及故乡的山水人事，这无疑是我最想，也最愿意看到的。

不仅是他，还有我的父母，让他们看到这本书，读到这本书也是我的心愿。因为这些，我更加觉得这是对他们最好的回报。在老家，父亲的书桌上一直摆放着我出版的几本书，我的母亲在我们家里小住时，我曾经看到过她每晚捧着《老家：一个人的故乡心灵史》，极仔细、极认真地阅读，书中写到她的地方她都用小纸片夹住。不管是在故乡的小山村，还是在首都最大的书店里，我都能遇到真挚的情感，找到内心里那份浓浓的乡愁。

老家赵庄　赵锋 / 摄　2021 年 . 赵庄

失去

失去和得到只是一瞬间的事情。它常常让人难以预料。失去了绿叶得到的是花朵；失去了汗水是为了收获；失去了青春却得到了成熟。但也有时候，失去了却什么也没有得到。村里的人有时就这么想。

那一年初春，万物复苏，村里的青年人刚刚脱下身上作为他们“负担”的毛衣。他们正在脚下生风地在村里奔忙。也许过几天，他们就都要去外地打工了。可是，就在这个时候，村里刚过花甲的喇叭爷仓皇地离去。他的死似乎从开始就想躲过村里人的视线。按年龄算，他至少排在村里第十六位以后，也就是村里离去第十六位老人以后才会轮到他。喇叭爷的离去，村里人总觉得他死得有些急不可待，像一个仓皇逃跑回家的士兵。

如果按正常的情况，十六位老人的离去大概还需要十五年，甚至是二十年。喇叭爷曾经是村里有名的乐手，他的一生曾经给这个村庄增添过极其丰富和漫长的快乐。在这长长的十年间，喇叭爷还会给村里增添多少喜庆呢？没有喇叭爷，村庄变成了沉默的孩子。

喇叭爷走得无声无息，像是冬天黑夜飘落下来的雪。喇叭爷从精神矍铄到眼神黯淡只经历了短短的三个月。这一过程似乎太过短促和匆忙，这一过程也惊呆了村里所有的老人和年轻人。老人害怕衰老会过早来临，年轻人却提前体验到了衰老的速度，因为他们害怕会顷刻之间失掉青春，失掉夜以继日的梦想和希望。

衰老和死亡之间真的就这么短暂吗?

又是这一年，也是这个春天。村里又有一位老人逝去，就在喇叭爷去世不到一个星期的时间。他是村里年龄最大、辈分最高的礼爷。礼爷要是再活过这个春天的话，就该九十岁了。村里人在惊羡礼爷高寿的同时，也在担心着他的身体。曾经有几次礼爷险些失了性命，可是几乎每次都是有惊无险，绝处逢生。从死神手里逃回来的礼爷，似乎更能经受死神的考验。村里人觉得礼爷注定是一个高寿的人。

多少年过去了，礼爷在生死中挣扎着。村里人眼睁睁地看着礼爷病了又好了，好了又病了，耳朵聋了，背也驼了。有好几次，礼爷又病了，眼看就不行了。一大家子人都淹没在死亡将至的恐惧中。有一次，甚至已经从楼上把落满灰尘的棺材都刷扫干净，准备后事。但礼爷还是一次次从死亡线上活过来了。村里人说，礼爷是个受活的人。

恐惧伴随着死亡来了又去了。村里人总觉得死亡是可以预料的，但是礼爷让村里人明白，其实生死是无法预知的。在这条路上，有人走得慢，而另一些人却走得快些罢了。有人因为乐观而忽略了死亡的恐惧；相反，又有一些人因为恐惧而加大了恐惧的分量，从此在生命的暗角噤若寒蝉。

这个春天，村里人的确迷惑了，对生命和衰老的判断的坐标乱了方向。同一个春天，同一时空，同一个村庄，喇叭爷花甲之年即逝，礼爷却又耄耋之年辞世。

他们原本以为会活得更长的人却早早地去了，而正是这些老人却久久地坚守在这个村庄。活得久了，就想着和村庄亲人相依为命，它们彼此都害怕失去对方和随之而来的失落。

这个春天，村里因为失去了两位老人而稍稍显得有些不安。在这种不安中，村里人仿佛看到了衰老正在村里四处游荡。它们潜伏在村里人身体的各个部分。随着风和时间刮走了活力和青春。

这个春天，两位老人教会了村里人要珍惜和善待生命。

心灵之旅

在我的老家，或者中国的大部分乡村，越来越多的人进城，或者正在为准备进城居住做着努力。这就意味着越来越多的人开始离开自己的故乡。

我想总有一天他们会在某一个傍晚突然想念那个生他养他、炊烟升起的小山村，想念那里的山水人事，想念那里的父老乡亲、儿时的伙伴和记忆，想到与自己老房子相关的物件……想念久了，就变成了他们心里的乡愁。这种情感是每一个从故乡走出去的人无一例外都有的。乡愁为每一个在异乡的人打开了一条通道。这条通道，从故乡出发，直抵每一个在外游子的内心。

春节在老家过年，村里在外打工的人都回来了。一问，才知道他们几乎遍布大半个中国，有些人一年回来一次，有些人几年才回来一次。不管时间长或短，他们始终没有忘记这个千里之外的村庄和家。近年来，村里出去打工的人越来越多，年龄也越来越小，有些人家甚至是搬离这个村庄。村里有些房屋长年闲置，闲置的还有村里原本肥沃的稻田。这片稻田曾经是村里人的衣食之源，是村民吃饱饭的保证。

这些年越来越多的年轻人出外打工谋生，剩下在村里的全部是老人、妇女和小孩子。这些青壮年劳力不再是庄稼地的主人，也不再仅仅依赖于土地生存，实际情况是依靠庄稼地已不足以养活全家。生存法则无形中控制或者是主导了他们的选择和命运。曾经采访过村里几个年年出去打工的儿时伙伴，为什么非要千里迢迢去外地打工？不想家吗？伙伴无奈地说，不外出务工，全家怎么生活？他们在异乡盖楼房，当矿工，或者是做流水线上的工人。故乡，他乡，他们年复一年地来回奔忙，仿佛候鸟。可是不管在外多少年，城市再好也不是自己的家，老家才是自己的根。

有爱不觉天涯远。故乡有家有爱，他们走多远都要走回来。伙伴说，在外打工自己艰辛一点都无所谓，最牵挂的还是千里之外的一家老小。每年春节当大批在外务工的村民不畏路途遥远，历经艰辛地回到村里时，内心既心酸又温暖。他们在内心依然还是把故乡放在首位，他们的内心深处仍然隐藏着浓浓的乡愁。

我出生在20世纪70年代末，那是一个特殊的年代，改革开放、社会转型，人们的行为和生活方式也发生了翻天覆地的变化。我们整个童年的记忆几乎都来源于乡村，那里有我们无尽的美好的童年记忆，有青春的迷茫与躁动，当然也有隐藏在内心深处的梦想。

读书，工作。离开故乡，记忆似乎也在渐渐模糊。可那又怎样呢？从前的一切那么美，那么纯，仿佛村头天空上飘浮的云朵。它留在童年的时光里；留在草木丰美的乡间；留在那个乡村少年的脑海里，挥之不去，而且时不时就会在记忆深处摇曳。回想时它变得流光溢彩，仿佛在晚霞中奔跑的灿烂少年。

有人说，有故乡的人心存敬畏。我想心存敬畏的力量正是来源于故乡。可是实际上许多人并没有意识到故乡之于自身的重要，更未意识到文化、根脉之于一个人的塑造。越来越多的欲望制约着你的价值取向；越来越匆忙的脚步打乱了你人生该有的节奏。故乡刹那间似乎渐行渐远，我们其实可以在匆忙的人生旅途中回望一眼故乡，回望生我们养我们的土地，感受它们给我们带来的人生最初的温度和新鲜。

春节期间，远在北京工作的叔叔和哥哥等都回到老家过年，一家人其乐融融。叔叔十八岁离开老家，走进军营，驻守塞外近半个世纪，由一名士兵成长为大校军官，从英俊少年走到“两鬓青青变星星”的年龄。在千山万水之外的北国，他独自面对风雨，成就了自己的一番事业。一家人一家亲，谈家事，互诉衷肠；忆岁月，感慨万千。有太多情要诉，有太多的话要说……但只要情感在，牵挂在，温暖和亲情便会常在。这就是回家的魅力，这就是老家的温暖，这就是亲情彼此支撑和眷恋，谁都无法替代。故乡在，家在，亲情就在。

叔叔、哥哥他们春节过后要走，我七岁的儿子雷雷万分不舍，哭喊着，追赶着，要相送。或许这就是亲情和故乡的力量，这亲情和乡情的种子已在他的心间悄然传承，生根发芽了。

每个人的内心都有一个故乡；每个人的内心都有一份乡愁，一个人无论走多远，其实都是走在回乡的路上。我们注定会在某个时空里与故乡重逢，最终回到故乡。

乡愁深处　赵锋 / 摄　2020 年 . 冻青沟村

从前慢，因为有爱在心间

生命中一定有些到来是在你不经意间就发生了。譬如每一个黄昏的到来；譬如这一季的花开会在某一个你醒来的清晨凋谢；再譬如四季的轮回……朱自清先生在《匆匆》里写道：“去的尽管去了，来的尽管来着；去来的中间，又怎样地匆匆呢？早上我起来的时候，小屋里射进两三方斜斜的太阳。太阳他有脚啊，轻轻悄悄地挪移了；我也茫茫然跟着旋转。于是——洗手的时候，日子从水盆里过去；吃饭的时候，日子从饭碗里过去；默默时，便从凝然的双眼前过去……”在每个匆匆的日子里，我们何曾像先生那样叩问过自己呢？正是因为没有来得及去叩问和回望，所以我们在匆匆之间又做了什么呢？

在这样的信息时代、大数据时代里，一切都处于飞速状态，甚至在旋转，更多的人开始变成了“低头族”，娱乐、微信像春天里的流行感冒一样开始流行，搅动着每个人的心弦。一切似乎都加大了油门，停不下来，到了爱情比子弹还快的时候，我们的内在精神和情感世界在哪里呢？

岁月也在这种速度中溜走，如流沙，似流水，留不住，唤不回。回想经历的点点滴滴，或得到或失去，或收获满满，或空手而归。人总爱感叹，如四季中的秋日，似人到中年。人在得失、成败、王寇之间判断自我，定义人生。但也有一些人并不在意这些，每个人的眼里盛满什么，得到的人生和收获自然不同，一点都不奇怪。但不管如何，一个人要懂得感恩、担当；懂得回馈、舍得；懂得要用嘴对应行动，用心映照灵魂。

这段时日，母亲住在我家里照看孩子，祖孙亲密无间，其乐融融。母亲腿不太好，出门去，孩子总怕母亲会回老家去，他反复开门，在门口张望，生怕奶奶走远，跌倒。其实孩子的牵挂是亲情，是爱啊！就在这个冬季，母亲和我讲起了老家的我们爷爷辈兄弟俩的故事。哥哥当兵在外，弟弟在家犁田耙地。哥哥复员后在远方城里定居，弟弟在家里照料着年迈的爹娘，家里困难，岁月蹉跎，多年以后弟弟仍孑然一身。弟弟勤劳善良，忠厚老实，但他是犁田耙地的好手，村里人都愿意请他。有一年，他一直钟爱的那头壮牛不知何故咆哮着把他顶飞，他的腰间留下一块伤疤，从此落下病根。哥哥每年都会休假回来看望父母兄弟，关爱家族里的每一个人。三年后，弟弟开始因旧伤患重病，哥哥带着他到武汉等地求医，仍无力回天。出院时医生甚至告诉他放弃治疗。回到老家的那个黄昏，哥哥从弟弟屋里跑出来，他心里觉得弟弟苦，却无处诉说，那天实在受不了弟弟的眼神，站在弟弟牛栏旁的柳树下，想起儿时和弟弟就在树下的堰渠里戏水玩耍，情难自禁，号啕大哭，哭声穿越村庄。送走了弟弟，他依然每年回到这间老屋，依然回到村里走一走。兄弟情深，亲情永在。是爱让这个家一直凝聚在一起，一直充满着温暖。

在匆匆流走的日子里，我们为何不把脚步放慢点，把时间多留给父母亲人一点，多一些关爱给朋友和身边需要它的人呢？从前慢，其实从现在起我们也可以跟从前一样慢。调整我们对待家、爱、亲人、朋友、名利、生活的态度，我们的生活图景将有让你欣慰和欣喜的改变。

从前慢，是因为心中有爱。

未来远，要把大爱记心间。

…………

我的母亲　赵锋 / 摄　2022 年 . 赵庄

与爱有关

人生有丰年也有荒年，有春风得意、红极一时，顺风顺水的时候，也会有酒吧买醉、深夜痛哭，人生不顺的时候。坦然面对，从容应对才是应有的态度。

常常很容易感慨“三十年河东，三十年河西”，可看到这些事情，还是会唏嘘不已。

人生就是如此，有些人只看重利益，除此之外没有他看在眼里的；有些人只看表面，背后的付出在他眼里都是一文不值的。一个人没有足够高的社会地位和足够强的经济实力，大概是得不到相应尊重的。你做什么，怎么做都不会有相应中肯和公平的评价。

我有一个朋友，在外闯荡多年，好不容易有了原始积累，慢慢在老家有了一点名声，也在老家盖起了大楼房，引来羡慕无数。一时间，许久不联系的同学和朋友都主动跟他联系，吃吃喝喝，好不热闹。以前没有来往过的亲戚也上门了；之前嘲笑过他们的邻居现在也以与他们为邻为荣；村里人对他们也比从前友善了许多。一切似乎都朝着越来越好的方向发展。他的父母也比原来精神了许多，一改原来的灰头土面，一切都晴朗了起来。

然而，事情并没有想象的那么顺畅，剧情反转，这个朋友因为投资失利，一夜回到从前，所有的人都很震惊，眼见他起高楼，眼见他楼塌了。

又几年，他还在泥潭挣扎，眼前风光不再。众人散去，只有他母亲陪伴。他唏嘘不已，独自承受。

其实，人生就是如此。生存之需，其他的都是仅供参考，比如感情、品德和道义。可是现实中往往有想不通、也看不透的人。我的一个远房亲戚有一个女儿上过学，也在正规单位有正式的工作，她的兄弟姐妹也都是通过读书和努力走上社会，在社会上立足的。在当地也算是殷实家庭了。按理说她应该过得很体面，然而，她却很不幸地经历着失败的婚姻。她遇到了一个彻头彻尾的“渣男”，对方初中毕业，没有文化、没有技能，外加脾气暴躁，品行差，把生活中的不如意发泄在家里，把事业上的不成功归结于亲人，但从来不从自身找原因。他常常抱怨社会不公、自己的命运不好、亲朋没有帮扶，如今年近半百，还是一事无成、一无所获，在自己的“放浪形骸”中自怨自艾。更为恶劣的是，他社会名声极差、社会认可度极低、社会生活混乱。与之相反的是这家女儿诚实做人、扎实工作、本分守己，因此他在生活上不能与她相互扶持、工作上与她不能同心协力、修为上与她不能“同频共振”，二人慢慢拉开了距离，他也跟不上全家的步伐。但他仍不改变和革新，生活一团乱麻，前路一地鸡毛。他却“装睡不醒”，用自己固有的思想和认知来理解快速前进的时代和变化的生活。两人在生活中并不和谐，矛盾频出。即便是这种状态，他却没有想到去解决，去尝试改变。即使有车有房，生活却过得无头无绪。偏执、自私、抱怨成了他的常态，对对方不管不问，只想索取，没有关怀，但他却从来都不反思。也许他一生就这么蹉跎下去了。

人生态度也有另外一种可能。同样是遇到失败的婚姻和“渣男”，我另一个朋友的亲戚却做出了不同的选择，过出了属于自我的人生。她是我朋友的表姐。年轻时，不顾家人反对，为了爱情，追随对方到了内蒙古。对方是标准的美男子，五官端正，身材魁梧，关键是对朋友的表姐非常好。然而就在他们的女儿读小学三年级时，“美男子”却在外面拈花惹草，对方是大他六岁的中年妇女，是当地的“地头蛇”，“美男子”当然惹不起，祈求朋友的表姐原谅，表姐是对爱情忠贞的烈女子，虽然平时温温柔柔的，但在大是大非面前却清醒异常。她决绝地选择了转身离去。无论对方怎么道歉、悔过、保证，甚至跪地痛哭都无济于事。朋友表姐毫不犹豫地办理了手续。她独自一个人顶着生活和世俗的压力，独自承受着内心的煎熬，独自抚养女儿，从没低头和退缩。她在遥远的异乡，独对一轮清冷明月，默默地接受着生活和生存的考验。咬咬牙根，她坚持住了。女儿也在她的精心培养下考上了大学。她的天空由阴霾变得晴朗。她自己在岁月的磨炼下，变得越来越成熟、优雅。她靠自己的工资把自己的生活打理得井井有条，女儿也大学毕业，健康阳光，落落大方，也找到了合适的工作。

人生的态度不同，生活的状态也会不同。如果我的远房亲戚的女儿能像我朋友的表姐那样学会放下，学会与一段不幸的婚姻告别，学会放下幻想与过去告别，也许她也能迎接更好的人生岁月，有着失而复得的生活喜悦。无论我们经历什么，选择最实际、最合适的方式迎接和解决才是重要的。如果执念不放，很难幸福。原来命运所赠予的所有灿烂，终将需要用孤独和泪水来偿还。

这世界许多人活到一定的年龄仍然分不清什么是对自己最重要的。我远房亲戚的女儿至今仍然深陷泥潭而不自知。在与对方无休无止的纠缠里消磨着时光。然而时光不等人，它并不因为你正直、有情有义而停留半分。实际上，生活和情感不如意十之八九，生命过程也是一个与他人、与自我、与万物不断碰撞，不断和解的过程，心态一变天地宽，何必事事较真，与人计较？

无论是身处泥潭的远房亲戚的女儿，还是朋友的表姐，她们都在各自的生命里演绎着自己的宿命。如果都能做到不在受难时落井下石；不在彷徨时恶语相向；不在责任面前相互推诿；而是在面对困难时，肯为另一半付出所有，才是爱该有的样子。

穹窿山之约

去苏州算是赴一场十年之约，好友在外打拼多年，终于在苏州扎下根来。十年前，他就多次邀约我去看一看，中途几次说好前往，都被工作生活中的事打断。此次成行，算是完成一场十年之约。

朋友的家就住在吴江区，太湖岸边，距离同里古镇仅十分钟的车程。朋友推掉手里的工作，全程陪同我们一家，我说："这哪是旅游，仿佛是来走亲戚的。"我是第一次来苏州，江南的秀丽、典雅、温婉深深吸引了我。苏州古典园林素有"园林之城"之称，享有"江南园林甲天下，苏州园林甲江南"之美誉，被誉为"咫尺之内再造乾坤"。苏州古典园林始于春秋时期吴国建都姑苏时，形成于五代，成熟于宋代，兴旺鼎盛于明清。这些是我对苏州园林的曾经的印象，来之前心理上也有准备，但真正地走进她，依然感到了说不出的震撼。

到达苏州后，朋友带我们一家去了同里古镇、虎丘等名胜古迹，原定再去寒山寺的，但朋友却郑重地向我推荐另一处："我带你去一个地方，你一定喜欢。"我问："哪里？"他说："穹窿山。"恕我孤陋寡闻，之前我从未听说过这座山。

穹窿山位于苏州城西十七千米处，因其山势似穹隆般高峻深邃，故得名。穹窿山是苏州最高的山，也是太湖东岸诸山之首，素有"吴中之巅"的美誉。山上是"兵学圣典"——《孙子兵法》的诞生地。

穹窿山位于苏州西郊太湖东岸，是苏州群山之冠，主峰海拔341.7米，苍松翠竹，泉水潺潺，环境极其幽静，茅蓬坞天然的植物不计其数，有药用价值的就有151种，同时也是政治、军事、宗教文化为一体的旅游景区。2018年10月27日，被国家评为5A级景区。

在前往穹窿山的路上，朋友边开车边给我介绍他上穹窿山的经历和这座大山的特点。穹窿山有五大看点：一、兵法之祖孙武在此隐居十三载，写下震古烁今的旷世奇作《孙子兵法》十三篇；二、“负薪读书”和“覆水难收”的主人公朱买臣未发迹时的读书台；三、江南第一道观“上真观”；四、宋代抗金名将韩世忠出家参禅的寺院“宁邦寺”；五、乾隆六次亲临的御迹。

炎炎夏日，我们走近了这座大山。穿过雄伟恢宏的山门，踏上乾隆御道，透过参天的古木仰望山顶的寺庙，能感受到其集天地而成的灵气。乾隆御道是由一米五宽的砚华石铺成的小道，与其他御道不同，一般的御道是为皇帝专设，路面常用青砖竖砌成“人”字形花纹，寓意过路者是“万人之上”的君主。但穹窿山上的御道是先前就用山石铺成，因为当年乾隆六次来穹窿山时，每次都是走这条道上山，故称御道，因而这里的御道更多带有纪念性质，并非是皇帝专设御道。

御道两旁因到此一游而留诗题词的名家更是数不胜数，有唐代的陆龟蒙、皮日休，有近代的于右任、章太炎……就在这座小小的穹隆之上，大大小小的摩崖石刻竟多达五百余处。苍松翠竹，清泉潺潺，新亭翼然，仿若世外桃源，一片太平盛景。行走在御道上，心旷神怡，一边吸收大自然的清新空气，一边欣赏着历代文化名人的诗文墨宝，实在是一种享受。

朋友边走边继续给我介绍，他开玩笑说自己已经是第五次上穹窿山，但比乾隆皇帝还少一次。这位爱南巡的皇帝六次下江南，次次上穹隆山。

沿着上贞观再往下，拐进另一条狭窄的山路就是孙武苑。它坐落得极为隐秘，一般并不容易被发现，走进孙武苑，才发现它果真有一番不同于别处的气象，显示出龙虎之异象。竹篱茅屋里模拟展示出孙武子昔日著书的场景，光线昏幽，行走其间，那两千五百年前的春秋竟恍若昨天。道路两旁全是古木，有枫香、有紫楠、有黄檀、有苦槠……味芳馨，沁人心脾。穹窿山是一个卧虎藏龙的地方。单单《孙子兵法》这四个字的分量便足以令这座不过三百四十一米高的小山丘叹为观止了。当年曾是齐人的孙武为避战乱而居吴地，就在这穹窿山茅蓬坞写下了十三篇奠定其兵圣地位的《孙子兵法》，也从此，穹窿山成了兵家圣地。

据记载，历史上在穹窿山上，隐居、炼丹、读书过的历史文化名人还真是不少：有西汉的谋略家张良，有布雨神仙赤松子，还有抗金名将韩世忠，据传他率其部下六大将削发学禅就在穹窿山的宁邦寺，还有明惠帝，为避燕王追杀而逃亡在拈花寺……不可谓不藏龙卧虎。

我们继续前行，半个小时后抵达山顶。望湖园是穹窿山的山顶花园，占地六十亩。据专家考证乾隆皇帝曾六下江南，六次都来过穹窿山，并且每次都会到上真观祈福延寿，然后到山顶眺望太湖、领略风景，此处故得名“望湖园”。当天天气晴朗，万里无云。太阳爬上头顶时，气温升了起来，明媚的阳光从茂密的树叶中投射下来，在光影中感受到某种温暖。而经过了近两个小时攀爬，我们终于来到了箬帽峰的山顶，站在穹窿山顶上可将八百里太湖、七十二诸峰尽收眼底，往近处看，可以看到层峦叠翠、阡陌纵横的江南田园风光。俯瞰远处的太湖景观，给人的感觉就是一种辽远、空灵的感觉，远处的太湖波光粼粼，就像上天降予人间的一块明亮的宝镜，盈盈地照耀着穹窿山这片人间宝地。

儿时，我和朋友在家乡一起爬窟窿山，朋友说他每次爬穹窿山就会想起家乡的窟窿山。此次来苏州既是朋友的深情厚谊，也完成了我的夙愿。他说他从老家来苏州创业多年，一路走来并不容易，能有今天的成就，既是自己的努力，也是上天的眷顾。这些年，他每每遇到坎坷，或者是取得了成绩时，他都会登上穹窿山，登高望远，在苍穹之下释放自己的情怀，寄托自己的理想和期望。

穹窿山是苏州第一高的山峰。由于苏州整体的地势低平，以平地和丘陵为主，所以穹窿山与其他险峻巍峨的名山大川相比并不算高大雄伟，但是在苏州这个地方却是非常难得的高山景观了。而且穹窿山紧邻着太湖东岸，为太湖景观的第一高峰，所以在苏州人的心中，穹窿山代表着一种神圣、壮美的品格。

站在山顶上，朋友说：穹窿山是我的幸运之山，我从大山里走出来的，但从没有丢弃属于大山的品格。只有一直保持着大山的品格，我们才走得更稳、更远。

故乡的大河　赵锋 / 摄　2020 年 . 汉江

我的汉江我的村庄

——南水北调中线核心水源地感怀

一

我的故乡郧阳地处鄂西北丹江口库区，是南水北调中线工程的核心水源区。美丽的汉江水，从崇山峻岭中蜿蜒迂回，怀着对大山的深深眷恋，纵贯江、淮、黄、海四大水系，跨越鄂、豫、冀、京、津五省市，去缓解京津等华北地区的“焦渴”。南水北调，是中华民族穿越半个世纪的伟大梦想，是我国优化水资源配置的重大战略性基础设施建设，也是迄今为止世界上最大的调水工程。

为实施这项规模宏大、影响深远的世纪工程，丹江口水库大坝加高，水库蓄水位由一百五十七米升高至一百七十米，淹没影响涉及湖北省丹江口市、郧县、郧西县、张湾区和武当山特区五个县（市区）、二十九个乡镇、二百五十七个村（居）委会。十堰地区需要搬迁安置的人口超过十八万人，其中，需要外迁安置农村移民近八万人。这将意味着有两百多个汉江沿岸的村庄被淹没，有些村庄将面临被整体淹没的命运，永远地消失。

国家主席习近平在发表2015年新年贺词中也特别提到了南水北调中线工程的移民：“2014年是令人难忘的。这一年，我们锐意推进改革，啃下了不少硬骨头，出台了一系列重大改革举措，许多改革举措同老百姓的利益密切相关。我们适应经济发展新常态，积极推动经济社会发展，人民生活有了新的改善。12 月 12 日，南水北调中线一期工程正式通水，沿线四十多万人移民搬迁，为这个工程做出了无私奉献，我们要向他们表示敬意，希望他们在新的家园生活幸福……”

“沿线四十多万人移民搬迁”中有二分之一的移民都来自南水北调核心水源区的十堰市，十堰市的移民中，又有二分之一的移民是来自水源地最核心的版块——郧阳。

为了确保南水北调中线工程顺利推进，湖北省委、省政府对移民工作提出：“四年任务两年基本完成，三年彻底扫尾”。据考证，三峡移民用了十七年，小浪底工程移民用了十一年。这次需要两年完成移民十八万余人，任务难度之大、强度之高，中国水利移民史上前所未有。

2010 年 11 月 28 日是湖北移民史上值得纪念的日子。全省完成丹江口市、郧县、郧西县、武当山特区四个县（市、区）、二十一个乡镇、一百六十三个村的移民外迁，十堰市共组织一百一十九批次、一万八千零二十三户、七万六千六百五十二人迁往湖北省九个市，武汉、襄阳、荆门、荆州、天门、黄冈、潜江、仙桃和随州等九市所属的二十一个县八十一个乡镇、一百九十四个安置点全部安全接迁。十堰市先后出动搬迁车辆一万零三百三十三台次，累计行驶里程超过八百五十万公里！做到了“车不掉漆、人不破皮、不伤亡不漏掉一人”。

从 2009 年 2 月启动移民外迁试点工作到 2010 年 11 月底完成最后一批移民外迁，十堰仅用一年多时间，胜利完成了全部移民外迁工作任务，创造了移民工作史上的神话。就在移民外迁落下帷幕之际，湖北十堰又开始了十万移民的内安、后靠，移民们在后靠的山坡上创建家园。仅仅经过一年零九个月的鏖战，2012 年 9 月，十三个城集镇建设和十万人的农村移民内安全部竣工和搬迁。

这是中国乃至世界水利移民史上的奇迹。

二

工程即将结束，干部们奔走的脚印却还深深留在那片被淹没的土地上。移民已经搬走，老家的一砖一瓦、房前屋后的一草一木，却还深深刻在他们的梦中。

我看到，他们含着泪，拜别先人，砍掉橘树，带着鸡鸭猪羊，扛着锅碗桌椅，踏上未知的路途。站在将要离开的村口，他们捧一抔家乡土，再喝一碗家乡水，一步三回头。一切只为让北方亲人们也吃到好水！

汉江水从鄂豫交界的陶岔渠开始北上。这一百七十多米高、一百多米宽的闸口被誉为“天下第一渠首”，也是汉水开始北上的起点。自此沿着一条全新开挖、长达一千四百三十二千米的渠道一路北去，其中一千一百九十六千米的渠道暴露在外。从高空俯瞰，它宛如一条碧绿丝带，在山川田野间穿梭。穿过城镇乡村，漫过山冈平原。南阳、平顶山、郑州、安阳、邢台、石家庄、天津……二十多座大中城市因汉江水的到来而欢欣，干涸的大地生长出绿色的希望。

作为南水北调中线水源地十堰郧阳。这里四季分明、气候宜人，这里群山翠绿、满目葱茏，这里水系纵横、清流连绵。怀抱武当仙山、身沐汉江秀水，大山、大水赋予十堰深厚的发展底蕴，仙山、秀水、汽车城成为十堰享誉国内外的三张名片。

我的家乡就在汉江之滨的武当山脚下，那里群山环绕，山清水秀，山上竹木密布，山下河流环绕，有清新的空气，原始的村庄和善良的乡亲。我在故乡长大，在那里度过了童年和少年，熟悉那里的山水人事、一草一木，每一片土地，以及每天升起的朝阳和炊烟。

儿时的河里是满满的清水，里面满是鱼、鳖、蟹，夏天大人和孩子都在河里戏水游泳玩耍，用河水洗去一天的疲乏，尽情享受着河水的清凉和惬意。然后领着孩子朝着炊烟四起的村庄走去。到了夜晚，稻田里的青蛙叫个不停，伴着蛙声村庄走进满天星光的月夜。村庄在月夜的笼罩下动人而美丽，村里的人都在各自家门口的树下纳凉。

村庄的四季分明，色彩斑斓，各种庄稼的花不停地改变着村庄的色彩。山上的各种植物开出各种各样的花，村庄仿佛是一幅多变的彩画。到了秋季，满山的红叶映衬着整个村庄。谷穗压弯了稻浪，一片金黄绽放在村中央，全村人看在眼里，喜在心头。村里人过着宁静而祥和的生活。全村人几乎都是一个姓氏，是个大家族，家族中长幼彼此尊敬、相互谦让、邻里和睦。这样的村庄遍布南水北调中线核心水源区，这就是库区移民心心念念的家乡。

三

2009 年年底至 2012 年年底，我全程亲历了南水北调核心水源地郧阳这场波澜壮阔的移民外迁和内安的全过程。儿时的我并没有意识到就是因为这条大江会让鄂西北的人民承受了半个世纪的牺牲和奉献，更没有想到自己会在成年之后亲自投身到这一项全国瞩目的国家行动之中，目睹了南水北调外迁移民在搬迁过程中所做的巨大奉献和在他们离开村庄最后一段时光的点点滴滴；目睹了他们在离开故乡，离开汉江，离开生养自己的村庄前所做的巨大贡献和不舍神情。他们的奉献不仅仅是物质上的，更多的是精神和情感上的。

故乡仍然印在他们的心里，他们的村庄时常在他们的梦里闪烁。远迁他乡，心心念念的仍然是生养他们的故乡。他们在听着汉江水流淌声中长大，是汉江水润泽了村庄里的庄稼，催开了村庄里的各种花，穿越他们童年的记忆，挥之不去。村庄也成了他们的亲人，彼此依偎，相互守望。

那些夜晚，我同在现场，同样忙碌，但他们的眼神里闪烁着别离的深邃光芒，谁能感知他们的内心呢？我曾经在汉江河畔的柳陂镇彭家岗村跟一个叫木政荣的老人一起在搬迁前夜在火堆旁边度过小半个夜晚，火堆里烧的就是他半个世纪前盖起来的老屋的椽子，那些椽子在他眼前散发着温暖的光，并一点点化为灰烬。他慢慢回味着半个世纪在老屋里的每一个清晨和傍晚，眼神复杂而透明，一如当晚天上明亮而清澈的星光。

我想这一切都源于那段不能忘却的记忆和经久不息的敬意。移民的故事讲不完，他们的故事历史不会忘记。移民是这次国家行动中的典型环境中的典型人物。他们都是普通的中国农民，他们也因为国家工程而改变了自己原有的生命轨迹和情感走向。故乡，他乡，他们用我们没有过的体验和行动诠释着什么是无怨无悔，什么叫大爱无疆！

我曾经很幸运地亲眼看到他们在外迁前一年时真实的生活现状和状态，体验到了他们的情感，目睹他们在故乡生活的最后时光。这一切都多么难得，多么珍贵！我想无论作为一个普通人，还是作为一个写作者，这段经历都弥足珍贵。它对我来说不仅仅是一段人生经历，移民的别样经历让我对命运和情感有了更深的认识。

在我工作过的柳陂镇有一万一千多人面临外迁，还八千八百八十八人要内安。这个在全区相当富庶的乡镇，因为地理位置和交通便利给搬迁带来很大的阻力，同时也增添了他们对故乡的眷恋。在他们几百米之外就是汉江，他们依水而居。他们从出生就听着汉江潮，喝着汉江水长大。汉江水滋养了他们的每滴血液。家园是他们永不忘记的记忆。眼看着就要告别老家，告别这一江清水，内心的复杂远远超过脸上的表情，他们没有更多的时间和精力儿女情长，只能为家国奉献。

因为有了这样的情感基础，我似乎更能体验到移民对于汉江的真正情感。他们告别老屋、土地，以及曾经熟悉的环境和人情世故，那些都是不能忘却的记忆。

2011 年端午节，柳陂镇韩家洲岛上移民韩林组织外迁移民从随州赶回来参加堵河口原生态龙船会。“这是老祖宗传下来的习俗，在我们这一代不能断了。”韩林曾经正声说道。我在 2014 年 4 月出版的《挥别故园》一书中，用一个章节写了韩家洲参加在家乡的最后一次龙船会的情景，韩林并没有让这一习俗在他们这一代人身上断掉。移民之后的每年端午节，他都如期组织移民举办龙船会。这种文化的传承和心理一时间难以斩断。在他的坚持下，韩家洲岛上的移民仍然在参加龙船会。在此之前韩林一直担忧的是，将来有没有人支持和坚持龙船会这一传承了几百年的古老习俗，会不会有更多年轻人来自觉坚守这种文化的传承。如今下一代的年轻人已接过他们手里的接力棒，韩林相信他们的后辈一定会把这种龙舟文化一代代传下去。

2014 年 12 月 27 日，南水北调中线一期工程正式通水 ，一江清水抵京津。汉江水历经十五天水程、一千多千米北上跋涉，终于抵达南水北调中线工程的终端北京。这一天，正好是南水北调工程开工十二周年。经五十年研究论证，十二年艰辛建设，北京，终于盼来了“南来之水”，南水从此润北方。

作为中线核心的水源地又将面临更大更艰难的挑战，为了确保这一江清清的汉江水永续北送，坚守这一块大山、大水、大人文的福地，核心水源地地方政府已在积极行动，推进环境保护工程，加大生态村庄建设力度，将生态建设与旅游开发结合，大力发展生态文化旅游，旅游发展坚决不碰水质安全红线。

中央城镇化工作会议上也明确提出：要提高城镇建设水平。要体现尊重自然、顺应自然、天人合一的理念，依托现有山水脉络等独特风光，让居民望得见山、看得见水、记得住乡愁。

水源地汉江两岸的村庄正在面临着变化，时代在进步，村庄里的生活方式、思维方式、村庄生态结构图也都在悄然发生着变化。这种改变和转变润物细无声，连村庄里人都无法抗拒。村庄里越来越多的人走出去打工，闯荡世界，不管走到哪里，他们在内心对故乡难以割舍，在他们的内心永远有一个山高林密、清溪如歌、炊烟升起、瓜果飘香、花绕叶枝、邻里和谐的村庄。那里蓝天碧水，波光粼粼；那里水天一色，春风沉醉；那里庄稼花开，绿草茵茵。

动人心弦冻青沟

——一个百年古村落的家园记忆

一个百年古村落的家园记忆

明清时期古建筑的化石样板

何氏庄园与水运码头的恢弘气象

一

青砖、黛瓦在上了岁数的老墙头摇曳出沧桑又轻柔的风情。金黄的玉米、火红的辣椒、不知名的野花在田野、地头、房舍恣意绽放。隔着五百三十个春夏秋冬，隔着近二百年的如烟岁月，我们静静地伫立在鄂西北胡家营镇一个叫冻青沟的村头！远处汉江奔涌，近处溪流淙淙……

这一刻，时间凝固，这一刻，思绪万千！仿佛目睹何氏家族经商之路的潮起潮落；仿佛窥见何氏家族1927年费尽心血写就的第一部家谱因无钱印制而在大火中灰飞烟灭；仿佛遥望何氏楷模华中科技大学教授、何氏源流专家九十多岁的何存兴正蹒跚地向我们走来……

我的母亲就出生在冻青沟的何氏庄园里。何家是当地的大户，自明朝起就世代居住在这里，发展到清朝时，家族兴旺、人丁兴旺，方圆四百里都有何家的产业和庄园，何家名噪一时。母亲就出生在这个庄园，在这里长大，读私塾，儿时就在这一片庄园里的天井院、青石板路上玩耍，在数不清的房间里捉迷藏。村里的娘娘庙、杨泗庙是他们常去的地方，总也看不够那些彩绘木雕、砖拱台阶、溪流古道。

母亲说庆畅园是不敢经常去的，那是家庭里最有权威的老太爷住的园子，平日里见了老太爷，也都远远地躲着。他是家族里的楷模。何氏家族奉行先人“耕读传家”的古训，家大业大，人才辈出。家谱中记载，何氏家族仅贡生就达上百人，其他官员无数。

1947 年的春天，母亲就出生在丰记园里，丰记园是一进三重的院落，大小天井院九个，母亲从小就在天井院里玩耍。望着老门窗上的雕花，内心充满了想象。那个年代，何家大院已不似昔日繁华，家族里有的远走他乡参加革命；有的逃难异乡谋生存；有的四处求学。母亲学习成绩优异，小学毕业后是少数几个考上黄龙中学的学生之一。可惜，外婆并没有能力供她去读书，仅仅去报了名，上了几天学之后，因为交不起学费，只能作罢。这份遗憾一直深藏于母亲的内心，倘若真的能把中学读完，她也许就有不一样的人生。

二

冻青沟古村落位于郧阳区胡家营镇东部汉江南岸的大山深处，是一处尚未被开发且知名度不高的村落。村落距县城约七十二千米（直线距离约四十六千米），逆江而上至陕西白河县城关约二十一千米。在冻青沟里至今还深藏十四处明清古建筑。

由于村庄出口直面滔滔汉江，村子深藏山谷，交通极其不便，冻青沟古建筑群长期以来不为外人所知。直到 2009 年，县文物局在进行第三次全国文物普查活动时才首次发现了这个仍然保持较好原始形态的古村落。

顺谷而上，山势高耸，错落起伏。村书记胡广宝介绍，该村最高山峰海拔八百一十四米，谷地林木茂密。野生动物有野猪、獾、麂以及各种鸟类，种类多，数量大；盛产野生竹笋、蘑菇、山药，以及天麻等各种药材。山中民风淳朴，村民勤劳善良。

村里何姓为大姓。村里七十五岁的老书记何存连至今仍保存着一整套较为完整的清同治版何氏家谱。据何氏族谱记载：何氏家族的先祖何东湖、何东海兄弟二人于明成化十五年（1479）由江西瑞昌来到郧阳做生意，并在郧阳落脚，到清代成为当地的名门望族。

何氏家族奉行先人的古训，家大业大，人才辈出。家谱中记载，何氏家族仅贡生就达上百个，其他官员更是不少。

何存连说，大概是看中冻青沟优美的自然环境和适宜“静修”的人文氛围，何氏祖先中的一支选择五峰乡前山、胡家营冻青沟一带作为家族的栖息之地，并在此建起了何氏庄园，建成至今已经有五百三十年的历史。村落中所遗存的古建筑皆为何姓祖先在创业和生活过程中所建。据老辈人讲述，以前村中古建筑更多，由于各种原因损坏过半。目前，冻青沟尚存古建筑十四处，即：何家老庄、庆畅园、娘娘庙、杨泗庙、何家祠堂、秦记园、善记园、敏记园、俞记园、玉记园、照壁(影壁)、杨家寨（七队寨）、古道、邦田子老屋。

山路崎岖，幽静潮湿。走访中，何家后人何存连介绍了冻青沟昔日的辉煌。在十四处古建筑中，杨家寨寨墙、寨门等主体部分尚存，寨内的墙基、储水井等部分保存较好。而何家老庄因为原先曾发生过火灾而面目全非，仅有几座房屋的墙体和原先的建筑台地格局还能看出当初的辉煌。

令人欣慰的是目前庆畅园、娘娘庙、杨泗庙、何家祠堂、秦记园、善记园、俞记园、玉记园、照壁(影壁)和邦田子老屋保存情况较好，大多数屋内目前还有人居住。

村里古建筑最典型的当数庆畅园，据说是何九爷耗时二十年修建的。该建筑选址于平行汉江走向的山谷深处，是何氏家族早期建造的一处大宅。该建筑五开间单进院落，是目前保存最完好的宅院，也是冻青沟最大的宅院。

从外面看，庆畅园是一座五开间的房屋；走进去，可以看到一个天井院，左右厢房依次相连。虽然房子整体看上去较旧，但从很多细节上，仍然可以看出该建筑昔日的奢华。

与别的院落不同，庆畅园正门门框、门墩均是由坚硬的石头打造，看上去结实、美观、大气，花纹图案至今仍然清晰可见。园内所有门窗，均是传统木雕镂空工艺。在房屋屋檐下，甚至不容易看到的房屋后檐，目前仍然可以看到很多精美的彩绘。武松打虎、孔融让梨等许多历史故事，包括十二生肖图案，至今看上去依旧精美绝伦。

庆畅园内至今住着一位老太太。老太太本姓雷，嫁给何家，随夫姓何，九十五岁高龄的她至今耳聪目明。何老太太说，自己住的房子是丈夫三十年前买的。自己年轻时，这房子到处都是雕花，就像宫殿。“这个石门墩，看上去圆溜溜的，花纹不复杂，可听村里的老石匠说，古代没有电动工具，做这样一对门墩，手艺精湛的至少要十天，”何存连又指着屋内的窗户说，“这个更复杂，一个木工雕一扇窗户要半个月，这座房子大小窗户六七十扇，你算算需要多长时间？”

石门墩、镂空窗户仅仅是庆畅园庞大建筑的一角。整个庆畅园共有三十四间，如今保存有二十九间。何存连介绍，庆畅园修建于道光年间，至今约有一百九十年历史，为何家大地主“何九爷”所有。据何氏家谱记载，何九爷地产分布郧西、郧县以及竹山、竹溪多地，年收租约三十五万斤粮食。何九爷有三位妻子，膝下有六个儿子。“何九爷为人仗义，当时门前进山通道遭遇山体滑坡，凡是来此帮忙疏通道路的，全部安排食宿，百余人在何家吃住一年。”何存连说，“不少老辈人说，当年何九爷修建整座豪宅，前后耗时近二十年。不少工匠来时满头青丝，等房子盖好后，头发已经花白。”

三

冻青沟，原名洞静沟，诗意而静美。清代康熙以来所编修的《湖广郧阳志》《郧县志》等皆记载有“冻青沟”地名，以及相关人和事。当时称“洞静沟”，一说是这条沟口周围山上长满冬青树，把房屋都遮蔽了，过路行人看不见山坡上的人家，于是称之冬青沟；另一说是该地原有一山洞，是一处静修之处，是为洞静沟。最终谐音衍化而成“冻青沟”。

因为这条沟口周围山上长满冬青树，把住家住宅遮蔽了，过路行人看不见山坡上住户人家，于是称之冬青沟。沟里水资源丰富，山泉叠出，到了冬天，到处是冰挂冰瀑，晶莹剔透，青苔在冰下若隐若现，人们又叫冻青沟，沿用至今。

古村落位于冻青村的两条沟内，分布着多处古宅大院，主体保存基本完整。这些院落雕梁画栋、斗拱飞檐，有前厅后院和亭台楼阁，门前镶嵌着门匾，建筑格局依山就势，窗格雕花精巧美观。

据何氏后人介绍，这些老房子皆为何氏先人所建。相传明朝时期，距今五百三十多年前，有何氏两兄弟东湖、东海二公，从江西瑞昌迁到郧西的板桥河一带做生意，兼以赊茶为生，后逐渐发展繁衍起来，到了清代，成为当地的名门望族，于是迁至五峰乡前山、胡家营冻青沟一带，并在此建起何氏庄园。随着何氏家族的人丁日渐兴旺，又相继在邻近的安城、辽瓦、鲍峡、小花果、姚家以及郧西的泥河、夹河等地建起庄园、祠堂，邻近二百千米范围内遍布何氏庄园，多达四十余处，在郧阳府城也有何家公山。时至今世，崇山峻岭依然阻缓了工业文明的步伐，使得大自然与生俱有的美存留下来，这才有了今天的冻青沟。

何家老庄、畅庆园、娘娘庙、杨泗庙、何家祠堂、秦记园、善记园、敏记园、俞记园、玉记园、照壁(影壁)、杨家寨（七队寨）、古道、邦田子老屋……共十四处重点保护古建，大多为何氏家族所建，坐落在呈“Y”字形交叉的谷地两旁，入口与汉江相连，就如一处神秘、独特的世外桃源。

每一处遗留的古建筑都是一道亮丽的风景。她不是画家笔下色彩的组合，不是诗人眼里浪漫的意境，不是歌唱家歌里音与音的编织，而是大自然的浑然天成，是大地与建筑的完美组合，更是自然与人类的和谐之美。

这就是冻青沟，将军河岸边的一个集秀丽、静逸、深沉、热情的地方。这里静静地坐落着传承几百年的明清古建筑群；这里有勤劳朴实的岁月面庞；这里有清脆悦耳的山泉叮咚；这里有满含希冀与渴望的殷切目光。当我们曾经纯洁的心灵被尘世的污浊掩去了光芒，冻青沟却如一湾清澈山泉荡涤被喧嚣蒙蔽的双眼，让你看到不一样的风光！她用适宜的温度温暖着故乡的老小，温暖着每一个踏足此地的游子。

在这里，我能充分感受到一种复古情怀。如果说每一栋古建筑都有一个故事，那么在每一栋建筑里都盛满了丰富而灿烂的回忆，我徜徉其中，默默地欣赏着它们。而其中最打动我们的是何氏家族传奇经商名扬四海、华工教授二十二年“家破人亡”续写何氏家族宗谱、年过半百负债二百八十万悬岩上修公路两度与死神擦肩而过，为乡亲致富二十几年“奔走呼号”极力推荐冻青沟让世人知晓的传奇故事……

2018 年清明节，我带着母亲回到冻青沟寻访，在老村支书胡光宝家里，他小心翼翼地打开他珍藏了半个世纪的何氏家谱。何氏家谱共分四卷。母亲看到家谱那一刻，异常激动。我们仔细翻阅了《郧阳何氏宗谱》《何氏源流考》和《名贤录》。母亲极力回忆着那段如烟的往事，一睹宗谱的神秘原貌。

第一次续谱是 1927 年，1930 年全部抄好，因无经费而未能面世。1932 年家谱在大火中化为灰烬，此次续谱前功尽弃。1986 年开始，华中科技大学教授何存兴开始第二次续写家谱。那个时代通讯极不方便，大部分靠书信和行走获取信息；那个时代，人与人缺少信任，很多时候，费尽口舌却收效甚微；那个时代，经济拮据，何老出现在冻青沟时竟然穿着一双草鞋；那个时候，为续家谱，几近疯狂，以至妻离子散……《我去瑞昌访祖纪实》《续谱轶事》中，我写尽了历时二十二年（1986 至 2008 年）的艰辛！

因路途遥远，交通不便，再加上经济条件的限制，艰辛备至！在家谱成书的那一刻，老人泪水恣意横流，为了何氏家族无私奉献，为今生今世的生死爱恋尽情挥洒……听罢、掩卷、感动，也不胜喟叹！！

四

今天的冻青沟，年轻一代大多去了城市打工，多是一些老人在家守着这些百年老屋和陈酿在心的老故事。只有节日，才令村庄焕发出它应有的生机！

在何氏后人的一个堂屋门前，一位老爷爷满头银发梳理得纹丝不乱，他看人时那种目光，神情专注，透着深邃，似乎能洞察人的心思，给人一种凛然的感觉。只有经历过沧桑世事而豁达开朗的人才能有如此明澈的目光，他就是被称为“光棍”（年轻时能干的人）的何家的后人。

也许他们从小就在这种封闭的环境中生活，老宅子见证了他们的少年英俊，又见证了他们的沧桑憔悴；见证了他们一辈人的容华与富足，也见证了他们另一辈人的坎坷与颠沛。同样，他们也见证了老宅子的昔日繁华风光，见证了老宅子的兴衰变化。他们靠这深宅老屋遮蔽世间风雨，与老宅彼此相依、不弃不离、结伴余生……

是什么样的决心让一个年过半百的老书记自费贷款二百八十万，负债累累，每年年关都出去躲债，却只为带给全村人民一条通往山外、触摸富裕的希望之路？

是什么样的信念支撑着一个小群体舍弃独自富裕的机会，日思夜想，殚精竭虑，想着让自己全村父老乡亲生活富足，村里的孩子能够出去看一看山外的世界？

在老书记奔涌的岁月里，难过时的泪水、自嘲时的笑声，展现出他内心的挣扎和期盼！那是一个深深打动我们并让我们今生今世都无法忘怀的身影！他的境界不是苍白的文字可以尽数传达的……他自视与我们一样，而我们却不能描述他胸中的风云万千，一面静湖。

时令上的秋天不可逆转，冻青沟人民渴望富裕生活的春天却即将到来！2014年6月22日，冻青沟已被增补为湖北省第六批重点文物保护单位。7月5日至12日，华中科技大学建筑与城市规划学院的三十五名测绘人员受十堰市文物局邀请，在导师郝少波教授带领下，对冻青沟十四处首批确定重点保护古建筑中的九处完成了测绘，并将于近期完成其余部分的任务。

之后他们将根据测绘情况对古建筑进行评级，确定最后的修复及开发方案。此后，郝教授一直关注着冻青沟古建筑的测绘工作，他认为，“群落”加上“环境”凸显冻青沟的古建筑群珍贵。特别是把四处古宅的重檐建筑与北京的天坛、故宫相提并论，并由此将对冻青沟研究作为学院的一个重要课题。他还说，省重点文物保护单位的评定给冻青沟的发展带来了机遇，冻青沟人民的生活有望改善。

即将离开冻青沟，这块净土让我感触良多。没有便利的交通，没有现代的符号，没有人工打造的景观。只有古老的建筑，只有历史的情怀，只有大山的宁静，只有见到你们格外亲的乡亲们，只有原生态最真实的体验。在这里放下所有的包袱，去感受这里独特的古文化，感受古建筑带来的喜悦感。在这里，让你体会到的是别样的生活和内心久违的笃定。在这里，宁静高远，远离城市的喧嚣，有一种迫使你继续前进的力量。

古宅如何长久保存下去，留给人的故事终将继续演绎……憧憬古老的青石板上烙上更多驻足的背影！

五

多年来，尽管冻青沟村拥有厚重的文化底蕴、良好的生态环境，但汉江天堑却卡住了冻青沟发展的“脖子”。过去，村民去镇上办事，需要从村口乘船渡江，再步行一个小时。遇汛期，渡船停摆，上千村民被困在山沟里。全村五百三十一户，贫困户曾达二百零二户，人均收入连续多年在全区垫底。这里的群众说：“端着金碗讨饭吃。”守着文化资源，坐拥绿水青山，过着贫困日子。2014年，精准扶贫的春风吹到了冻青沟村。

“要致富，先修路。”镇党委政府和村委会把“交通先行”作为“金钥匙”，多方争取修路资金，打破发展瓶颈。2016年，冻青沟村通往集镇的沿江路全面动工。很快，村民过江的杨泗庙大桥开工建设。路通了，去镇上只要十五分钟，到城区也只要一个多小时。

路通了，梦圆了，村里的人气、财气也旺了。每到节假日，十堰城区的游客成群结队来到冻青沟，看古建筑、品农家味、买土特产。深藏深山的“宝贝”，终于守得云开见月明。废弃多年的村小学，经过精心装扮，如今成了竹编产业基地；返乡创业者开办的“溪奇古怪”文创小店内，天麻、土蜂蜜、葛根粉等城里人“稀罕”的土特产整齐陈列；坑洼不平的村道，已经修成沥青路；危房消失不见，取而代之的是数十栋精美的徽派建筑——易地扶贫搬迁安置房。脱贫户雷守悌逢人就说：“住着新楼房、吃着自种菜。住在这里，比城里舒服！”

同时区里也认识到冻青沟的文化价值，聘请了专业团队高标准编制冻青沟村乡村振兴规划。将以“古韵”为主题，力争用三至五年时间，通过传统村落保护与开发、产业重构，全面激发新活力，促进乡村全面振兴。

2019年中秋节前夕，我和朋友草色等一起再次踏访冻青沟时，目睹古村落悄然发生的巨变，内心充满了欣喜。在过去的几年里，我们多次踏访冻青沟，既对保存完整的明清古建筑群充满了兴趣，也对村庄落后的发展和面貌心存担忧。过去几年里，古村落在精准扶贫这一国家行动的实施中发生了巨变。我们在村庄里看到人们的笑脸；看到源源不断来这里游玩的客人；看到这里正在以古老演绎繁华；看到了这个村庄正以热情和开放去拥抱未来。

2022 年清明节，在我大姐、表姐等人的催促下，我带领着她们来到冻青沟村。这些年我不断地分享我去冻青沟采风的文字、图片和视频，不仅让外界了解了冻青沟，在我们家族里也引起广泛关注。我带领她们去了梛田子老屋，那是外婆和母亲生活过的地方，去了何氏祠堂、娘娘庙……他们被眼前恢宏的建筑群而惊呆，更为自己的祖先创造的辉煌而骄傲。时值清明时节，我带着他们一起到外祖父的墓前祭拜，站在高大庄严的何氏礼堂的石阶上，兄妹几人感慨万千，我们的祖先在这里历经着怎样的艰难创业，又创造了怎样的峥嵘岁月。

当我们踏上冻青沟村的这片土地之上，当我们在那些古宅间寻找母亲的记忆，有一种乡愁在心间涌动。在这山花烂漫的三月里，在情意绵绵不绝的春风里，古宅钩沉，映照岁月的梦回。

动人心弦冻青沟。

让我们在这片神奇的土地上寻找一个百年古村落的家园记忆，在古老的汉江岸边倾听何氏庄园与水运码头的静静的对话。

汉江岸边杨泗庙　赵锋 / 摄　2021 年 . 冻青沟村

第三辑 爱是你我

那些陈年的墙头
和村头的水井，
似乎也成为了与过去
连接的最温暖的
接头暗号。

小院时光
——我的乡村札记

一

自从父亲在老家的后院里建造了一个大院子，我们兄妹几个回去看望父母，都习惯在后院里度过。

家里人多，全部回来便是一大桌子人吃饭。后院里有两块菜地，菜地里有各种瓜果蔬菜。母亲基本将时令的蔬菜都种了一点儿，到了夏季，即使不出小院，也能做出一桌可口的饭菜。兄妹年幼时，家大口阔，母亲早已练就了一身“以菜充饭”的本领。

清晨，朝露刚刚从瓜果上落下，母亲就提着小竹篮，将黄瓜、豆角、青椒、西红柿等一一摘进篮子里，中午就用它们来做菜。后院的东头有一个一米见方的水池，淘菜、洗花、冲凉都能在这里进行。母亲把菜在这里洗干净，然后就直接进厨房了。

后院是长方形的，长约三十米，宽约十五米。院后有一堵矮墙一分为二，四周是高大的围墙，向东边的围墙中间是后院的大门。后院里除了菜地，剩下的都是父亲多年来亲手种的各类植物和花草。

菜园和花园把后院装点成了一个大植物园。

每年春节前，大家都在后院忙碌，母亲天晴时会把楼上楼下的被子抱下来洗干净，搭在后院晒晒，这些被子因此有了阳光的味道，等着我们兄妹回家。每到此时，母亲最辛苦。孩子们还没有放假，只有她一个人忙碌着。接着她又把生活的各种用品拿出来清洗，杯子、凳子、坐垫、毛巾等，一一进行清洗。

小院往北的一排厢房就是厨房，下几步台阶就是厨房的后门。母亲把洗好的蔬菜整理好放在架子上控水。母亲拥有做一手好茶饭的本领。每次儿女们的归来，都是一次重温美食的好时光。

若是到了春节前夕，兄妹都回来了，大家便都聚集在后院里，帮母亲打下手，听母亲调遣，准备着各种美食。

正月家里客人比较多，要是等到客人来了再准备，那可来不及了。有很多食材都需要在腊月二十九以前完成，比如：炸红薯丸子、炸鱼块、蒸菜、炸豆腐、切魔芋……母亲一忙就忙到了深夜，有时深夜醒来还能听到母亲在厨房里忙碌的声音。

母亲好强，生怕亲戚和乡亲说我们家怠慢了他们。有一年邻居有一个生事的妇人说我们家里的盛菜的盘子小了，母亲听到后，悄悄把自家盘子跟别人比较。得到的结果是我们家的盘子比别人家的都大。母亲因此心里才踏实。

母亲把这些食材变成了餐桌上的美食，养育着我们长大，现在它变成儿女内心的牵挂。兄妹几个和孩子们，甚至连土生土长在北京的嫂子无一例外都喜欢吃母亲做的饭菜，也许正是这种大家共同的期盼吸引着她不辞劳苦地操劳，而乐此不疲。

小院里充满了欢声笑语，共同准备一桌可口的饭菜成了每一次相聚的必备。兄妹中谁爱吃饺子，谁爱吃蛋炒饭，谁喜欢吃魔芋，又是谁不吃葱蒜，不喜欢吃面条……她了如指掌。

二

小院大约百余见方，四周是围墙，墙头是用旧屋拆下来的瓦片，拼成了波浪的造型，一字排开，古朴而雅致。

院内东西两头的角落，父亲种了两簇竹子。古人说：宁可三日无肉，不可一日无竹。有了竹子的点缀，小院的味道变了，富有雅趣。院子中间有原来老房子留下的小石墙，父亲原打算拆了，我说不如留下来，用来放盆栽。父亲觉得有道理，采纳了我的意见，将其保留。父亲种了不少万寿菊、太阳花、滴水观音、吊兰、水仙、中华文木、格桑花等，父亲把这些花都摆在了那堵矮墙上，摆成了一排，花开时节，矮墙变成了小花墙，色彩斑斓，好看极了，成了小院里一处景致。

父亲爱养花、种树，小院被各种盆栽充斥着。父亲选择了花期不同的各种花，因此每个季节小院里都有花开，都会给我们带来惊喜。父亲说，夏季每天给前、后院落的花浇水都要耗费一个多小时。

小院里的那些花儿、那些树，静静地生长、静静地开放，把小院里的每个季节都装点得格外别致。去年过年时，外头下起了大雪，小院里的蜡梅凌寒独开，黄色的花朵，在雪花的映衬下，显得格外夺目。那种黄色充满了生命力和植物独有的张力。我忍不住拍了几张图片，发在了朋友圈。谁料瞬间就有上百人点赞，纷纷询问我这是哪里的蜡梅？也有朋友专门打来了电话问，这种黄色的蜡梅他很少见过，感觉好极了！他说，这蜡梅很漂亮！这小院也很漂亮！你看，人们对美好的事物总是心存向往和善意。这是自然之美，也是自然的力量。

小院里还有一些不知名的花草，它们默默地生长，在小院里度过每一个春夏秋冬。就像村里有一些人一样，他们不一定叱咤风云，不一定会有更多的人知晓他们，但他们依然怀揣一颗善良的心在村庄里生活。

在小院南边的墙边，父亲隔出了一小块菜地，母亲根据不同的季节种各种不同的蔬菜瓜果，它们也会在不同的季节里开出不同的花朵，装点着小院。那时的小菜园更像是一个小花园。父亲种菜从不用化肥，种出来的蔬菜味道自然不一样，都是大自然的味道。

夏天，蝴蝶在花间翻飞舞蹈，它们忙个不停，这是它们生命过程中的乐园。这里有足够的花蜜供它们享用。它们在花丛间嬉戏，不愿离去。蝉在树枝上叫个不停，蚂蚁在菜畦间忙碌着，它和伙伴们也一刻不停地搬运物资，一路奔忙，丝毫不敢懈怠。

小院里的那些花儿，静静地开放着，与鸟儿为邻，是它们把小院装点得生动而绚烂。

三

黄昏，父亲在后院里给树木花草浇水，不知不觉中一个多小时过去了。

母亲坐在后院洗衣服。父亲穿衣服费，刚买的衣服，过不了几天就有了毛边了，或者有了油渍。

母亲抱怨说：“没见过穿衣服这么费的？”

父亲不服气地说：“现在衣服质量哪有我们年轻时的好？”

母亲回一句：“我的衣服咋没见破？”

父亲并不示弱，说：“我天天种树养花，还种菜，当然费啊！”

小院里常常听到他们这样的对话。严重时你争一句我还三句，似乎像是没长大的孩子。

人生就是轮回，有些老人越来越像小孩。父母之间的唠叨，充斥在小院的空间，大家都没回老家，这样的唠叨反而能听出某种热闹。

父母年轻时就很好强，强撑着供我们兄妹四人上学读书。这在他们那一辈人中并不多见。他们可以像其他家庭一样，能在自己年轻时少受一份罪，但他们选择了奋斗，强忍着走过人生中最为艰难而苦涩的日子。

年轻时，母亲每晚给乡亲们做衣服做到很晚，儿时很多个夜晚我们都是听着母亲踩踏缝纫机的声音入睡。母亲裁衣服的案子上总是堆放着一叠又一叠的布料，那个年代，乡亲们穿衣服基本都是靠人工做，母亲是方圆百里有名的裁缝，请她做衣服的乡亲络绎不绝。

那些年也不知道给乡亲们做了多少衣服，前来取衣服的乡亲成群结队，但母亲在最艰难的那些年却从未想到给自己添置一件新衣，那时她只有一个信念就是省吃俭用供我们上学。

历经艰难困苦，他们共同走过。许多年后，当他们能住上好房子、穿上新衣服了，在这小院里闲想，想起曾经艰难的过往、受到的那些委屈，他们难免有了唠叨的理由。

唠叨归唠叨，生活仍然在小院内外行进，他们在用自己的生活方式在小院里忙碌。其间的冷暖只有他们自己最清楚。

四

春天我们回老家，母亲给了雷雷五十元钱，我们第二天上午走之前，母亲在她房间找她枕头下面的四百元钱，发现少五十元钱，母亲着急得不得了，雷雷刚好在旁边，看到他奶奶着急的样子，雷雷问："奶奶，您放哪儿了？我帮您找吧！"

雷雷边问边在床边找，找了一圈仍然没找到，嘴里念叨："放哪儿了呢？"

雷雷转身跑到客厅，心里想：奶奶这么着急，不如把我身上的五十元钱给奶奶，以免奶奶着急。

雷雷假装从客厅返回到母亲的房间里，站在母亲的旁边，又和母亲一同寻找，雷雷佯装往母亲身后的角落退，然后悄悄把口袋里的五十元钱丢在地上，大声喊："奶奶，您的钱在这里，找到了！"

母亲回过身来，看到雷雷手里的钱，笑着说："还是雷雷眼睛尖，终于找到了。"

看着奶奶欢喜的样子，雷雷也会心地笑了。

雷雷知道奶奶并没有发现他的"伎俩"！

回城的路上，雷雷向我讲述了这件事。他还特别交代了我说："这件事千万不要对奶奶说。"

我点点头。

孩子为自己的“杰作”保密，恰恰说明这一举动来自他真实内心，真的想为奶奶分忧。

孩子从小跟奶奶亲近，许多性情和举动也很像奶奶。这些除了跟现实自然的亲近外，更多的可能来源于生命遗传的基因密码。

孩子常常在课余和假期牵挂奶奶。小时候，奶奶去接他，总在人群中焦急地等待和寻找孩子的身影。每天放学祖孙俩手牵着手，相互搀扶着，一起前行，都生怕对方碰着。

孩子六岁那年，奶奶因为腿部关节炎，做了手术，出院后需要静养，行动也不方便，雷雷每天放学都会问奶奶需不需要上厕所？他总是精心地扶着奶奶上厕所，在房间里锻炼。生怕奶奶跌倒。整个休养期间，他总是陪在奶奶的床边，陪奶奶聊天。

一次中午下班，我走在单位附近的桥上，无意间看到正在桥下等红绿灯的祖孙俩，母亲紧紧拉着孩子的手，半个身子挡在孩子的胸前，绿灯亮了，两个人相互搀扶着经过斑马线，隔着时空，我仿佛就能感受到他们对彼此的牵挂。看着人群中他们的背影，心底里升腾起一种温暖，那是亲情的力量。

还有一次，母亲在十字路口，与一起出去买菜的婆婆走散了。孩子得知情况后，着急坏了，他打电话给他妈妈、他的大姑，说奶奶不知去了哪里？没过多久，又联系上了，孩子高兴极了，满脸笑容。

奶奶不停地夸雷雷，满脸的满足和得意。其实与她为孩子付出的相比，孩子的这一点儿回报算得了什么呢？

雷雷和远在北京的哥哥都非常喜欢回老家，回到这个他们并不熟悉的小院。他们一起在小院里玩耍，一起给院子里的植物浇水，捉迷藏；一起读书写作业……

对他们来说，小院就是他们的乐园，会长成他们的童年记忆。每年寒暑假成了他们相逢相聚的乐园。

在这个小院里发生了许多他们难忘而有趣的事，他们会把它们装进自己的记忆。这些记忆在城市里找不到，也没有，这样的时光镌刻在他们的内心深处。

五

那些不能说的秘密，也都在小院里说了。

每年春节，哥哥总会抽空从京城归来，母亲空闲时总是把哥哥叫到后院里晒太阳，悄悄地把自己所谓的“秘密”说给他听，声音很小，生怕别人听到，父亲踱着步子走过来，母亲便瞬间把话题岔到了别处。母亲有这个能力，善表达、会说话。看，母亲现在多像个孩子啊，仿佛儿时兄妹之间闹翻，悄悄把自己的委屈和不满告诉给母亲。如今，主角变成了母亲。

父母日渐老去，悄然之间，仿佛是一阵春风刮过，生命就在岁月之间这般轮回。稚嫩和衰老仿佛挨得这么近，不经意间就可以穿越。

每次从城里归来看望他们，一起在小院里听他们的家长里短，听他们内心不经意间的烦恼，以及他人的飞短流长。他们将这些放大之后，向我们倾诉，失去了年轻时的那份清醒和理智，一些不经意间的闲话变成了他们内心的烦恼和牵挂。

晚上陪他们看电视，刚刚还在跟你讨论电视里播放的内容，下一刻却听到鼾声。你不作声，等他们睡着，把电视声音关小，一转身他们又开始讨论电视内容。

在这个院子里，他们目睹着孩子一个个长大、求学、工作，离开故乡，他们的生活远远比同龄人清苦。但他们并不羡慕别人，从未放弃对每一个孩子的教育和培养，他们用朴素的坚持，成就了我们兄弟姐妹的人生。

有一年，春节在老家门口遇到了一个小学同学，他刚从外地工地打工回家过年，闲谈之中，他说：“还是你们上班好，风吹不到，雨淋不着的。”言语之间似乎有些羡慕，其实，每个人的人生和生活哪有那么容易？藏在光鲜背后的是辛酸。同学接着说：“你们的父母供你们读书多，有文化还是不一样。在外面打工，有文化工资高！”同学与我同龄，但岁月的风霜让他看上去比实际年龄更苍老。

我问他：“你怎么非要出去打工？”

他笑笑，说：“看来你不了解我们的生活，我们这个年龄要养活一家老小，不出去打工，恐怕连老婆孩子都养不活了。”

同学的话让我想起儿时我们一起玩耍的时光，一起上山摘柿子，一起下河抓鱼，一起进山里找野果子，一起到稻田里摸泥鳅。放学后在河边、田间疯跑，直到村庄里炊烟四起，直到听到母亲呼唤我们的名字，才依依不舍地回家。

记忆犹如潮水，潮起潮落间，思绪万千，有些记忆难以忘怀，难以忘怀的还有那时的情怀。

小院时光　赵锋 / 摄　2022 年 . 赵庄

有一位八〇后作家朋友写过一篇文章，她写道：“那一刻，我们终将明白：生命是一场轮回，生养是一场回归。我们永远是父母的孩子，我们终将是孩子的父母。父母永远是我们的父母，父母也会老得像个孩子。”

父亲退休以后为了打造自己的小院，付出了不少精力和时间。他呵护这个小院像呵护自己的孩子。他不止一次地悄悄告诉我，千万别把小院卖了，他的担心来自他内心对小院的深爱，爱到怕失去。

一个人衰老之后，最怕的就是失去。尽管父亲的这些担心和害怕都是多余的。但谁又能阻挠得了他内心强烈的假想呢？

这种假想有时真的跟孝心和理解无关。它更像独立存在的孤岛，无法用其他的替代。它更像一个怀揣执拗理想的孩子。

六

去年春天，一位远道而来的朋友到我的老家采风，造访了小院。当她站在老家后院里环视四周的群山时，脱口而出：“在这里仰望这些大山，我有想哭的冲动……”

我大吃一惊，这是怎么了？

一向理性而知性的她，怎么一下子多愁善感起来了？

我问：“为什么有这种感觉？”

她答：“没有为什么！就是莫名的感动！”

我相信这是她真实的感受。这群山之间也许就隐藏着她内心深处的密码和情愫，在一瞬间触动了她的心弦。其实面对内心深处的情感密码时，外部仅仅是个诱因，一切都是彼此的顺应，此消彼长，山高水长间，你仿佛就能看到内心深处那一抹浓雾。

朋友的话也触动了我。想起在小院里待过的每一个清晨、黄昏，或者月夜；想起每一滴朝露，在小院里看到的每一抹夕阳，每一颗星辰，小院犹如一条绳索，把每一段时光串联了起来，成为一段段岁月。

我相信朋友的话是真实的。没有矫情，没有失去理智。她说她想起了自己儿时生活的模样，那时内心里的大山。那些心心念念的记忆回来了，那些隐藏于内心深处的感觉一瞬间闯进了心房，让她应接不暇。

人生总有几次突如其来的感动瞬间，在你毫无防备的情况下，如大雨般扑面而来。慌张之后，才是另一种心安，仿佛是盛夏时节在村头不期而遇的滂沱大雨，纵然全身湿透，但我们不会忘掉雨中的酣畅淋漓。

山的那边，还是山，但更远的地方还有自己的梦。

夜里开始下雨，淅淅沥沥的，不停止。

都说春雨贵如油，这雨落在小院里，落在那些植物上该是何等的珍贵。那些花花草草该是何等的暗自欣喜着。

这些花草树木熬过了漫长的冬季，正渴望着春风春雨，它们渴望在春风春雨中向着春天奔跑。

它们迫不及待地走进春天，它们已经被寒冷折磨得几近失色，它们极力抗拒，保存着内心的那抹绿色，等待着春天归来。

春雨的到来，让小院变得春意盎然。儿时，后院相当简陋，父亲母亲在后院里种各种果树，桑葚、葡萄、柿子等。每年夏天，后院就开满了各种花，它们争奇斗艳、窃窃私语，知了也在树干上叫个不停，蝴蝶在花间飞舞，后院显得热闹非凡。

记得儿时后院的靠近马路那边，有一棵桑树，它的枝干很茂盛，甚至伸到了路边的猪栏上方，每年树上结满了桑葚，又大又红，邻居试图去采摘，他们慢慢顺着主干向前爬，依然够不着那些结得最好的桑葚，他们不敢再往前爬了，再爬就会把树枝压断，他们也会掉进猪栏的粪坑里了。

桑葚又大又甜，咬一口，多汁鲜美，回味悠长，许多年过去了，想起那时的情形，那时的味道，涌动着的感觉仍然会撩拨着味蕾。那种儿时的味道，那种甜，怎么也忘不了。

七

去年，我和朋友一起回老家，请来了师傅，在小院里安装了两个摄像头——前院一个，后院一个。这样，父母坐在家里就能看到前、后院子的情况。更为关键的是便于我在手机上随时看到他们的生活日常和活动轨迹。

自从装了摄像头，我一有空就会打开视频，随时查看一下他们在干什么，心里也踏实多了。有时候，看到视频中他们在后院里种菜，在前院浇花，在门前的石凳上喝茶。因为听不到声音，只能看到他们在院子里活动的情景。不知道他们在说什么，只能通过想象和猜测，仿佛在与他们对话。

春天，看他们在院子里播种；夏天，看他们在后院的小菜地里摘菜；秋天，看他们在院子里收获；冬天，看他们在后院里晒太阳。春节前，母亲不管在哪里，她都要迫不及待地赶回老家，她要急着准备过年的食材和用度；忙着洗衣洗被；忙着收拾院落。老家的院子大、房间多，收拾起来并不容易，往往要收拾好几天。多年来养成的习惯，让她总是要提前备出超过一倍的食材和用料。她总是担心所备的食材少了，会影响待客。她早早地在院子里窖藏萝卜和魔芋；用草绳子扎白菜；把准备好的干竹笋、干酸菜拿出来晾晒。隔着屏幕，我就能感受到母亲的忙碌。她总是这样永不倦怠地忙碌着，就是想大家能过一个丰盛的春节。

有了摄影头后，我常常截图给兄妹们看。在这些图片和视频影像中，我远距离地关注着他们的一举一动、生活起居，似乎了却了我的一些心愿。他们的生活似乎就在我的眼前。

八

中午下班回家，雷雷正在看电视，电视里正在播放降央卓玛的个人演唱会，雷雷兴奋地说："我奶奶喜欢听降央卓玛的歌，老爸快给奶奶打电话，让她看。"

电话通了，雷雷迅速给奶奶说："您快把电视打开，调到中央电视台音乐频道，正在播降央卓玛的演唱会，快看！"

母亲听了高兴坏了。

有一段时间，雷雷一直给奶奶打电话说："您每天千万不要出院子，要记得把口罩戴上，现在病毒很厉害。"

"你每天把作业做好，也要吃好……"

祖孙俩亲密地交谈着。这几乎成了他们俩对话的常态。孩子一直这样牵挂着奶奶，奶奶也一直放心不下孙子。从小到大，就这样彼此牵挂着。母亲也尤其喜欢这个孙子，心情不好时，只要雷雷跟她说话，她很快就将情绪回归到正常。

一次母亲在老家因为按错键，导致电视怎么也调不出画面来。母亲打电话给我，我跟她说怎么调，仍然调不出来。再说，还是调不出来。越说越糊涂，我也越说越没耐心。在旁边的雷雷接过我的电话说："哪有这么对自己母亲的？奶奶年龄大了，听不懂，你就不会好好解释？"我有些错愕地看着儿子，却听到他口气温和地说："奶奶，您给我说一下电视现在是什么样的？或者您打视频电话来，我给您说。"不一会儿，母亲打来视频电话，雷雷一步步跟她讲解，母亲听不懂的地方，他也耐心地、反复地跟母亲解释。经过长达十分钟的讲解，电视终于调回正常。母亲在视频里乐开了花。

从那以后，母亲如果遇到电视信号问题、手机操作问题，就直接找雷雷了。雷雷因此常常讽刺我说："看你这儿子当的，奶奶都不找你了。"

小时候在院子里晒太阳，雷雷总是更愿意让奶奶抱着他。每年春节，母亲总是给孙子做很多的美食，每一顿饭都想尽办法变着花样地做，生怕孙子没有吃好。春节，孩子们在院子里放花炮，打雪仗，热闹极了。

孩子慢慢长大了，上中学后，功课也渐渐多了起来，回老家的次数也逐渐减少。我每次开车回去，一下车，母亲必然会问雷雷一起回来没？若没看到她的孙子，她便是失望的表情，嘴里念叨：学习重要。过上一段时间，她就会在电话里问孩子的情况。等到放长假，带孩子回去，母亲欢天喜地，给他做好吃的，给他零花钱。孩子却主动给奶奶盛饭、倒茶。

每次回城时，母亲就舍不得孙子离开。回城后也总是第一时间打电话询问，询问下次何时回老家？

九

此刻已经是午夜了，昨天刚刚白露。秋夜的风吹来，微凉。雷雷早已入睡。近几日，汉江水位涨至历史新高。夜晚宁静的汉江仿佛也已入睡。一个人喝茶，看电视，独自思索。

上午在办公室接到母亲的电话，依然是讲她在老家的事，她在电话里特意提醒我今天是我的生日。其实她不提醒，我根本就记不得自己的生日。但这确实又是一个特殊的日子。“父母在不庆生”。父母的年龄越来越大了，今年以来我已明显感觉到跟之前有变化，这变化“无以名状”，并不能明确地说清楚。最近她给我打了几次电话，跟我说房前屋后，跟邻里的一些小不愉快。她有较强的处理问题的能力。给我说，完全是出于倾诉，并希望得到肯定。

最近一直想回老家去看看，却总是没有时间。雷雷上中学后，每天都像是在打仗，时间非常紧。他每天的学习和生活成了我们工作之余的重要内容。

最近抽空在看傅菲的散文集《草木：古老的歌谣》，很受启发，他观察万物，关注自然，也常常在他的故乡饶北的野外地区考察，周末也经常回老家去。傅菲是我近年来比较关注的散文作家，他是我个人认为国内当前最好的散文作家之一。作为一名写作者，故乡对他来说无疑是一座永不枯歇的富矿。我的写作也是从故乡出发的。

我爱这个小院，它对于我来说不仅仅是一个小院，它还是亲情和温暖的存在。小院里有许多故事，也有外人无从知晓的秘密，它还是我的精神皈依。

我拍摄了大量关于小院的图片，以至于我的许多朋友和读者并不知道这个小院到底有多大？这个小院承载着柴米油盐、家长里短，以及父母的喜怒哀乐。它们是他们日常的见证。

我没在老家时，母亲总会躲在小院里给我打电话。被她渲染过的人和事一度让我们夜不能寐，甚至趁着星夜驾车归来；被她放大了的情绪也常常使得我们心惊胆战；他们经历的、猜想的、假设的、回忆的……都成了我们牵挂的可能和理由。常常问这是怎么了？细思量，愁断肠。其实这是无解题，是悖论，是宿命。

一路走来，风景千变万化，很多事都会改变，但亲情无法改变。纷纷扰扰的家长里短，或轻或重的是是非非，每次独自坐在小院里，看满天繁星，仿佛回到从前，但生活中已经不再像从前，自己已经不是从前那个只是单纯看星星的少年。

十

母亲清晨发微信语音问我：“我看到家里的群说我被群主踢出群，这是咋回事？”

我心想糟了，原以为她不会知道和看到，结果这么快就被她发现了。删除的原因是我按错键，不小心把她删除了。母亲的语气里并没责怪，只是无辜地问我。

母亲会用微信语音后经常给我们发语音，几乎每天都能收到语音。我渐渐地适应了这种方式。发过来的语音并不是第一时间都能听到。一天晚上很晚了，她发语音给我，我刚好在用手机，就顺手回了。她又发语音来说：还以为你明天早上才能听到呢！这么快就回了。

语音里什么都说，而且能发很多，我想她大概是想找个倾诉的对象，说说自己的心事或者想说的话。

母亲会发语音后，我每天清晨都能收到信息。有时是说家里的事；有时说说自己的心情；有时是唠叨父亲的不是……我想她应该是把语音当作一种排遣的方式，并不以我们回复为目的。就当是聊聊天，调节一下自己的情绪。

母亲近两年情绪不够稳定，人老了，似乎一切都在不知不觉中发生变化，不受自己的控制。发泄自己的情绪本没有错，但要有一定的克制。

她给很多亲友发语音，她似乎已经适应了这种方式。不管哪种方式，语音对她来说是最实用的方法。她需要一种与大家沟通的方式，她用这种方式加强与大家的沟通和交流。

近几年她一直在老家和城区往返，总在回忆过去自己的经历，总在感叹年轻时所承受的苦难。人年龄大了，就喜欢回忆。有时我打开老家的视频监控，常常看到她站在大门口，向远处张望。我想，她大概是期望大家能回去，一起在院子里聊天，一起品尝美食。

十一

转眼又到了岁末，这一年即将悄然逝去，谁能料到时光会在不经意间漫过我们每一个欣赏日出日落的新奇眼神；漫过我们历经坎坷的庸常生活；漫过我们朝着理想和梦想迈进的脚印里。

回到小院，回想过往，一时感慨万千。看过这院子里的花草绿了又枯了，望天上的明月高悬，日月星辰，春夏秋冬，似水流年中，感慨万千世事。美丽总让人忧愁，我们对时光的眷恋正是源于对美的追寻与留恋，而忧愁正是源自对美的挽留。它们是孪生兄弟姐妹，彼此相依和守望。

一年又过去了，父母老去一岁，孩子的身高却不可阻挡地超过了我。

父母年龄越来越大，情绪和身体也都日日发生着变化，父亲的血糖居高不下，却不听劝阻；母亲腿脚越发用不上力，行动异常缓慢。同时，情绪也发生了巨大变化，越来越有“孩子气”。这一年，跟父亲的通话达到了顶峰，几乎等同于这么多年来的总和。没想到到了晚年，他却把自己对的或者不对的，好的或者不好的想法一股脑儿讲给我。我只能充当他忠实的听众和适当的“捧哏”者。孩子也正式成为中学生，课程越来越多，任务越来越重。他们是我生命时空的两端，我必须在这段距离间来回奔跑，给他们温暖，不让任何一端感到冷落和怠慢，要让他们幸福。同时也让这温暖反馈给我信心、温暖、力量以及希望。让我有意义和有价值地走下去。

时光流转，不变的是要坚持自己的做人底线、沉静恬淡的生命态度、善良有原则的定力，不忘记生命中给予过你帮助、鼓励，甚至是冷讽和嘲笑的人，他们是人性和现实的正反面。一个人总不能光看到事物的正面，而忘了正面背后的反面其实也藏着我一时难以接纳但却对我们生命有益的东西。它也许就是教我们成熟的镜子和课本。不管何时，学会回望生命和土地，学会用阳光普照困难和挫折，学会感恩，学会坦然面对一切，不卑不亢地生活。

岁月的风依然会拂过小院，拂过我们的生命，拂过我们的心房。我们依然在路上，不管时空如何流转，请记得岁月的声音：“我始终没有离开，我就在这里，我知道冬天过去之后，总有一个温暖的春天。”

十二

除夕之夜，夜空平添了亮色。村庄被瞬间照亮，多美的夜色，多美的村庄。村庄让人留恋，为这山，这水，这人。午夜，几人睡了？

村庄有凌晨放鞭炮接灶师爷的习惯，几乎是一瞬间，鞭炮齐鸣，村庄沸腾了！与往年不同，近年来随着人们的生活和收入的提高。村里越来越多的人开始燃放烟花。因此，午夜的村庄成了烟花的海洋，此起彼伏的烟花照亮了整个村庄。多么绚烂的烟花啊！

每到此时，我就会站在楼顶或者后院的花园里静静地欣赏着这些美丽的烟花。这烟花仿佛人生路上的美丽风景，不能错过。多少个忙忙碌碌的日子，多少个蹉跎岁月，多少个激情或者隐忍的内心在烟花绽开的那一刻转瞬即逝，它们开始成为回忆，成为你记忆中的过客，成为你人生中一抹或明或暗的色彩。

先前站在老家的后花园里能看到整个村庄，如今却被高高低低的楼房挡住了视线。村庄在改变，内心也在改变。越过路边的楼房就是属于村庄的一大片稻田。儿时常常在稻田里淹柿子，在稻田里找田螺，或者是蹲在大爷的犁耙上体验着田间的快乐。那些快乐，那些没完没了的梦想，那些不需要成本却几何级增长的愉悦哪儿去了？

烟花还继续在夜空中绽放，并不在意你有意无意，暂时或者长久的个中感受。因此，想到对面山崖上历经风雨依然挺立的古树，想到在古树下由衷的敬畏；想到村庄旁边夜以继日，蜿蜒流淌的河水；想到环抱村庄的群山，想到它们的威严和厚重……

想想它们，再想想自己，相形见绌中才慢慢领悟着一棵树、一泓水、一群山给予你的无言启示！

感谢它们！

十三

我最初的写作也是从小院开始的。那时小院还没有这么大，冬日里放寒假了，闲下来了就坐在后院里晒太阳、读书。母亲则在旁边修补家里的旧衣服。每到此时，母亲也从不安排我做其他家务活儿，尽量腾出时间让我读书。

母亲的文化程度并不高，当年考上了中学，那个年代因为家贫并不能继续上学，但她和父亲却克服重重困难，让我们兄妹四人读书。此前，她甚至只看过几篇我写到关于她的文章，除此之外，她其实对我所写的内容、体裁、风格一无所知。以她对文字的把握还无法完全对她儿子的文章做出评判。可是，她却以一种最原始，也最本能的方式支持着他的儿子。

记得我刚踏入社会时，做单位的宣传工作。母亲其实并不懂我遇到什么困难，但总在以实际行动支持着她的儿子。她总是鼓励我。后来我慢慢熟悉并适应了工作，并且在各级报刊上发表了不少作品。母亲很高兴，拿着我在报纸上发表的作品十分欣喜。

有一次一位朋友去了西藏。回来后对我们讲述了他去西藏的经历。后来我对母亲说，如果我去，我会写一篇长文。不经意的一句话，却让母亲深藏于心。再后来，她就觉得她的儿子写很多的文字。所以她觉得自己的儿子应该要去很多地方看看。母亲虽然不懂“读万卷书，行万里路”的道理，却把这一思想付诸对儿子的期待中。

记得著名作家毕淑敏的长篇小说《红处方》的后记的题目叫《女儿，你在织布》。她的母亲看她整日忙碌，扑案写作。有一天，母亲问她：女儿，你是在织布吗？当年读完小说和后记，心生感动。

有这样的母亲，能不打动女儿吗？

有这样的女儿能不让母亲自豪吗？

我之愚钝自然难以与毕淑敏相比。但是母亲对儿女的那份心情和支持却是几近相同的！

那天，一向谦恭客气的母亲却毫不犹豫地让我去旅行。其实一次普通的出行，一次不经意的远游并不能代表什么。可是一辈子勤恳劳作和热爱生命的母亲却将之视为厚爱并以爱的名义给了我！

那天我去看海了！

母亲不懂写作，更不知道如何做学问。但她始终如一地鼓励和支持着她的儿子。没有说教，没有施压，没有更高的奢望，她只想儿子能高兴，能有收获就好。不管这种收获是多是少。

其实具体地说，我写母亲的文字不多，只在报纸上发表过一首小诗和一篇散文。记得去年我把写她的那篇散文给她，接过报纸，她甚至有点不太好意思地轻声说：我有什么好写的！

在这个世界上，如果真的有一种无私的爱，那就是母爱。不管有多少以爱为名的爱存在这个世界上，也不管那些爱用怎样精彩的故事掩人耳目吸引眼球。母爱的真实让我有理由相信这个世界上有真爱的存在；也有了让我感知的缘由。

十四

近几年，我拍了不少关于后院的图片和视频，也有不少朋友来访或者询问。我想小院对每个人更多的是一种思乡恋乡的情结，它承载着我们每个人内心的记忆和乡愁。

我用相机和文字记录着小院时光，记录着院子的花开花谢；记录着四季流转；记录着小院里的故事。它终将成为我们家的记忆。不管时空怎么变化，只有保持着一种恬淡、安宁的心态，才能体味到小院的妙处，人生的乐趣。

家里多了一个院子，会多很多惬意时光。与亲人，与朋友相聚；与花草树木相处；与日月星辰对话，找到一种自然而然的方式。小院是最好的聚集之地，一个人可静，两三人可闹，一群人可以自由漫步。既促膝长谈，又能仰望星空，畅想一切。

对我来说，小院更是一种记忆，在小院里发生的一切都是生命中最好的场景，值得我珍视、珍藏。近些年，我约定俗成地给每一个到访小院的人拍一张照片，作为一种留念。

空闲的时候，我常常打开手机上的视频软件，每天下午五点多，父亲会在后院时给一排排的花、树和菜地浇水，后院能够绿意盎然就是因为有了这些花草和树木，得益于父亲不停地精心培育。每天黄昏时，父亲要在后院里打理一个多小时，然后又转至前院，继续给院子里的几棵金弹子和中华文木盆景浇水,那几盆盆景他养了很多年,树也长得尤其好。大门口还有一棵巨大的广玉兰和香樟树。父亲说把前、后院花草树木全部浇完大概要两个多小时。这对他来说也是一种劳动,他已经七十多岁了，每天活动的主要范围就是前、后院。因此，他尤其喜欢这院子，也尤其珍惜这院子。对他来说，只有坐在这院子里他才踏实。哥哥劝说他到城里住一段，他坚决不同意，宁愿将城里的房子空在那里。多次劝说无果，只好由着他。只要他自在，就由着他去。他有自己的生活方式，也轻易改变不了。

小院给了我记忆一个容器，我们把四季流转、花开花谢、喜怒哀乐都藏在里面。在小院里感受着时光流转，日月变幻、春去春回……

后院的花季　赵泽阳 / 摄　2020 年 . 赵庄

飘逝在村庄里的雪

这个村庄已经有好多年都没有下过一场像模像样的雪了。村里的老人们对此越来越不满了。

进九已经很长时间了。下过几场雨后，天就一个劲儿地晴，根本就没有下雪的意思。年轻人甚至连毛衣都懒得穿。往年这个时候，村里的张大爷早就开始给家里的火炉生火了，有时也叫上隔壁的李根爷。今年，张大爷早就把过冬用的木柴准备好了。就等着，天一下雪，他就开始生火。

天气，一天又一天地晴过去。似乎没有下雪的兆头。张大爷这可真急了。他开始留心中央电视台的天气预报。有一天，他终于听到要下雪了。那地方他年轻时在那儿当过兵。那里的天贼冷贼冷的。在屋外撒泡尿，不一会儿就结成了冰。张大爷说：人家那才是冬天呢！

村里的老人们就爱过冬天。在老人们的眼里，冬天才是可过的季节。春天阳气太重了，老人们哪受得了那折腾。活过了像夏天一样热烈的青年时代，老人们再也不想经受那份颠簸了。秋天的大地沧桑阅尽的那份成熟连老人们都看不过眼了。他们才不想把眼前的沧桑和内心的那一份相互叠加。他们怕打扰了他们几十年才活明白的从容、坦荡和轻快。活过几辈人的年龄了，还舍不得一个又一年陪自己的冬天。

村庄只是背景，没有了雪，村庄还剩下什么？

老人们想着小时候，雪一下就是两三天。雪停了，推开家门，厚厚的雪挡住了迈出的脚步。门前的台阶都快要看不见了。张大爷站在道场边打量打量村子。村东头聋子刚过门的媳妇穿着新婚的大红袄子正准备扫门前的积雪。一个村庄的积雪把聋子媳妇的红袄衬得格外刺眼。张大爷像是被电了一下，急忙把眼睛收回来。那时候，张大爷也快二十岁了，还没找到媳妇。看到聋子的媳妇，他心里直痒痒。聋子媳妇那是外地来的，人长得漂亮，也不怕生人。看见张大爷，放开了嗓子就喊："兄弟，起来这么早干啥？过会儿来陪你聋子哥喝酒。"妈呀！聋子媳妇咋这样？刚来才几天就这样胆大。张大爷心里先是一惊，不过心里仿佛暖暖的，大概是聋子给他媳妇说了他们从小就是最好的兄弟。回到了屋里拿铁锹也开始铲自家门前的积雪。这时，村里人已陆续地都起来了。先打扫自家门前的积雪，接着就踩着没膝的雪地把各自通往大路、各家与各家的小路也扫通。有了路与路的连接，这才像个村庄的样子。被雪覆盖的村庄像是一片被荒草占据的野地。有路的村庄才是一个真正的村庄。

一年又一年，雪在这个村庄里下过一次又一次。年年如此，就像是与村庄不变的约会。雪仿佛是天上飞来的精灵，罩住了一个又一个村庄。一年四季，雪犹如粉墨登场的舞者，想象着一年又一年在村庄这个舞台上舞蹈。

那一年，聋子的媳妇都给聋子生了白胖胖的儿子。张大爷还没有娶上媳妇，张大爷心里可着急了。一个雪夜，张大爷又从聋子家喝酒回来。他和聋子都喝醉了，只有聋子媳妇送他出来。雪地里，张大爷看到了聋子媳妇产后越发成熟和滚圆的身体，心花怒放，就像天空飘飞的雪花，飘在张大爷对爱情的渴望中。在雪花飘飞的门口站着张大爷的妈。张大爷还没走到门口就倒在雪地里，嘴里还不停地对他妈说："妈，我也要娶媳妇……"他妈难为地看看聋子媳妇说："六娃子，没出息！"其实，她心里比张大爷还急呢！

而雪全然不顾这些，还在毫无顾忌地下着。在张大爷爱情还没有来临的时候，雪一次又一次地撩拨着张大爷对爱情的神往。张大爷的冬天必须用爱情的温度才能抵挡得住。

村庄里的雪越来越大了，似乎想盖住张大爷对爱情的向往。但是雪还是没有最终战胜张大爷爱情的来临。那年也是一个下雪天，张大爷迎来了他这一生最让他心动和幸福的时刻。那个大雪飘飞的夜晚，他终于将新娘娶进了他畅想和准备了多年的新房。那夜的雪下得多大，张大爷并不知道。大家欢欣鼓舞地在新房里“闹洞房”。新娘是外地人，比聋子的媳妇还年轻、漂亮。爱情和雪花同时在这个夜晚降临到了这个村庄，降临到了在村庄里等候了多年的张大爷的身上。许多年以后，新娘、雪和幸福一同常常出现在张大爷的梦里。

一年又一年过去了，村里迎来了一个又一个的新娘。村里有许多年轻人都能像张大爷当年一样幸福和甜蜜。

一年又一年过去了，新娘脸上的皱纹越来越多，但是村里的雪却一年比一年下得少了。在张大爷的眼里，雪少一分，回忆便会随之少一分。雪正在这个村庄里慢慢地飘逝。如同幸福，如同属于年轻、属于爱情、属于生命的那份甜蜜和激情。大雪飘飞的夜晚是属于生命的畅想曲，是属于跟随生命的伴奏带。

没有了在雪里那一条条相连的小路，村庄仿佛失去了它原有的样子，失去了它潜在而永难割舍的联系。少了雪的掩衬，村庄是只有背景和底色的画。正在飘逝的雪，是正在流走的回忆和美丽。

老伴走后，张大爷独自一人在村庄里生活。老伴走了，雪也飘逝了，张大爷成了孤独的老人。没有了雪，张大爷拿什么去想念恋人？去温习那个一生中最幸福的夜晚？雪飘逝了，又拿什么想念？雪正在像告别恋人一样再告别着村庄。都说相思苦，村庄拿什么去想念那些正在飘逝的雪……

雪村　赵锋 / 摄　2021 年 . 郧阳

不能忘却的稻田

一

那是父亲刚刚退休的事了，退休后父亲在老家的稻田里种了近两亩地的稻谷。稻谷成熟了，父亲一个人根本无法收割，只能请周围邻居帮忙，每年稻谷收割后，由母亲精心打理后，将新谷子晒干，分袋装好，整齐地码在楼板上。等我们回家看他们时，她就去打成新米，每人带一袋回城里，老家的新米新鲜、松软、喷香，一如老家田地里的泥土。

自从离开家乡开始求学后，我们兄妹都很少从事农事农活儿，原本就不熟悉农活儿的我们，就更不会干农活儿。一年，一时兴起，我们回到老家帮家里收稻谷，说是有我们帮忙，其实母亲早已请了村里七八个劳力帮忙。我们家的稻田是老田，在一大片稻田的中心位置。村庄就分布在稻田的周围，把稻田团团围住。稻田中间有一条宽阔的田间小路，把村庄东西两边的人家连接起来。在这条小路上有来来回回的村民，也有坐在田边等父母的小儿。

那天清晨，我跟着大伙儿一起下田，开始收割稻谷。没过多久，看到收割稻谷的丰收景象，我忍不住拿起手机拍摄起来。帮我家收割谷子的老姑父打趣地问我："你到底是回来收谷子的，还是拍照片的？"那天我拍了不少自己满意的照片。

过了些时日，又回老家，听父母说起，大伙都说：你们家老四回来根本就不是帮忙收谷子的，是回来拍照片的。

母亲也跟着大伙说："本来也没指望他。他就喜欢写写画画的。"

母亲虽未责怪我，但我心里却满是惭愧。在村里，像我这个年龄，早就是家里的壮劳力了，村里的团结、火车早就是家里的主要劳动力了。小时候，我们兄妹都不擅长干农活儿，跟别家的孩子无法比。村里人背后说是母亲心疼孩子。别家的孩子早就能穿越一个又一个山头打山货，我们却连对面的山坡也没翻过。

我读中学时，一个同学周末从我家经过，无意间看到我们兄妹一人捧一本书看，他回家后悄悄告诉他的母亲：赵家的兄妹几个都在看书，也不出去干活儿。言语间有吃惊，有责怪，也有羡慕。

那年父亲已经七十岁了，兄妹们商量着不让他再种稻谷了，父亲心里是不愿意的，但现实中并没有那么多的精力来操劳这些，最终还是选择放弃。又过了两年，老家的那片稻田被整体流转出去，将被开发成农庄。这一下算是彻底断了他重新种稻田的心思。

原来的田地一点点地改变着它从前的模样，原来的沟壑、地界也变得越来越模糊。村里人已分不清稻田的界线了。一代又一代被守护的稻田似乎在渐行渐远。老人们似乎更愿意看到从前那片熟悉的稻田和水渠，以及蛙声四起的清晨和黄昏。

就在这片稻田里，老人们度过了他们最闪光、最光辉的青春岁月，多少次挥汗如雨；多少次疲惫不堪；多少次沉甸甸地收获；多少个欢声笑语的快乐时刻都在这片稻田里上演。

二

如今，村里的老人们站在村头，再也看不到稻田里谷穗顺风翻卷的模样，再也闻不到秋天里稻米飘香；再听不到稻田里男男女女插科打诨的欢声笑语。原来稻田间绿草如茵的小路不见了；原来夜晚阵阵清脆的蛙声再也听不到了；原来那一汪汪明镜般的稻田再也看不到了。

年过八旬的老队长常常站在自家老屋的门口，独自叹惜：“这稻田当年可是我带领全村老小一点点整出来的，是全村的衣食之源啊！我们从前可不敢这么对它啊！”

从年轻到年老，老队长曾经在这片稻田里组织全村百姓插秧、护秧、收割，每一步都精心对待。他和村里人最青春的岁月大部分时光都是在这片田地里度过的。他们的艰辛，他们的私语，他们的喜悦都在这片稻田里上演。

那年干旱，稻田里缺水严重，村里人都在水渠边争着往自家田里放水。为此李根与闫二发生争吵，互不相让，面临一家老小的吃饭问题，谁也不敢装着毫不在乎。两人年轻气盛，体壮如牛，众人怎么拉也拉不开，老队长听闻后一路小跑从家里赶来，人还没下田，已大声喝道：“都给我住手！”两个年轻后生一听是老队长的声音，慌忙停下打斗。老队长将二人拉到田边说：“你们两个从小一起长大，关系要好，好兄弟却为水的事大打出手丢不丢人？像不像个男人？”李根与闫二听了这话，羞愧难当。

又有一年，本爷把荣爷的田埂挖倒了，两个年过半百的汉子也争执起来。老队长火速赶到，厉声吼道：“两人都是当爷的人了，还当众吵闹，成啥体统？就不怕儿孙笑话？”本爷和荣爷顿时无语。老队长是爷爷辈里最年长的，他的话总是一言九鼎。几年后，本爷不幸患病走了，荣爷有时去田间看水，站在田边一待就很长时间，到了吃饭的时间也不回去，直到荣奶奶去田边远远地叫他，他才回过神来。荣奶奶问：“咋这么久才回来？”荣爷爷说：“原来下田看水看稻子都是和智本（本爷的小名）一起，现在只有我一个人，不习惯！”

如今，荣爷在夏夜里听不到蛙声叫了，他常常对村里人说：“现在，每天晚上总像是少了什么！”

在荣爷的心里，那绿油油、热闹的稻田还在。荣爷的大儿子建设在部队当兵，五大三粗，在部队练就了一身本领，据说徒手撂倒三两个人不在话下。建设不仅身手了得，还在部队里接受教育，一身正气，为人正派。老队长见这是个好苗子，心里暗想：过几年，让建设接我的班吧！

谁知第二年春天，建设在一次招工中去了武汉。过了几年，建设娶回一个武汉媳妇，把家也安在了武汉。建设接荣爷、荣奶奶去武汉住了一段时间，没多久就回来了。荣奶奶逢人便说："儿媳妇一口武汉腔，根本听不懂，还老带把子。"荣爷总会跟一句："这个儿媳妇不会种田，也不懂农活儿，将来咋过日子？"

荣奶奶心疼儿子，儿子能在武汉工作已经很不容易了，她把儿媳妇当成了宝贝。她埋怨荣爷说："你个老东西，懂个啥？人家那里根本就不种田，咋懂得农活儿，人家到工厂上班，日子过得比我们还好！"

三

有一年，华爷把自家的两亩上好的稻田改成了鱼塘，希望通过养鱼来增收。华爷是村里第一个敢在稻田里做实验的人。许多人都阻拦华爷不要冒这个险，万一赔了咋办？华爷主意已定，谁的话也不听。村里的老队长得知消息后，专门找到他，老队长说："你这不是瞎搞，'大集体'那年，村里不是也养过鱼，结果一场连阴雨，河里涨水，将周边的稻田里的泥水冲进鱼塘。一池子鱼全部都被浑水呛死。损失多大啊！"

华爷那时年轻，一腔热血，并不拿老队长的话当回事。心里想：我自己到别处学习了，还请了懂技术的人作指导，我才不怕呢！没过几天，华爷就开始在稻田里挖鱼塘，像模像样地开始养鱼。华爷坚信自己有备而来，确信自己绝不会重蹈覆辙的。鱼苗放进池塘，鱼一天天长大，一切都朝着华爷期待的方向发展。华爷心里想，这次我一定要成功。华爷每天背着手在池塘边照看着鱼。眼看鱼就能出售了。谁料一个夏夜，一场大雨不期而至，华爷半夜惊醒，眼看周边的泥水直逼而来，在鱼塘肆意横行，鱼在塘里一时找不到方向，被呛得四处乱撞，鱼越挣扎越被泥水冲得有力，有些鱼已经被呛得窒息了。华爷站在鱼塘边，急得直跺脚，看到鱼塘里成千上万条鱼在翻腾，内心也在翻腾。那夜，华爷一夜无眠。第二天，天空放晴，碧空万里，塘里的鱼也少了一大半，看着眼前的景象，华爷沮丧万分，坐在鱼塘边闷声抽烟。

华爷没想到老队长的劝说竟然一语中的。这一塘鱼算是无救了。可是一家老小还指望这片稻田生活。华爷一筹莫展。

华爷第二年一气之下又将鱼塘整回原样，依然种田。但华爷并不甘心。华爷头脑灵活，种田的同时也跟着集镇上跑生意的人一起做些小生意。生活也算过得去。他闲不住，总想着再做点什么，先后做过木材、山竹生意，也到外地当过包工头，光景似乎越来越好。但他心里仍然放不下那片稻田，一些人家已经开始外出务工，不再打理家里的稻田了。华爷却一直坚持每年种稻子，到了插秧时节，不管多远，他都会准时赶回家，请工插秧，等到田里的秧苗回青期过了，他才会出门。村里人都说：这村里除了老队长，就数华爷最爱这稻田。

华爷渐渐老了，儿子也外出务工了。他把老宅翻盖起来，村里的稻田被一个年轻后生统一征了去，要开发生态农庄。华爷常常站在自家的田边观望，无奈地感叹：“可惜了这么好的田地！”村里闫二家的孙子说：“老爷子，您老了，还想种田啊？搞生态农庄不是挺好！”

过几年，华爷无疾而终，临终前还念念不忘他的那几亩稻田，还交代儿子将来把那片田管好种好。村里人都感叹，华爷该是多牵挂他的那片稻田啊！

秋收　赵锋 / 摄　2020 年 . 高桥村

魔芋的魔力

那年，哥哥从部队第一次回家探亲，母亲给他准备了很多美食，其中就有他喜欢吃的魔芋。塞外边关军营里没有魔芋,几年没有吃过魔芋了，他竟然一顿就吃下了一整盘。母亲见他这么喜欢吃,于是就顿顿做给他吃。

此后许多年，只要哥哥回来探亲，魔芋就是常备菜，从未缺席过。酸菜炒魔芋、凉拌魔芋，母亲变着花样地做，兄妹也都爱吃。由于哥哥爱吃，母亲便偏爱这道菜，常常做这道菜，以至于让我一度吃不下去。原本爱吃这道菜的我，之后许多年，却再也没吃过魔芋。但它曾经极其霸道地占据过我的味蕾，它一直深藏在我的味觉深处，等待着某一天被重新唤醒。

儿时，后院里有一棵巨大的桑树，树干几乎笼罩住了整个后院，后院的墙根有一片长方形的潮湿土地，原来父亲种了不少的指甲花和迎春花。母亲觉得光种花有些可惜，不如种点瓜果蔬菜之类，还可以补充家里的伙食。种其他的蔬菜，太过潮湿、阴凉地的生长环境显然不合适，思来想去，母亲最终想到喜阴的魔芋。魔芋属于“懒庄稼”，种下就可以不管了，自然生长，生命力强大。

于是，母亲从邻居家找来魔芋种子，挖窝，压上，不必浇水，土壤里原本的水分足够它用了。魔芋种子交给了土壤，它便属于天地，它有足够的能力和办法，挺立在大地之上，自由生长。

魔芋地下块茎为扁球形，个大，叶柄粗壮，圆柱形，淡绿色，有暗紫色斑，掌状复叶，里面是白色的。魔芋的外形奔放、强大，色彩浓厚，一株只长一叶，羽状复叶，叶柄粗长似茎，开紫红色花，有异臭味，地下球茎圆形。因为味道，村里许多人并不是十分待见魔芋，因此愿意种的人家也很少。

村里人不愿意种魔芋的原因不止这一个，还有它制作起来复杂艰难。它不像萝卜、藕那样清洗之后就可以食用。村里人都有被魔芋“蜇”过的经历，每年挖魔芋的时候，母亲都反复跟我们交代不要靠近。老人们说这魔芋有的长嘴，会咬人的。小时候，我和团结几个伙伴琢磨半天，心想这魔芋的嘴到底长在哪里？但我们观察了许久，并没有任何发现。直到有一年，一个小孩不小心碰到了挖破皮的魔芋，一刻钟不到，那小孩的手就肿得像个发面馍。从那以后，村里的小孩都知道千万不能碰魔芋。又有一年，村里外地嫁来的年轻媳妇并不知晓魔芋的魔力，用沾了魔芋的手擦了擦眼睛，结果眼睛肿得眯成缝。村里的媳妇们都拿她开玩笑。年轻媳妇回家就埋怨自己的丈夫：“你们这里有这‘咬人’的玩意儿咋不给我说，你看眼睛肿的。”年轻媳妇躲在家里几天不敢出门。

小媳妇的遭遇让好多人对魔芋望而却步。魔芋的外形像极了大一号的芋头，大概它们都出自一个大家族。魔芋体内的白色浆液让村里人充满了恐惧。

魔芋是一种薯类，属于天南星科魔芋属多年生草本植物，原产于中国和越南。魔芋全株有毒，以块茎为最，不可生吃。魔芋株高约四十至七十厘米，地下有球茎，球茎毒性很大。

每年过年前，母亲都会准备几十斤魔芋，制作好了用来招待客人。魔芋并不容易清洗，一般人更不能徒手清洗，稍不留神，魔芋的浆液就会把手“咬”得红肿，因此，洗魔芋成了儿时我们兄妹之间相互“礼让”的活儿。

但也有例外，村里就有几个不怕魔芋“咬”的人，李根就是其中之一。

小时候，母亲经常请李根来家里磨魔芋，母亲把魔芋准备好，把石膏水调好，大盆清洗干净，等着李根忙完农活儿了，请他来磨。俨然跟村里手艺人一个待遇。

李根喜欢喝酒，村里人都知道。有时候魔芋多了，花费的时间会更长。母亲还让我们给李根倒上一杯上好的苞谷酒，再搬一把木凳，把酒杯放在木凳之上，方便李根饮用。李根也不推辞，磨上半个小时，他就用一条抹布包着酒杯，呷一口，一扬头，一杯酒顺流而下，他双目微闭，很陶醉的样子，嘴里念叨：好酒！好酒！

磨好的魔芋倒入大锅里，大火煮，晚饭也做好了。李根也毫不客气地留下来，从磨魔芋的小凳上站起身来，穿过我家厢房的过道，直到堂屋的八方桌前，坐下来，桌上酒菜已经准备好。酒过三巡，李根开始胡吹神侃。

母亲此刻已经在厨房里继续制作魔芋，要点石膏、掌握火候、切分，一步也不能马虎。磨好的魔芋要经过一夜的大火蒸煮，早上再把一整锅的魔芋用刀切分成小块，然后放进大腰盆里，倒满清水，将其淹住。之后，每天换一次清水，如此往复，这魔芋能吃到正月十五。这也是它深受喜爱的原因。在物质相对匮乏的年代，它能成为餐桌上的一道常规菜品。

煮好的魔芋呈不规则形状，一团一团的，色泽乌黑，并不好看。它不像豆腐招人喜爱，豆腐雪白雪白的，方方正正的，无意间暗合了一般人的审美标准。魔芋在这方面一点也不占优势。这就好比一个人，有的有着天使般的容貌，却是魔鬼般的心。有的人却恰恰相反。村里的植物也一样，有的花枝招展，却只能看不能吃；有的其貌不扬，却能发挥大作用。但人们常常会被迷人的外表迷惑。好在时间是最好的“检验器”，它总能最终检验出美丑和善恶。

魔芋自有它的方法和魅力。虽然没有可人的外表，却有着自己悠久的历史和业绩。中国早在两千多年前就开始栽培魔芋了，食用历史也相当悠久。据《本草纲目》记载，2000多年前祖先就用魔芋来治病。魔芋含有十六种氨基酸，十种矿物质微量元素和丰富的食物纤维，对防治糖尿病，高血压有特效；魔芋低热、低脂、低糖，对预防和治疗结肠癌、乳腺癌、肥胖症的人群可以说是一种上等的既饱口福、又治病健体的食品，还可以防治多种肠胃消化系统的常见慢性疾病，由此可见，魔芋是一种“天赐良药”，食用起来有百利而无一害。相传很久以前，四川峨眉山的道士，用魔芋块茎淀粉生产的雪魔芋豆腐，色棕黄，其形酷似多孔海绵，味道鲜美，饶有风味，为峨眉山一珍品。后来，魔芋从中国传到日本，深受日本人喜爱，几乎每户每餐必食之，直到现在也仍然是日本民间受欢迎的风雅食品，而且日本厚生省还明确规定中小学生配餐中必须有魔芋食品。

在我的老家鄂西北的大山里，老百姓仍然保留着种魔芋的习惯，魔芋仍然是乡间办红白喜事的必备菜品。儿时，每年过年或者哪家办喜事，餐桌上豆腐和魔芋是不可或缺的家常菜。特别是过春节，豆腐和魔芋能从腊月吃正月底。魔芋配上酸菜，味道绝佳，深受喜爱。

我们家里最爱吃魔芋的就是我哥，没到部队前就喜欢吃魔芋。到了部队，驻守塞外边关军营三年没回过家，北方吃不到魔芋，心里格外想念，每次回来探亲，魔芋是每顿饭的主菜。母亲手巧，这顿炒魔芋，下顿就凉拌魔芋，过一天就用魔芋炒腊肉。不管哪种花样，我哥都吃得津津有味。与他相反的是，我自从哥哥走进军营后就很少吃魔芋，因为天天吃，我甚至一度不再吃魔芋了。我跟母亲开玩笑说：“我哥去部队了，我看您还炒魔芋不？您就是偏心。光照顾你大儿子的口味。”母亲听后并不恼，解释说：“你哥回来的少，在部队又吃不到，你就不要争嘴了！”

如今，在乡下种植魔芋的人越来越少，能吃到纯真的魔芋反而很稀罕了。每年，母亲都期盼哥哥能回老家过年，每次打电话也都会询问能不能回来。如果能回来，母亲就提前两个月四处打听种植魔芋的人家，预订好，春节前她再请附近豆腐作坊帮着加工制作，她亲自盯着每个制作环节，细心而认真。母亲对待餐食的要求很高，即使不是她本人亲自制作，她也要反复叮嘱。尽管现如今种植魔芋的人越来越少了，会用传统手法制作魔芋的人也越来越少。会制作魔芋的李根年纪大了，加上他常年饮酒，近些年视力渐渐下降，甚至连走路都需要人搀扶，自然是磨不了魔芋了。但母亲总能想办法找到少数几个能制作魔芋的人，总能在春节把正宗的魔芋收到家里。其实每年为了找到这些魔芋，母亲都费了不少力气，她托人到处打听，又是上门问，又是打电话，她甚至不惜走上几里地去看人家家里的魔芋是否成熟，为的就是让自己的儿子在遥远的北京品尝到家乡的味道。我想，对于母亲和哥哥来说，这就是魔芋的魅力，亲情的魅力吧！

挂灯笼　赵锋 / 摄　2022 年 . 赵庄

写给雷雷的信

雷雷：

时至仲秋，又到你的生日了。自你出生以来，每年这个时候都是我们最看重的日子，不仅仅因为是中秋佳节，对我们来说，更重要的意义是因为这是你的生日。时光如梭，果然如此，一晃十二年过去了，今年你已经十二岁了，也正式成为一名中学生。这不仅意味着你真的长大了，还意味着你的学业开始加大，人生奋斗历程拉开序幕，但愿一切都如你所愿。

记得你小的时候，我渴望你早日长大。如今你开始快速长高长大时，又开始想念你躺在床上酣睡的模样。听说现在人都很重视给小孩过十二岁生日，我不信这套，但我认为十二岁是有一些意义的，比如在过去年代里，一个男孩儿可以下田学着犁地了；可以跟着大人们去深山里伐树了，这说明父母已经开始把你当作大人看待了，在社会上也会把你当男人对待了。现在年代不同了，但是你作为男孩儿，一定是到了明辨是非、立志明理的时候了。今年过生日，给你两件礼物：一是一套《鲁迅全集》；二就是这封信。以往过生日并没有想到给你写信，今年写是因为我觉得你已长大，应当把你当大男孩儿看待。

“我爱你，真想变作一颗吉星，高悬在你头顶，帮你化掉风雨，让和风丽日一直伴你前行。”这是我和你妈妈共同的心愿。但在现实中，不可能一直都风和日丽，和风细雨的。人生一定会遇到挫折和困难；遇到风浪和荆棘；遇到不公和无奈……这就需要我们摆正态度，坦然面对。从小到大，我们一直陪伴你长大，但自小你就比其他孩子更懂事一些，这也是值得我们欣慰的。今年9月起你开始了中学生涯，这是一个全新的起点，我们也希望你以一种全新的状态开始。

孩子，我想要告诉你的是人生就像一场远行，没有离开父母身边时巴不得早点离开享受自由的时光；可是当你渐行渐远的时候，猛然发现自己却越来越想念有父母“管束”的日子。正因为是远行，你就必须学会面对你可能面临的一切，并且早日具备解决这些挫折的能力。记住，机会是留给有准备的人，解决挫折也是。

那么怎样才能成为这样的人呢？首先，要有良好的习惯和心态，无论是生活还是学习，都要有良好的习惯，好的生活和学习习惯才能成就精彩的人生。拿破仑曾经说过：“能控制好自己情绪的人，比能拿下一座城池的将军更伟大。”可见情绪对于一个人的影响有多大。其次要用乐观、阳光的态度面对生活和学习。达观的态度是最好的健身操和护肤霜。一个乐观而阳光的人不仅能给自己带来正能量，使自己的生活和学习鲜活起来，而且还能带动身边的人。还有就是守护和珍惜。守护好自己的一切，身体的、心灵的、尊严的，与此同时还要爱惜自己身体，劳逸结合，要远离那些不健康的、不安全的人和环境。守护好亲情、友情，甚至将来要面对的爱情。你是背过《论语》的，有一段是这样说的：子张问仁于孔子。孔子曰：能行五者于天下，为仁矣。请问之。曰：“恭、宽、信、敏、惠。恭则不侮，宽则得众，信则人任焉，敏则有功，惠则足以使人。”这段话出自《论语·阳货》，说的是能够处处实行的五种品德。于你来说就是处世的基本。做一个心中有爱、眼里有光的男孩儿。一个人只有自己趋于美好，趋于博爱，趋于平和干净，一定会自带光芒。对于他人，要心怀善良，但也要有一双明辨是非的眼睛和一颗善恶分明的心。所谓“朋友来了有好酒，豺狼来了有猎枪”。男孩儿是要有一颗勇敢的心，但这所有的一切都以自我安全为前提的。如果保护不了自己，其他的都将是空谈。

关于读书，我跟你说过：读书就是回家。不管别人怎么评价，这一点我是坚持的，因为我就是一个受益者。老实说，我的天资并不聪慧，也没有八面玲珑的本事，一路跌跌撞撞，遇到过不少的挫折，甚至冷眼。但有一样我是一直坚持下来的，那就是读书、写作。而且在自己的努力下，出版了自己的几本著作，这在他人看来可能微不足道，但对我来说意义重大。因为这是我儿时的梦想，因此而变得意义非凡。我想对你说，坚守自己的梦想，执着地做下去，最终都会有所收获。尽管我并没有取得大的成就，但确实从读书和写作取得幸福和安宁，所以我也希望你做这样的人。希望你也能多读书，读好书，它不仅仅直接作用于你当前学习，更大的作用却是你的整个人生。你已经读过不少书了，但要保持良好的阅读习惯，并充分吸收，要学以致用，而不是泛泛而读。相信我，读书一定成为你人生路上最好的伙伴和老师。

青春是尖锐的、懵懂的，说不清道不明，但它好比是山间的迷雾，身处其中一定有看得清的地方，也有暂时看不清的地方。不要紧，只要保持端正的态度、良好的习惯、正确的方向，心怀善良和敬畏就好。成长路上的迷雾总会散去，你总会找到属于自己的那一条。或许从现在开始，你就会遇到一个又一个的迷茫和不解，甚至会延续很长时间，这些从本质上是需要自己去解答的，有些可以借助我们的经验，但我们的经验也是仅供参考。作为男孩儿，首先是成为一个有责任心、有志向、有原则、有担当的人，这是做人之首要。其次才是自我价值的实现、性格和个人能力的培养、价值观的形成，最后才会成就梦想。

刚刚开始中学生活，课程、时间和要求跟小学大不相同。需要一段时间适应。要把自己的时间安排好，把自己的情绪管控好，遇事不要慌。学习是一个持久的过程，需要耐心和坚持。但愿你有这份恒心和信心。要想走在前面，就要付出比别人更多的努力，没有一种不劳而获的成功和荣耀；更没有一种唾手可得的拥有和幸福。要在学习和生活中学会独立但不孤僻；自强但不霸道；有自己的个性但不贬低他人优点；有自己的理想但要脚踏实地，做一个快乐、有爱、阳光、勇敢的男孩！

我想告诉你，我们是爱你的，不管任何时候任何地点任何情形之下。那天我们手拉手一起走在街上散步，你说："别人看到我这么大了，还跟老爸手拉手散步，会成为新闻。"当时，我回答："只要你愿意，想手拉手散步，不管多大都可以。老了都没问题。"其实我想说的是，只要有好的心态、好的状态，你就能活出好的模样、好的未来。未来路还长，一定还有说不完的话，"吵"不完的架，我希望我们一路欢声笑语、春风拂面、一路高歌……

父亲

辛丑年农历八月二十日

春天里　赵锋 / 摄　2019 年 . 汉江

有一只耳朵始终为你打开

富贵从小生得白白胖胖的。他的父亲九娃是村里出了名的“笑话大王”和“白话大王”。九娃从小家里贫寒，好不容易娶了媳妇，生了儿女。他偏爱这个小儿子，就想着能让儿子长大后，过上好日子。因此，他给儿子取名“富贵”！所有的孩子里，就富贵性格最像九娃。九娃更是对富贵偏爱有加。长到三岁，富贵得了一种病，开始发烧，高烧不止。九娃到处找医生看，中医、西医、土医生，他都找，就是不见好。九娃迷信，想着儿子是不是中什么邪了。他跑了近百里路去请远近闻名的解仙姑。解仙姑是当地很有名的仙姑。据说她能驱除鬼魂。那时候生产队每天都要上坡干活儿。少干一天就少一天工分。九娃只好趁着晚上，赶夜路去找解仙姑。

请解仙姑来家里，好吃好喝地伺候着，解仙姑也使出浑身解数，还不见好。解仙姑走时什么也没多说，只是神秘地摇了摇头。这一摇头可把九娃吓坏了。大伙都说，九娃那段时间像是掉了魂。他平时可是生产队里最热闹的分子，胆子大。要想在地里找九娃，就听地里哪里有笑声就能找到他。

正当九娃心急如焚的时候，富贵在公社卫生室里打了几针后，慢慢缓过神来。富贵好了，但是落下了哮喘的病根子。九娃并不在意这些，只要儿子好了，小病小灾的就不值一提了。九娃又跟从前一样，在村里给大伙讲笑话，说白话捉弄村里实诚的张庆和闫二。

几年过去，富贵长到了六岁。九娃媳妇把富贵要上学的书包拾掇拾掇，就等着去上学的。可是，富贵又得了一种病。那几天，只听富贵说耳朵疼。九娃把富贵按在自己的大腿上，看了看，说，没事，是火气，过两天就好了！过了几天，富贵又说自己的耳朵疼。九娃说，小孩子，忍忍就没事了！

过了些日子，九娃媳妇给富贵洗头时，看到富贵的耳朵流脓了。慌忙给九娃说。九娃和上次一样吓坏了。九娃是个喜欢热闹的人，可是一遇事就胆小。他又悔又急。又跑去找医生看，医生看了，说："怎么不早点来看，这样了才来。耳朵不想要了。"医生的话让九娃彻夜难眠。

打了几天针，富贵耳朵的脓算是止住了。可是耳朵仍然剧疼不止。九娃心里想，这样下去，儿子的耳朵算是废了。九娃自责得不知所措了！

一天又一天地过去，九娃内心越来越惧怕。在九娃的惶恐中，富贵那只耳朵能听到的声音越来越小了！

富贵上学读书时，能说会道，跟九娃一样。富贵刚上学的时候学习很踏实，很愿意学习。九娃看富贵这样，心里高兴坏了。可是好景不长，刚上到三年级，富贵变得越来越不爱学习和上学。九娃因此狠狠地打了富贵一顿。边打边问："为什么你不好好学习？"富贵开始忍痛不说。九娃说："你今天不说，我就一直打你。"富贵后来急了，就喊了一声："我的耳朵上课听不见老师说啥……"听到这句话时，九娃扬起的鞭子停在了空中，久久未落下来。

富贵趴在椅子上，听到鞭子还没有落下来。就抬起头，回过头去看着九娃。九娃扔下鞭子，扭头回屋里了。

富贵不知所措地趴在凳子上。这时，只听见九娃在屋里大喝一声："还不起来，趴在那儿做什么？"富贵慌忙从凳子上爬起来，跑出了院子。

从此，富贵就不再去学校了。他早早地在村庄里到处闲逛。闲逛让他知道了村里许多事情。他比村里其他的孩子早早地成熟了。他的同龄人还在上中学时，富贵就开始离开村庄去很远的地方谋生。村里的人，包括九娃都不知道他在外做什么。他对九娃说：我是不会种庄稼的。其实他一直也没怎么在家里待。由于他的身体虚弱，他几乎一天农活儿都没干过。

但他那时比村里的年轻人都风光。每次回来都是穿西装、喇叭裤，戴手表和墨镜。让村里的年轻人羡慕不已。

富贵二十岁的时候，九娃就张罗着给他说媳妇。几经周折，在外村娶得一个女子。女子叫云英，生得小巧玲珑。惹红了村里小伙子人的眼。背后，就有人说，这云英怎么要嫁个聋子啊！每次，富贵和云英从村里走过的时候，大伙都这么议论。

张大爷那时和富贵同年。一次，张大爷喝多了，故意在富贵面说："你小子有福，娶这么好的媳妇！你耳朵背，媳妇给你说个悄悄话，你听得到吗？"富贵没有反应。他是没有听到。

富贵娶了媳妇后，很听媳妇的话。在家的时间也越来越长了。以前在家待几天就到外面溜达了。村里人都说，富贵是傻人有傻福。自从云英被富贵娶回家后，村里就不断有各种流言蜚语。

富贵依然像从前一样乐呵呵的，就像别人什么都没有说一样。见到张大爷，他还是兄弟长，兄弟短地叫。有好酒，好菜了，依然让云英叫他过来。富贵还和从前一样对待他。

村里人说，幸亏富贵耳朵不好。村里人怎么说他，他也听不到。再后来，云英给富贵生了一个儿子。儿子白白胖胖的，挺招人喜欢。

有了儿子，富贵说要到外地挣点儿钱了！和从前一样，他背着他的背包就上路了。云英在走前的晚上，反复给他交代路上要小心，实在挣不到钱就回家来。

睡觉时，云英自言自语地说："要是能买块女式手表，儿子上学就不会迟到了！"

第二天一早，富贵就上路了。一去就是大半年，到了冬天，云英就盼着富贵回家过年。一天早上，村支书叩开了富贵家的门。云英以为是富贵捎信回来了。

村支书从富贵家出来。就听到云英的哭声。原来，富贵被人骗了，倒卖了不该卖的东西。被公安局抓起来了，正在押送途中。柔弱的云英并不知道该怎么办？她后来才知道富贵还有哮喘病呢！她担心富贵会受不了长途奔波。

几天后，村支书又叩开富贵家的门。村支书刚刚走出房门，身后是云英撕心裂肺的哭叫。原来是村支书接到县里的电话通知，说富贵意外地死在了押送途中。让云英去见富贵最后一面。

云英慌忙赶到城里，在收拾富贵衣物时，在他的贴身衬衫的衣兜里装着一块用布包好的女式手表。整齐，鲜亮！

云英明白这表是富贵给她买的。

云英把手表捧在怀里，泪如雨下。

山中岁月　赵锋 / 摄　2018 年 . 郧阳

寂寞在唱歌

苏轼的《记承天寺夜游》，文字简练，意境优美。记的是一个普通的月夜里，一点看似闲情逸致的“闲事”。上中学时，读这篇文章也都把重点放在写景上，并且羡慕词人欣赏月光的眼光。焉不知，真正吸引我们目光的却是深藏于这月光背后词人彼时的心境和人生体验。

伟大的人，伟大的作品，总是能让你在一次次阅读过后，有一次次的体验和升华。让你感觉读至此，意未尽。觉得里面还有内容，还有微微的甜。这就是经典，这就是大师。

毫无疑问，苏轼就是这样的大师。

苏轼的狂放、豪迈，人生的潮起潮落，世态的冷暖变化，铸就了他的风骨。这些时日正在读苏东坡。前不久又在北京西单买到了林语堂先生写的《苏东坡传》。大师是豪放之人，焉不知深藏于他内心的悲喜与寂寞。

真正的寂寞是一种大境界，它并不拘泥于它原始的词义。

真正的寂寞是一次真正意义的超越。

那些年经历的人事都已远去，是自我的反省，是遭遇境遇时忙乱惆怅过后的镇定。

情到深处人孤独。

寂寞如斯！

多少次挥汗如雨；多少次默默忍受；多少次飞短流长的无奈；多少次无计可施的尴尬……经历的、留下的，都是寂寞难耐之后的自我消解；都是麻痹大意过后的重新认识。世间原本就有许多让你难以捉摸和把握的事情，何必自己与自己较劲。得到与失去都会在机关算尽之后归于平衡。

人生其实是一个不断出错，不断总结，又不断出错的过程。尽管我们会拥有一些人生经验，会在接下来的人生路上防微杜渐。可怕的是，在相同的人生背景下，在相似的人生经验下，我们仍然会听到幼稚的声音，看到不健全的行为，那是有口难辩的尴尬，那是只有提问没有回答，只有诉说没有倾听的交流。

就仿佛你弹奏出了美丽的乐音，虽很清晰，对方近在咫尺，却无法听到。没有同频共振，就没有彼此的感同身受。

这就是所谓的寂寞。

时间就是见证。爱恋产生了，却在一夜之间灰飞烟灭，不是那个人远行了，只是看不到一种真正的回应，没有真正的懂得。相反却有着简单的成熟和愚昧的自以为是。这是一个庞大的世界，想当然的愿望和企盼，无异于天方夜谭。

明了之后，彷徨过尽，就会被长如幽巷般的寂寞包围。

转身离去是一次内心的决绝；是一种美丽神态的撕裂。不再是来时的优雅，不再有来时的从容、恬淡。那些只是路边一处让你无法记起的风景，成为过往，成为没有造型的水纹。

寂寞的夜里，听阿桑的《寂寞在唱歌》。

很喜欢这首歌，还记得里面的歌词。

天黑了孤独又慢慢割着
有人的心又开始疼了
爱很远了很久没再见了
…………

谁说的人非要快乐不可好像快乐由得人选择
找不到的那个人来不来呢我会是谁的谁是我的
你听寂寞在唱歌轻轻地狠狠地
歌声是这么残忍让人忍不住泪流成河
你听寂寞在唱歌温柔的疯狂的
悲伤越来越深刻怎样才能够让它停呢

——摘自阿桑《寂寞在唱歌》

第一次听阿桑的歌，就被她沧桑的声音打动。她唱尽了现代人的无助和内心苍白，她用流行音乐演绎着颇具古典的忧郁气息。

这样的歌者，才是真正的歌者。

遥远的歌，遥远的人，遥远的事。

成为寂寞的影。

寂寞是寂寞的河流！

寂寞是寂寞在唱歌！

摘杏时节

入夏，正是瓜果飘香的时节。你方唱罢我登场，几乎每一种水果都要在这个季节上演自己的精彩。看到街道边摆放的杏儿，便想起了儿时去山里摘杏儿的情形。

儿时，正处于青春期的孩子们吃不饱饭，那个年代并没有更多的粮食和零食填饱孩子们的肚子。野菜和山上的瓜果成了孩子眼里的香饽饽。孩子们更渴望夏天的到来，除了河里的鱼蟹，山上的各种瓜果渐渐成熟，满山遍野的瓜果飘香，香气撩拨着孩子们的味蕾。暑假来了，孩子们有了闲暇的时光，天时地利，孩子们抑制不住内心的喜悦。

村里有些人家房前屋后零星种了一些果树，其中就有杏树，杏儿早早地闯了出来，青翠、幼小。看到慢慢长大的杏儿，孩子们内心激动，但村头的这棵杏树当然无法满足他们张大的胃口。要想品尝尽兴要跟大人们去往更远的山里。

在老家，杏儿分两种：村里人以麦收时节为界，麦收之前称小麦杏，麦收之后称大麦杏，所以杏的时间并无定期。农忙之后，村里的小伙伴们便会相约跟着大人们去更远的山里摘杏。

成片的杏树林长在离村庄很远的一个叫老母山的山顶，从村里到山顶要小半天的路程，来回满满一天。

那里生长了一山坡的杏树林，天然野生，茂密而旺盛。深山里良好的生态环境帮助了杏树更好地生长。之前这里人迹罕至，杏儿熟了又落了，风把杏核吹走，来年杏核心又长出了新芽，一年又一年地过去，山谷里便形成了一大片杏林。

有一年，村里几个打山货的年轻人经过这里，远远地看到山谷里一片金黄，此时正值正午时分，饥渴交加，年轻人原想躲进树林里纳凉休息。谁知走进树林一看，傻眼了，眼前呈现的是一大片杏树林，此时正是杏树成熟的季节，枝头挂满金黄的杏儿，蔚为大观。他摘下树上的杏儿，品尝，肉多味鲜，松软可口。

几个年轻人原本准备空手而归的，却无意间发现了这一片杏树林，他们装满了随身带来的袋子，喜出望外地回到了村里。村里人都品尝到这些味道鲜美的杏儿。村里人在这几个年轻人的引领下，又去采摘杏儿。自此，每年村里人都会在这个时候去采摘杏儿，仿佛是村里一个固定的节日，一场不变的约会。

每年农忙过后，村里的年轻人并不着急休息，而是相约去老母山摘杏。山高路远，只有早早起床才行，鸡叫过后便开始赶路，大伙儿不约而同，背着筐，提着袋子，挎着篮子，五花八门，都齐集在村头，不一会儿就排成了一个长队。老毅走在最前列，他个头大，为大家开路，翻山越岭，只为那一树酸酸甜甜的杏儿。一路期待，一路奔跑，一路的欢声笑语。村里的老小把去摘杏儿当成了一次郊游。

到了杏树林，一片金黄，微风吹过，仿佛就能闻到果香，沁人心脾，唤醒了味蕾。那时，乡下的孩子缺吃少穿，没有零食，就是这果香召唤了这群山谷里的孩子。大伙在杏树林里穿梭，山间空气清新，神清气爽。品尝了杏儿，便要开始挑选带回家的杏儿了，装进袋子、筐子和篮子。带回家的杏儿挑选起来要有讲究，既不能太软，也不能太硬。软了，路途中容易坏；硬了，杏儿还没真正成熟，味道不好。

吃好装满，再躲过中午的太阳，便要往回赶了。老毅总是跑在最前列，他摘的杏儿最多、最大，筐子最上面总是放几十个又黄又大的杏儿。大伙儿都知道那是送给春花的。大家心知肚明，他必须加快脚步，脚步慢了，等赶回村里，春花早就睡下了，他生怕错过今天跟春花见面的机会。老毅摘杏最重要的原因就是为了春花。村里人都知道春花最喜欢吃杏儿了。

老毅总是以最快的脚步下山，既要保证杏儿的新鲜，又要确保春花的家门还没关上。同行的大叔故意当着大家的面说："老毅，要给他的'杨贵妃'送杏儿。"大伙儿哈哈大笑，老毅有些羞怯，心里美美的，并不放慢脚步。

春花是村里最漂亮的姑娘之一，与老毅同年，他们私下喜欢着对方，但春花的父母并不同意这门亲事。平日里他们并不敢大胆地交往。其实村里人都知道他们的事，也觉得他们俩很合适。

老毅将精心挑选好的杏儿装在袋子里，悄悄送到春花住的厢房窗口下，轻叩窗棂，春花自然晓得窗外的人是老毅。春花轻轻打开窗户，细语几句，然后接过杏儿，便把窗户关上。老毅此时迈着脚步踏着轻快的步子朝着自家走去。

此时，大批的摘杏队伍回到村庄，几乎每家每户都在此时品尝到了这酸甜可口的杏儿。一家人在灯下品尝着新鲜的杏儿，母亲看着全家吃杏的样子，一脸的幸福。

摘杏在村里庄稼人家里的众多农活儿中并不重要，甚至是无足轻重，但却吸引着村里人的目光。每年杏儿成熟时，它便自然地成为村里人关注的话题。杏儿用香甜的味道打开了村里人的味蕾，真实地品尝到了果实和喜悦。

如今，周末回到老家，偶尔会问起村里的人有没有再去摘杏儿？都说连路都找不到了，根本没人再去。当年村里的大妈说："现在的年轻人都出去打工了，剩下我们老胳膊老腿也跑不动。再说现在年轻人哪有那个耐性跑那么远去摘杏儿啊！"

转身离去

她从中巴车上走下来，背着一个不大的红色背包，手里提着一个伤痕累累的箱子。她径直走到路边不远处学校操场的乒乓球台旁，在小石块上坐下来。

操场上空无一人，学生都还在上课。

她似乎在等待着学生们下课。

下课铃终于响了。

教学楼顿时喧闹起来。一楼教室的学生大概是看到她了。有三五成群的中学生走到了她面前。他们手中都拿着钢笔，然后他们把笔递给了她。

哦！原来她是个修笔姑娘。

姑娘把同学们的笔接过去。仔细查看，用钳子夹一下笔舌头，或是用刀片剐一下笔尖。原本不能用的笔瞬间又可以“上岗”。同学们高高兴兴地把笔取走。她只收取三角、五角的费用。

上课了，她就静静地坐在石块上。有时会在本子上密密麻麻地记些什么；有时又会从包里取出一本书，或是拿报纸来看。在上课期间，她总是一刻都没有闲着。

路边有人大概是出于好奇，走过来打探，问她是做什么？她常常不好意思地将书收起来。她是怕人看见了，会笑话她。

而这一切恰恰都被站在楼上的我看到。

她中等身材，皮肤微黑，体格偏瘦。从相貌上看也不过二十四五岁的样子。她一定是个外乡人，因为她每次都是乘车而来，又乘车而去。

她基本每半个月都要到学校来一次。每一次都是一样的行李，一样地坐在小石块上等待着下课的学生们。

只是后来围在她身边的同学越来越多。特别是中午，更多的学生围在她的身边。她忙得不可开交。但她仍然一丝不苟，乐此不疲。

同学们似乎都很欢迎她的到来。时间久了，她慢慢地成了同学们的朋友。有一天，我在楼道里听到两个同学的对话。

一个同学说："我的笔又能用了。上星期让爸爸给我买新钢笔，他说我用钢笔太费了，不给我买。"

"修笔花了多少钱？"另一个问。

"五角。"

"这么便宜，不会吧！"

"她收得就是比别人都少！"

修笔姑娘每隔半个月来，匆匆地来，又匆匆去了，很有规律。

她成了校园里"熟悉的陌生人"。

有一天，我的钢笔也不下水了，怎么收拾都无济于事。

同事说："扔了吧！买支新的，很便宜的。"

我迟疑了一下后，突然想到了楼下的修笔姑娘。

于是，我就拿着笔去找她。正巧她在。我走过去，把笔递给她。她很专业地查看了笔，并用笔在纸上试了试，然后迅速修起笔来。不一会儿，她蘸上了墨水，在纸上划了几下。就把笔递给了我说："可以用了。"我问："这么快！多少钱啊？"她说："不收钱。"我说："那哪儿行呀！"我接着就把一张一元的纸币给了她。她迅速而坚定地将钱退还回来。并坚定地说："你们老师用笔费。再说，我也并没有费多少事。"她的口气温和而真诚。我就只好将钱收起来，点头向她致谢。

这支钢笔经她一修，还真好用，写起字来变得行云流水。

时间一天天地过去。修笔姑娘依然像“赴约”一样，半个月来学校一次。每次她来，依然有许多学生围得水泄不通。她忙碌而从容。学校似乎已经缺少不了她了。

这样大概过去了半年。她依然是白衬衣，蓝牛仔裤，背着红色背包，提着箱子，坐在操场的石块上。再往操场边就是几个拾荒的老人。

她在同学们上课时，依然拿着一本书或杂志在看。

有一个星期，一名即将参加中考的学生在家里上山砍柴，不幸摔成了骨折，伤势很重，手术就要好几万元。而这名同学家庭很贫穷，他本人却是个品学兼优的学生。学校向全校师生发出倡议向这位学生捐款。

几天后，修笔姑娘又出现在教学楼边的操场上。她的如期而至又给同学们带来了方便，她拯救了孩子们的许多支笔。

她的身边照常是围满了修笔的学生。但与往常不一样的是，这一次她并没有如期离去。

夕阳西下，忙碌了一天，本该是她往常离去的时间了。但她却在操场边徘徊了许久。

晚自习的钟声已经响起。我正朝教学楼走去。却被早早等在门口的她拦住。她问：“您是赵老师吗？”我说：“是，有事吗？”她低着嗓音说：“我听说你们学校正在给一个受伤的同学捐款，我也想捐五十元钱。”说着她就把一沓零钱递了过来。

惊诧中，我接过了钱。

慌忙中，我问：“谢谢您！您贵姓？能把您的名字告诉给我们吗？”

她从容地回答：“没有什么，不必记了。一点儿心意，希望能帮到那位受伤的同学就好。”

我正欲再追问下去。

抬头一看，她已转身离去了。看到的只是她肩上的那个红色背包……

这时，夕阳更浓了。

她瘦小的背影在夕阳的映衬下，显得越来越高大了。

乡村竹具

村里有大片大片的竹林，满山遍野都是。除了山竹，还有种在各家门前的家竹。其实竹子哪有家与野之分呢？村里人只是将自己房前屋后的竹子看得更为亲近、珍贵一些罢了。

村里人之所以在房前屋后种竹子，看重的是它的用途——用它编制各类生活用具。那时塑料制品相对较少，铁制品不仅笨重，还难制作，村里人自然而然地就想到了竹、木制品。村里人更愿意用这些原汁原味，充满自然味道的生活用具。

春天里，竹笋几乎在一夜之间蹿出地面，过不了几天，它们便会占据村里的每一片山坡。村里挡不住竹笋的诱惑，相约一起到山上搬竹笋，新鲜的竹笋味道清香，是春日里难得的美味，村里人还把鲜竹笋晾晒成干竹笋，成为冬藏的美食。是它们把春天的味道传递到了冬天。吃竹笋并不是村里人的最终目的，村里人等着竹笋长成竹子，长大成为他们能用的材料。

竹篮、竹篓、竹筐、竹席……这些竹制品贯穿在村里人生活的方方面面。春天，他们用竹篮装满种子提到地里播种，当庄稼苗破土而出后，他们又用竹筐装满农家肥挑到地里给秧苗施肥；经过阳光雨露，庄稼渐渐成熟，到了收获的季节，村里人又背着竹篓来收割庄稼，背回一篓又一篓的玉米、稻谷……倒在竹席上晾晒，直到晒干，放进粮仓里贮存。

一粒种子从播种、长大、成熟、收获的每一个环节似乎都离不开这些竹具，竹具在不经意间贯穿了一个庄稼人整个从耕耘到收获的全过程。竹子在这个村庄与庄稼和人共生共存。

在乡下，一个家庭，一个农妇也同样离不开竹具。男人们把麦子收回来了，剩下的自然是女人的事了。麦子从晾晒到成为餐桌上的馒头、面条、饺子，中间每一个环节仍然离不开竹具。麦子晒干后就装进粮仓。等磨面时，第一道工序就是淘麦子，然后再晒干，最终磨成面粉。淘麦子用的工具，村里人称为笊篱，这种工具就是用竹子编制的。在乡下，一个媳妇不会淘麦子就会被村里人嘲笑。村里富贵的媳妇就是因为从外地来的，不会淘麦子，村里人嘲笑她说："她是来吃馍的。"

夏天来了，天气炎热，各家各户都把自家编制的竹席翻拣出来。用于睡觉的竹席的制作方法和质量都是很有讲究的。好的篾匠总会把家竹最细最软的竹面用为编竹席，因为这层竹面的质量最好，也最耐磨，自然是竹席的首选。天然的家竹做出上好的竹席，躺在上面绵软、舒适，枕着这样的竹席度过炎热而漫长的夏季自然是再惬意不过的事了。

顽皮的孩子们总是在夏日午后走进村边的小河里，除了游泳，他们的兴趣在小河里的鱼身上。他们挎着竹筐，在流水的低处用石头垒成一个"陷阱"，然后把竹篓放在中间，经过一个晚上的"守株待兔"，第二天清晨，竹篓就会有大半篓小鱼。

日子如流水，竹影摇曳处是村里人庸常的生活。村里劳作耕种离不开竹具，庄稼成熟收获离不开竹具，一家人一日三餐里离不开竹具，做饭时用的竹筒，吃饭时用筷子都是竹子做的。甚至一个婴儿出生后睡的摇篮也是竹子做的。

竹子与村里人的生活息息相关，充斥在村里人的每一天，每一年，每个人的一辈子。

油坊

到了春季，村庄里几乎所有的庄稼地都被油菜占据了。它们在尽情地渲染着这个村庄，仿佛村庄就是它们的。也不管村里的老小会不会在意它们的长势和色彩。它们一排排整齐地站在田地里，从幼苗、发育、然后长出大片大片的叶子，然后绽放它美丽的花朵，将村庄装点得绚烂。村里人看着这一地的花开，满心欢喜。

花海中蝶蜂成群飞舞，它们辛勤地劳作成就了村里人的希望和收获。同样辛勤劳动的还有村里的人，他们观察油菜花的长势，花开过后，菜籽就要出场了。它们均匀地分布在油菜枝头，在阳光雨露的作用下，静静地生长，送走太阳，迎来月亮和朝露，油菜开足马力生长。

转眼五月到了，油菜也到了收获的季节，村里趁着晴朗的天气迅速把它们收割回来。油菜在村里人的眼里只是庄稼的配角，却又是必不可少的农作物。菜籽油也同样是农家餐桌上不可缺少的角色。

村里的油坊在村东头的小溪边，一排五间的高大瓦房，每到夏季，这里便堆满了附近村民送的菜籽，每家的菜籽过秤之后主人都会悄悄在自家的袋子上做上记号，接下来就是等待榨油的日子。整个夏季油坊成了村里最热闹的地方。各家都期待自家的菜籽能早些打出油来。村里的大山爷是油坊榨油的老把式，整个夏季他都在油坊里度过。村里的人等着急，催大山爷几句，老队长听了，吆喝着说：你们想把大山累坏啊！

啥时候吃油不是一样的，早一天还能多出二两来？

老队长没说错，但第一滴油控制着村里人的味蕾和期待。大人们渴望自己的收成，小孩子更希望母亲给自己炸油馍，或者把他们此前早在河里抓来的鱼炸了品尝。想想心里就美滋滋的。漫长的花期过了，油菜在村里人眼里早已化为另一种美丽和期待。

油坊里除几个榨油师傅，还有一头拉磨的老牛，老牛日夜不停地拉磨将菜籽压成面，它完成菜籽进入油坊的第一道工序。整个夏季，这头牛都要在这间房子里度过，隔壁就是堆积如山的油菜籽。

大山爷是村里油坊的总管。他头脑灵活，还力大如牛，为人仗义，大家都服他。整个夏天，他和三个搭档没日没夜地榨油。他们将在这里度过一个极其辛苦而艰难的夏季，与油香、流汗和劳累为伴。每天十里八乡来榨油的络绎不绝，每个家庭都等着这壶菜油改变伙食。

大山爷有四个孩子，都在学校里读书，家里负担也很重。有人劝大山爷让老大回来帮忙算了，读那么多书有什么用？大山坚持不让孩子辍学，年复一年的劳累就是为了让孩子多读几天书。

将菜籽变成油的程序是一个复杂烦琐的过程，几乎每一道工序都是用汗水浸泡出来的。能在村里油坊干活儿的都是健壮的汉子，一般人是禁不起那样折腾的。从炒菜籽到压榨，每一道工序都需要足够的力气和耐心。村里每家人都希望自己的菜籽能榨出更多的油来。这同样也是大山爷的愿望，村里人的信任和期待最重要。

那年村里有名的泼人竹筒子嫌油榨少了，站在油坊的院子里大吵大闹说大山爷昧良心，榨的油缺斤少两。村里人都信任大山爷的人品，并没有人相信竹筒子的话，纷纷指责她诬蔑大山爷。大山爷站在油坊门口一言不发，人群中有人大声说："大山爷不是那种人，别听她瞎说。"也有人说："大山爷榨了这么多年油，从来没听说过缺斤少两。"人群散去，竹筒子的谩骂声仿佛还在大山爷的心里，他独自坐在油坊前的小河边的青石板上，仿佛村里受委屈的孩子。

油坊每到夏季是孩子最想去的地方。帮着大人把菜籽运到油坊过秤之后就是漫长的等待了。油坊里制作流程吸引着孩子的眼球，尽管这一过程充满了艰辛和力量。但这些即将长大的孩子身上有的是力气，正跃跃欲试自己的力气到底有多大。几个孩子一起，更想相互比试比试。油坊外面有一条从远处高山深处流下来的小河，河水不大，河面不宽，但山泉水甘甜，清澈，而且清凉。在油坊不远处就有一处几十见方的潭水，刚刚扛过菜籽袋的孩子已是汗流浃背了，那一潭碧水正是莫大的诱惑。大人们往往在这个时候网开一面，并不阻挠孩子，孩子们在溪水中嬉戏打闹，欢乐无比。

每个午后都是香喷喷的油顺着油槽涓涓流出，一天的劳累就等这一刻了，甚至是每家每户整整一季的渴望。孩子们都渴望着香油领回家的那天晚上。母亲们一定会在这顿晚餐中让孩子们解解馋，给孩子们烙油馍，和着刚切好的韭菜花，满屋飘香的，孩子们满脸笑容，母亲们看在眼里，一脸的沉醉，一如春天庄稼地里绽放的油菜花。这一天已过，菜油壶就被收藏起来，母亲们会平均分配给今后的一日三餐，让每天的生活变得丰富而有味道，日子因此变得充盈而香甜，一如春天的味道。

乡村油坊依然忙碌，一家挨着一家地在院子里等着，大山爷忙得不可开交，几乎不能停下来歇一天。大山爷性格好又讲诚信，方圆几个村子都不怕路远，把菜籽运到这里来。每年夏季油坊是最热闹的地方，孩子们也愿意到这里享受这份独有的乐趣和快乐。在孩子们喜爱的季节里，大山爷却在一年又一年的劳累中把腰压弯，他的四个孩子在他的劳累中一个个长大成人，走出村庄。

乡村油坊是油菜从播种、成苗、开花、结果、成熟最终化为油的归宿居所。它的食用价值经由这里得到最终体现，仿佛一个人在村庄里从幼年、童年、成年、娶妻生子，到最后终老，并且在村庄找到自己的落叶之地。油菜、人，因为土地的链接，在村庄里繁衍生息，因为土地，他们才在生命的链条里有了某种或无意或必然的沟通和关联。

乡村油坊里飘出的油香，犹如一个个旋涡，穿透整个村庄，穿透每个村里人的童年，香醉一生。但大山爷却没能继续自己的营生，就在壮年之时戛然而止。五十岁那年冬天，忙完整个夏季，他该歇歇了。

到了秋天，他越来越感到浑身乏力，说话声音也越来越低沉。起初都以为是普通的肺炎，只到当地的卫生院买来消炎药，可是身体却越来越差，人也不断消瘦下去，体力大不如从前。要强的大山爷并没有屈服，他仍然挣扎着干活儿忙碌。可是身体也一天不如一天，他的喉咙也不通畅，呼吸困难，甚至几次晕倒，在外地工作的弟弟坚持让他去外面的大医院检查，一检查才发现是淋巴癌。大山爷不想面对这个结果，村里的人都不相信，心里也不愿意接受。也有人说：是不是大山爷长期给村里人榨油，把喉咙弄坏了。大山爷也在弟弟的陪同下，去了大医院住院治疗，可是因为发现得太晚，已经发展到了晚期，治疗对他来说已经于事无补了。

熬过了这漫长的冬天，大山爷终于熬不住了。他仿佛是一棵失去了根的小草，随风飘荡，他再也没迈出过家门一步。眼睁睁地看着门前田地里的油菜苗一天天长高长大，但他知道今年他再也没有办法走进熟悉的油坊了。

第二年春天，村里田地里开满了油菜花，大山爷却轰然倒下，这个体壮如牛的汉子，告别了一家大小，告别了这一地的油菜花开，告别了他吆喝声声、挥汗如雨了几十年的油坊。

村里从此也少了一个油把式。

麦地深处

怎么也没有想到，凤奶奶会这么快走了。在这个村庄里按辈分和年龄推算怎么也要到三十年以后才会轮到她去。但是病魔毫不迟疑地把她带走。这个村庄里有着太多的意外让人无法把握。

那天我从县城匆匆赶回老家，在凤奶奶的棺材旁见到了爷爷。同样因得病致使说话、行动都不方便的爷爷，拉着亲人的手泪流满面。要知道过去的十年里他可是当地响当当的乡镇党委副书记。是疾病加剧了他的衰老和脆弱。他用模糊的语言表达他内心的痛楚和对亲人的谢意；他大脑清楚，但是苦于无法表达。因此他不得不借助自己的肢体语言给亲朋们敬酒。他无力挽留老伴的远走，以至于他在凤奶奶去世后，还摇头摆手说她还没去。他用蹒跚的步子去凤奶奶的棺材旁徘徊，以前总是凤奶奶扶着他在这条街上散步。以后呢？谁会搀着他呢？儿女也许会，但身边那个人永远都不会是凤奶奶了。

跪在棺材前的是琼花姐妹俩。凤奶奶的两个女儿琼花和琼英是我从小学到中学的同学。按辈分算，我应该叫她们姑姑。泪水经久不息地流过她们的眼角。模糊了她们美丽的眼眸，眼里充满悲伤和对母亲的不舍。她们曾是那样亲密的母女。她们的关系一度像是姐妹。为了给母亲治病，她们倾其所有。高额医药费给她们带来过压力，但是她们都毫无怨言。但这些努力并没有感动恶魔般的疾病。太多的努力也同样给予了她们太多的希望，正是这样，伤心就越重。

琼花痛哭流涕，泪水打湿了她的脸颊和胸襟。琼花从小就乖巧听话，凤奶奶打小就以这个乖巧玲珑的小女儿为骄傲。尽管生活并没有给予琼花太多的恩惠。但她自小就成就了母亲内心的期待。我和琼花同学多年，深知她的性格温柔善良，但她却少有流泪。这次却大有不同，极端的悲痛远远超过了她的自控力。眼泪流尽，可是母亲她在哪里？她听得到吗？琼花那单薄的身子如何禁受得住滴滴沉甸甸的眼泪！纵使眼泪淹没了视线，悲伤占据了心灵。琼花还是渴望看到母亲活着，哪怕看到的是病床上的母亲呢？

琼花跪倒在地上，抖动着双臂，泪如泉涌。悲伤的琼花没有想到这一幕正好被因为行动不便坐在二楼上的她父亲看到。有人提醒了琼花，琼花心里猛地一惊，接着又急忙拉了拉跪在身边的琼英和小弟。

已是凌晨三点了，春天乡村的夜有一阵阵的寒意来袭。而此刻最能感受到凉意的应该是琼花他们了。这也许是她此前从未体验过的最寒冷的春天。尽管此时大地正在向着绿色，朝着温暖迈去。山花也不失时机点缀着大地。但，这对琼花来说，那些只是画的底色，主题没了，再好看的画又能怎样呢？

凤奶奶被风水先生安排在琼花老家屋后的一片庄稼地里。地边有一棵柿子树，小时候，琼花她们经常在这棵树下张望日日红透的柿子。那时，琼花正天真烂漫，脸颊就像树上的柿子一样。庄稼地里长满了麦子，三月正是麦子“扬花”的时节，细小的碎花装点着笔直的麦芒，似乎在夸张地显示着生命力的旺盛和强大。然而，如今麦地深处就是凤奶奶长眠之地了。透过麦秸之间的缝隙，依稀可以看到她曾经住过的老屋的屋角。她从这里搬走，如今又回到了这里，还要与它朝夕相伴。这也许就是完整的生命。

琼花、琼英、小弟以及她们的表妹都伏在麦地深处的泥土上，痛哭流涕，气若游丝，抖落了一地的“麦花”。无辜的麦子并不知晓琼花的悲伤。琼花煞白的脸掩映着离别母亲时的无奈。

琼花怎么也没有想到，儿时打猪草走过的地边竟是母亲多年后长眠的地方。

麦地深处成了母亲的另一个故乡。

老家　赵锋 / 摄　2022 年 . 赵庄

坚持的相对论

黑豹乐队前主唱，曾经的中国摇滚乐领军人物秦勇在乐队最风生水起的 2005 年选择退出。十年间，秦勇几乎销声匿迹，鲜少出现在公众面前。秦勇的声音在歌坛消失了整整十年，曾经“转遍江湖不见他”。

他究竟去哪儿了？

“为了儿子”，这是秦勇在央视《出彩中国人》舞台上给出的答案。2003 年，秦勇的父亲突然离世，年仅四岁的儿子大珍珠被查出患有重度感统失调症，秦勇此时比任何时候都更清晰地意识到亲情的可贵。他毅然决定离开舞台，照顾家中生病的儿子。

这十年里，陪伴儿子做康复训练是秦勇每天最重要的日程，对于一个感统失调的孩子来说，哪怕是系鞋带这样简单的动作也可能是他终身需要克服的困难。当得知骑自行车是对感官协调能力最好的训练，秦勇陪着儿子开始了漫长的练习。那时候，秦勇家的邻居总能看到这样一幅画面：儿子踩着自行车东倒西歪，父亲扶着车后座拼命奔跑，摔倒，扶起来，继续……一年后，当儿子大珍珠终于可以稳稳地坐上自行车，骑上一小段时，向来坚强的秦勇也忍不住落下了男儿泪。

“从那一天起我就坚信，其实他什么都可以学得会。”

就是为了陪伴患有重度感统失调症的儿子大珍珠，他坚持了十年，儿子微笑着长大了，学会了他这种病很难做到的走路、骑自行车等动作，甚至跟着他一起学会了唱歌。

在《出彩中国人》的舞台上见到秦勇时，评委和观众都大吃一惊，这位黑豹乐队的前主唱，曾是中国摇滚圈的领军人物，但当年长发披肩的摇滚青年，如今却胡子拉碴、满脸沧桑，不复当年意气风发。即使是以这样的面目回归也不要紧，观众依然能够接受，依然没有忘记，依然为他的选择和坚持喝彩。相反他的歌声因为父爱的渗透而焕发出新的魅力和内涵。

流行乐坛拥有“天籁之音”的天后级人物王菲，虽然在爱情道路上充满坎坷，却纵横驰骋，但爱情的波折并不影响她创造音乐上的传奇。

1989 年，当年还叫王靖雯时她以一首《仍是旧句子》在“亚太金铮流行曲创作大赛”决赛中获铜奖。并于 10 月推出首张个人大碟《王靖雯》，销量突破三万，获金唱片。

再到后来的《容易受伤的女人》《执迷不悔》《天空》《我愿意》《相约 1998》，还有十年之后的《传奇》《匆匆那年》《致青春》。她的音乐最能引起共鸣，打动无数人的心。无论是在香港还是在大陆，无论叫王靖雯抑或王菲，她的性情、喜好、脾性甚至是音乐都率性而为，坚持自己的活法和唱法。她一直处于半退隐状态，并享受着全职主妇的快乐。她坚持音乐，但也懂得生活。不论是哪种状态，她始终坚持自己的个性和艺术风格。正是这种坚持帮她创造属于一个时代的音乐传奇。

王菲不擅言语表达，内心心境与生活感受通过音乐作品呈现，并选择以歌曲表达真实的自己。曲评者认为“不论歌曲为何，王菲都能深刻地传达出百分之百的王菲。”“中国心灵富豪榜”王菲上榜：空灵的声音，率真的个性、智慧的眼睛、慵懒的表情……她和她的歌声穿越了整整一个时代，她却始终不曾老去，依旧特立独行。她坚持自己的唱腔，她甚至用几乎同样的唱腔和唱法去处理歌曲。但丝毫不影响她对歌曲的精准把握。她依然演绎了一首又一首的流行经典。

无论是王菲，还是秦勇；他们做了同样的事，那就是选择了坚持。

同样的坚持，同样的收获。因为坚持，所以成就和收获。即使坚持了但最终没有抵达梦想，但至少离梦想更近一些。那个坚持的过程便是丰盈的人生。其实人生路怎么会一帆风顺，一马平川？它一定会伴随风霜雨雪，以及酸甜苦辣，但只要选择正确的坚持，便会开花结果。

人生路上，得与失，成与败，从来都是以自我为坐标权衡后一厢情愿的判断，得之我幸，失之我命。你可能无法左右命运和他人，但你可以选择坚持，坚持对的立场和航向。也许有一天清晨你就会抵达梦想的彼岸。

小村人家　赵锋 / 摄　2019 年 . 汉江

在低谷中看见真实的自己

有人说，衡量一个人是否成功的标志，不是看他到达顶峰的高度，而是看他跌落谷底时的反弹力。

生活中一定会遇到各种各样的困难和挫折，一定有不为人知的艰难困苦，甚至是委屈、无奈和辛酸。当你被人群忽略时，当你遇到不公正的待遇时，当你无缘无故被否认时，你身处困境和谷底，越是这个时候越要有自己的定力。

老李调到新的单位后，原本游刃有余的业务能力和管理能力却屡屡受到单位新领导的质疑，甚至否定。可实际上问题并非是在老李身上，而是“门外汉”的领导并不懂业务，老李因此闷闷不乐。他曾经跟我倾诉和吐槽，觉得自己遇到了此前从未遇到过的状况。论经历、人品、学识、专业等，这个领导都未必能超过他。眼前的状态让老李“如鲠在喉”，有一种说不出来的无奈和苦衷。老李有很多不同的工作经历，品行端正，好学而努力，外界对他的评价也很不错。尽管如此，却不得不面临眼前这种窘境。

老李遇到的情形在日常工作中并不少见，总有“投机取巧”者得逞；总有“德不配位”者上位；也总有“碌碌无为”者台上座。我们当然不能因此消沉和放弃。

人生路上哪能那么一帆风顺，晴空万里？有风和日丽，就一定会有风雨交加；有骄阳似火，就一定有电闪雷鸣。不必因眼前的困难打乱了心性和定力。在最低谷时审视自身，你会明白自己可以达到的高度；在最低谷时看看周遭，你会看清自己真正想走的路。

演员任素汐长得很高，足足有一米七二，但是因为长相一般曾被网友调侃。可能如果有人这么说你，你肯定难以接受吧，一定想问问那个人凭什么恶语相向。但是任素汐却对这个评价表示了肯定，她说自己确实长得不好看但是自己也不需要长得好看。自己已经三十岁，长成什么样已经不会对她造成困扰了。

能够面对侮辱如此坦率，这种精神是现在娱乐圈很多艺人缺少的东西。作为一个女艺人任素汐的做法值得被人尊敬，不仅如此任素汐对于自己的评价就是一个小演员。如果每一个人都能够有像任素汐一样的自我定位，那么你的人生将会有一个全新的面貌。

保持自己的定力，认清自己的方向，分辨真假是非，看清善恶，自己就不至于迷失。云雾总有散去的一天，风雨总会有过去的一刻。不必为一时的不顺，踌躇不前；更不必为此而丢失了自己的初心。一辈子很长，那失意的瞬间，那没来由的误解并不因为你的好恶而改变。

一直好学的老李并没有因领导的误解而去改变自己，而是正确地面对工作和委屈。一年过去，不仅工作完成得出色，还利用原来交际和应酬的时间读了不少书。

马克思说：生活就像海洋，只有意志坚强的人，才能到达彼岸。

人在低谷中更应该清晰地看到真实的自己，不妄自菲薄，不迷失方向，不失意惆怅。

怀揣一颗积极、阳光的心态面对工作和生活，才会走出属于自己的人生路。

怀揣一颗真挚的心，不懈怠，不气馁，走出低俗，才会迎来人生的亮光和希望。

第四辑 万物有爱

万物有爱，
万物有灵。
我想用一道光
把属于村庄，属于
记忆中的山河照亮。

万物有爱

每一位作家都背负着自己的大地河山，草木四季，故乡是作家出发的原点。

莫言说：“作家的故乡并不仅仅指父母之邦，而且是指作家在那里度过童年，乃至青年时期的地方。”这地方有母亲生你时流出的血，这地方埋葬着你的祖先，这地方是你的血地。

故乡这片“血地”就是文学出发的现场。所有的爱恨情仇，喜怒哀乐都在这一现场进行，与我们每个人息息相关。这个现场将我们的记忆和当下锁定，似乎逃也逃不掉。

故乡的每一个人，每一棵树，每一座山，每一条河流，每一块稻田，每一座瓦屋，每一声鸟叫……都存在于我们的记忆里，并不因为你的选择和好恶而改变。每一个逃离故乡的人总在某一个瞬间突然想起这些，并在以后的时空里一次又一次地无意识地被提醒和强调，谁也别指望将它毁灭，消失在脑海。

有些人就是只在乎物质的富有，而不关注内心的充盈和丰沛。

有些人就是这样的，对细节、情感、关怀无动于衷。你认为丰富多彩的，五味杂陈的东西，对他来说都是无关痛痒、一文不值的。你热爱的未必是别人喜欢的，但人的情感以及对生命的尊重和认可却是一致的，不变的。万物有爱，万物皆有联系。

你一直坚守的、追求的，未必每个人都能理解你、认可你。并因此认为你与众不同，在这个过程中你一定会丢失掉你熟悉的、曾经温暖过你或者你温暖过的人和事，但这些并不能一起陪伴你一直走下去，有些人和事注定要与你渐行渐远，仿佛儿时在回家的路上丢失了的心爱玩具，并非你有意丢失，内心有不舍，但又无可奈何。

在后来的读书和工作中，我常常能想起第一次把自己的书递给朋友那一瞬间对方复杂的眼神和神秘的笑容，它常常提醒我，不管别人怎么看，都要坚守自己认定的东西，坚守自己的精神领地和精神追求，不停止自己追寻知识、真理和自由的脚步，不以物喜、不以己悲，人生从某种意义上说就是自己给自己解释，自己去说服自己，自己给自己交代，但这所有的前提是健康的、阳光的、不给他人以伤害的。在此基础之上，开展对精神的追寻，对生命的思考和拷问，进而净化自身的灵魂。

这位朋友只是一个缩影，人生、人间，都不过如此。它们都是一场又一场的告别，与熟悉的风景告别；与熟悉的老屋告别；与熟悉的人告别；再后来，学会与伤心的往事告别；与曾经的拥有告别；与置身事外的名利告别。只有学会了告别，才会与更好、更本真的东西相遇，才会发现生活中的美和善良，去爱家人、爱自己、爱自然、爱万物……

小时候我家的院子里有一棵老君树，树冠很大，能遮住四五个人，供销社就在我家背后，买东西、卖东西的人来来往往，夏天的时候，有人在树下纳凉；小雨的时候，也有人在树下避雨，树无声无息地站在那里，它给很多人遮过风挡过雨。后来，父亲改造大门，树被移走了，此后很多年，每次回老家，没看到这棵树，心里总觉得少了些什么。有熟识的人也问，那棵树怎么不见了？大家原来躲过雨的那棵树哪儿去了？那些陌生人也和我一样在内心里惦记着这棵树。人与树之间，大概也存在着某种爱恋，这爱藏在草木之间，藏在村庄里的每条小路、藏在每一间瓦屋和每缕炊烟里……

我常常在回老家时，有时间一定要去河边或田间走走。村里的老人见了我，笑呵呵地说：“这孩子还好，每次回来都到河边走走，没有忘了本。”老人慈祥，他们看着我们长大，看到村庄里的庄稼一茬茬地播种收获；看着村里的年轻后生一个个长大；看着村庄里人来人往、物是人非。他们见惯了村庄里的日出日落、万物变化，他们也曾有过富有欲望的盛年，激情似火的岁月，但岁月老去，村庄里的一切归于平静和安宁。

我依然是村庄里那个儿时常在河边玩耍的少年，老家的一切仿佛被时光雕刻在我的记忆，总会在某个睡不着的夜晚突然闯进脑海，老家的自然样貌已经发生了巨大的变化，原先的稻田变成了果林，原来的河道成了鱼塘，村东头的老房子已经因为修高速公路而拆迁，似乎再也找不到村庄原来的模样。可是，这些都是外在的，在我的记忆深处，儿时村庄的每一条小路、每一个田埂、每一间老房子、每一片竹林、每一条小溪都清晰可见，它们像照片的底片一般印在我的脑海，岁月越久，越发清晰。

儿时，村里有一户王姓人家的小儿子生性顽皮，爱在田间山野疯跑，有时会在山上过夜，他的母亲为此十分忧虑，担心小儿子在山上会被野兽叼走，夙夜忧叹，夜不能寐。小儿子每次都能平安归来，孩子的父亲对此不以为然，说这孩子性子野，不会有事。但是母亲的担心却从未停止过，她担心有一天这孩子一去不归了。尽管内心的这种提示一直都在，但当自己的孩子一去多日，杳无消息时，他的母亲仍然忍不住大哭，农闲时就坐在村头的柳树下等待。她的丈夫对此耿耿于怀，说她不做家务，溜出来闲逛。几年过去了，也没等到小儿子的任何消息，他的母亲心里仍然放不下，人前倾诉，人后哭泣。她依然记得小儿子生性可爱，五官周正，除了不爱说话，不爱与人玩，其他并没有什么不好。他喜欢小狗、小猫；喜欢跟村里的牛赛跑；喜欢独自一人爬上门前高高的柳树向着远方张望。儿子最终还是没有回来，但他母亲的想念和等待并没有停止。也许她自己也知道儿子回来的可能性非常渺茫，但这并不影响她对儿子的思念和爱恋。

万物有灵，自然相生。前不久无意间看到一个视频，视频讲的是一个农民将自家养的一头牛卖给了别人，当买牛者刚走几步，出人意料的一幕发生了，那头被牵走的牛突然转过头来，走向原来的主人，主人用手抚摸着牛的头，充满了不舍。谁料最揪心的一刻出现了，牛似乎心有灵犀，弯曲前腿，给主人跪拜下来。主人明显是惊呆了，慌忙弯下腰来，抱住牛的头。透过画面也能强烈感受到主人内心的波澜和震惊。

小时候跟着十八爷放牛，十八爷上过抗美援朝战场，我曾亲眼见过他小腿和背部的枪伤。十八爷是个铁骨铮铮的汉子。从战场归来，他用打枪放炮的手学着犁地耙田，他成了村里的好手。但他也是村里出了名对牛好的人。他经常对村里人说：牛也通人性。

我跟着他放牛，他边讲他当年打仗的故事，边讲关于牛的习性。他对我说：牛是通人性的，要好好对牛，牛才会好好干活儿。十八爷上过战场，经历过真正的战争。战争不仅让他体验到和平的重要性，更教会了他热爱生命和生活。从战场归来后，十八爷变成了真正的汉子，他一改从前的牛脾气，也不再没事找事地和人打架。他娶妻生子，在村里俨然是正义的化身。十八爷说是部队和战场锻炼了他。他爱自己的国家，更爱自己的家庭。是爱改变了他，也成就了他的人生。十八爷已经去世多年，今年秋天，在他女儿的家里，我还看到了被他们珍藏起来了几枚军功章。他女儿说，前些年有人想收走这些军功章，被她骂回去了。她说这是父亲留给她的宝贝，也是他们全家的宝贝，不能丢了。

近几年，父母的年龄越来越大，我经常一个人开车回到老家，跟他们聊天，或者听他们“斗嘴”。我希望自己能给他们更多的光和热，更多的关怀，更多在一起的时光。我能坚持阅读和写作，是母亲给予了很大的无形力量，她从我最初写作直到现在，从来没有对我产生怀疑，始终都是支持和理解的态度，这对一个长途跋涉的人来说是至关重要的。只有身处其中的人才会理解它的分量。我想，母亲并非了解我的读书和写作，她并不会选择，她就是单纯的爱。

自然是永恒的，爱是永恒的，故乡在我心中也是永恒的，在老家，我仿佛才能找到属于自己文学的根。我希望自己在五十岁、六十岁、七十岁，甚至八十岁还在阅读，还能写作，不是只是一己的写作，而是贴近大地的写作。像农民种地一样，日出而作日落而息。我坚信唯有这样才能更贴近自己的内心，贴近大地。

故乡的大树　赵泽阳 / 摄　2021 年 . 赵庄

赵庄时光

一

我的新书《老家：一个人的故乡心灵史》出版后，许多远方的朋友纷纷问我：赵庄在哪里？我回答：就是我的老家。

我说的老家既是地理意义上的，也是精神意义上的。赵庄离我现在居住的小城并不远，开车也不过一个多小时，但很显然它对我的影响却是深远和长久的。一个儿时的玩伴，看到我书的后记说："这就是我们的童年，我们小时候的全部记忆。"

是的，我们每一次的书写、记录都是为了留住记忆。儿时玩伴的话不无道理，写自己的记忆不难，想要留住内心深处的那份乡愁却不那么容易。

赵庄在外打工的李柏说："你书写的朴实，读了还想再读。"赵庄理发店的马海生看到我，拉住我说："你书里的好多人物，好多事，我都知道写的是谁！"说罢，嘿嘿笑。马海生上学时学习很不错，是村里大多孩子的榜样。后来因种种原因和变故，如今靠开超市、理发店生存。他每天给赵庄人理发，赵庄人有大半的日常用品都来源于他的小超市，他每天像种庄稼一样，穿梭忙碌在赵庄。

马海生说："你写的是以前的赵庄，现在可大不一样了，从外地又搬来了近百户人家,精准扶贫的易适户,还有到集镇租房子照顾小孩上学的,现在可没以前清静了。”

我问:“你还是喜欢以前的赵庄吗?”

马海生说:“那当然了。”

我问:“为什么?”

马海生转了转他的理发转椅，若有所思地说:“具体也说不清，总感觉跟从前不大一样，没有原来有味道了。”

在北京建筑工地受伤的李柏是村里较早出去打工的，后来在他的带动下有几十个人也去了北京搞建筑。李柏从小喜欢读书，曾经在干农活儿时还坚持每天练书法、背古诗。他为人厚道，做人做事扎实可靠。每年春节回来我都会特意找他了解务工情况。因为受伤，他被困在家，遇到他时，他还拄着双拐，他说:“现在打工确实不如从前好找活儿，机械化替代了很多人力，这两年我明显感到工地转场没有从前频繁。我在工地受伤，回来养伤，但还是想着要出去，虽然在哪儿都不如在家好，可是不出去，一家人的开销从哪里来?”

李柏每年依然跟他的伙伴们辗转四方，在各地的建筑工地穿梭。到了春节就回到赵庄，春天再从赵庄返回到工地，仿佛候鸟一般。

二

在赵庄的村口，已经年迈的老队长依然对土地念念不忘，望着赵庄一大片稻田变成了生态农业，他忧心忡忡。一生都在跟庄稼、土地、产量、工分打交道的他，总在担心地里没有了庄稼，没有了稻田，将来赵庄的老小吃什么。过去的半个世纪里，他目睹了这片稻田养育了一代又一代的赵庄人。生产队时，他每天都带领着赵庄的男女老少上山下地，风吹日晒地劳作。他自己也从一个壮小伙变成了步履蹒跚的耄耋老人。那一年，赵庄开始大规模盖新房，都将原来的老瓦房盖成了崭新的楼房。但他却迟迟不肯从他的老屋里搬出来，坚守着他的老灶、老屋。儿女们都想办法劝他，生性倔强的他怎么也听不进去。在他的大脑里，村庄仍然是那个年代的热闹场面。他清晨出门，走到大队房一嗓子就能叫醒全村的人，然后在他的带领下开始一天的劳作,大家都开足马力,挣回一天的满工分。

春爷自从老太爷、老太太相继去世后，回到赵庄的次数也不如从前频繁了。每次回来都在小弟福爷家住着，每年回来都去给父母上坟，然后再到本家的兄弟家里走走。福爷前几年也搬到城郊住了，又得了肺病，为了方便看病，也很少回到赵庄了。一家老小也都到城里过春节。老屋也卖给了别人。这家已经是别人的家了。

去年清明，春爷回来上坟，闲来无事，就去老屋看看。老屋旁边的水渠还在，水渠旁边的大柳树依然挺拔，顺着小路走到院子，院子里堆满了柴火，但老屋的大门紧锁，问起院子里玩耍的小儿，说大人们都出去了。

春爷在院子里徘徊了几圈，扒在大门和窗户边往里张望，什么也看不见，他走到小时候住过的厢房外的石凳上坐了很久，门前的小花园已经长满杂草，六弟当年的牛栏也早已拆除，他当年就是在这间厢房里照料六弟的。

春爷感到这个村庄现在离他越来越远了。

村里的许多人春爷根本不认识。他像是村里来的客人，春爷家族里已经有好几家都搬走了，同辈的几十人，有的远在他乡打工；有的已不在人世。原先春爷在家里怎么也得待上一个礼拜才能离开。兄弟之间相聚，看看家族里的长辈，时间总会在不经意间溜走。

三

原先住在村里最高处的闫二，已经从山上搬了下来，终于实现了自己下山的愿望。可是刚搬到新家没几天，闫二就有些不习惯了。他说，原来我站在门前就能看到整个村庄，房屋四周都有果树，菜园就在房后。闫二每天要爬上高坡种地，看自己的果园。闫二有一大片果园，现在离果园远了，闫二担心自己的果实不保。刚开始，他还每天都去老家的院子里转转，照看一下自己的果园。没到半年，闫二发现每天去园子不太现实。想摘果子的人会趁着他回家午休的时候，偷偷光顾他的园子。每次他去照看园子，看到篱笆旁边留下的脚印，他知道园里的果子又少了。

闫二逢人就说，昨晚我的果园又进贼了。村里人摇摇头，说不知道谁进去了。他愤怒，又无奈。闫二第二年把果园的周边都扎上竹篱笆，还没过半年，篱笆就变得千疮百孔了。闫二实在无计可施。有人建议闫二把篱笆上架上山里的刺树。却总有人掀开。

闫二过去是村里的会计，与人相处，处处小心谨慎，并没得罪过谁。却管不住的一片果园。闫二有些沮丧，他站在自己老屋的门口，呆呆地看山下村头自己的新房，叹气摇头。心想，自己现在可跟村里人住在一起了，却保护不了自己的果园和菜地。

对此，媳妇周金兰天天抱怨，嫌他没本事，净受村里的人欺负。周金兰的泼辣在村里是出了名的，为了保护果园，她亲自上山看了几天。果然效果比闫二好。这样一来，周金兰更抱怨闫二："你看，我来看不是没贼了！"周金兰娘家有几个健壮的兄弟，原来一旦在村里遇到麻烦事，她就跑回娘家，把几个兄弟叫上，然后浩浩荡荡地回村。这些年来，他们没少为周金兰撑腰。这次周金兰又扬言，谁敢再踏入她家果园半步，她就让她兄弟打断谁的双腿。

周金兰的话还真管用，一时间还真没人敢进园子。又过了两个月，果子成熟，一天夜里又有人进了闫二家的果园。把刚刚成熟的苹果摘了半棵树。周金兰哪儿受得了这个气，第二天便炸开了锅，说在村里搜搜是谁进入了她的园子。周金兰甚至再次跑回娘家，叫上自家兄弟，兄弟几个到果园里四处搜寻，也没发现任何有价值的证据。没有证据，当然不能乱来。周金兰这次气急败坏地发了一通脾气，仿佛是在戏台上表演，并没有实质意义，更查不出是谁干的。

此后，周金兰多次扬言要砍掉所有的果树。我吃不上，大家也别想吃，周金兰想“鱼死网破”。但她似乎也舍不得真的把果树砍了。

闫二当过村会计，他跟周金兰想法不一样，并不像周金兰那样激烈，他常常对周金兰说：“果子，别人吃点儿就吃点儿，只要不糟蹋就行了。”

每次闫二说这些话时，周金兰就一脸的不屑，嘴里嘟囔：“没出息的东西！”

闫二听惯了周金兰的骂声，一般情况下，也不去理会她。

搬到山下多年，周金兰也不再像从前那般飞扬跋扈了，说话的声音也似乎比从前柔和了许多。

村里人开玩笑说：“周金兰大概是前半辈子说话声音太大了，老天爷要把她后半辈子的声音再收回去了。”时间久了，周金兰也习惯了跟大家一起居住的日子，原来住在高高的山顶，炊烟飘不到别人家的上空，鸡也不会串到别人家，更不会为庄稼地、菜园子的边界跟别人家争吵。过着与世无争，平静安详的日子。

周金兰虽很厉害，但她要在山下生存下去。也不得不考虑跟村庄里的人和谐相处。她的菜园原来在山上，现在种起来很不方便，她看中了离自家最近的一块菜地，但那菜地是李根家的。想把它要过来估计没那么容易，为此，她只好向李根的媳妇示好。一改以往的暴脾气。但周金兰依然怀念原来在山上住的时光。

几年过去，周金兰家山上的苹果园慢慢荒芜，苹果还没长大就被山上的鸟儿啄去大半了。周金兰也常常去管理，但往往不及时，鸟儿总是在她离去后再次光顾，慢慢地她实在力不从心了，只好由它去。周金兰跟村里人开玩笑说：“不管鸟儿吃，还是人吃，反正都是吃了，没有浪费。”闫二回道：“你倒是会给自己宽心。”周金兰说：“你原来不是也这样说的吗？”

搬下山后，周金兰的性情似乎发生了改变。对她的男人闫二也温柔了许多。村里人说：这才像过日子的样子。多年以后，周金兰又盖了楼房，日子越来越好，两个儿子也长大成人了。闫二还像往常一样温和、宽厚，没有当村里的会计了，却管起了家里的账目，周金兰大字不识一个，闫二却把家里花出去的每一分钱都记录得极其清楚，跟村里的账本一样。

眼看着生活越来越好了，一向刚强的周金兰却突然得了重病，到了市里的大医院治疗，算是保住了命，但行动却极其不方便，上厕所都需要闫二扶。闫二每天坐在周金兰身边照顾她，从不厌烦。

有一天，周金兰问："老东西，我年轻时对你又打又骂，咋还照顾我啊？"闫二回答："我不照顾你，你咋生活，咋吃咋喝？我还跟你计较？"边说边喜滋滋地扶着周金兰往屋里走。

老家后院　赵泽阳 / 摄　2021 年 . 赵庄

读书就是回家

儿时，兄弟姐妹在父亲的引导下都比较喜欢读书。父亲在当地政府上班，时常会将一些过期的杂志和报纸带回来，即便是政府类的报刊，在那个文化生活比较匮乏的年代依然是不可多得的精神食粮。就是这一点点精神食粮帮我们打开了另一个精神世界。也让我们从小都养成了喜欢读书的习惯。

除了政府的这些报刊外，父亲还会在微薄的工资里挤一小部分给我们订阅报刊，那时候订了《中篇小说选刊》《大众电影》等，实际上，在 20 世纪 80 年代的乡村能订这种杂志的人家并不多见。这些杂志让我们看到了不一样的世界，知道了那些遥远但却深深吸引我们的东西，我想那东西大概就是梦想！

我家大门对面就是乡供销社，供销社是一排砖木结构的大瓦房，卖货的柜台在房屋中间一字排开，大约有三十多米，成 U 字形，柜子是黄颜色，正面和上面镶着透明玻璃，各种货物就摆放在柜子里，琳琅满目，时时吸引着全乡人的眼睛。

柜台的东头一排约三四米长的柜台是专门卖书和学习用品的。这里最吸引孩子和学生们的眼睛。柜台里的书只能隔着玻璃看，并不能直接拿出来看。有时一群孩子蹲在柜台玻璃外，三五成群地头对着头，一起欣赏书和连环画的封面和装帧，一边欣喜若狂地赞叹和评论，仿佛这书和连环画就在自己的手里一般。

柜台里面有四大名著，《林海雪原》《红岩》《钢铁是怎样炼成的》，还有连环画《小兵张嘎》《孙悟空大闹天宫》《血战台儿庄》等，那些书和连环画成了孩子们的牵挂，放学第一时间跑到柜台一起看。

读中学时，已经上大学的大姐，每年寒、暑假都会在学校图书馆借很多书带回家。我们利用寒暑假的时间快速读完，等开学时她就再背回学校。那些年，用这种方法我们读了不少好书。除此以外，就是向其他有藏书的家庭借书，说是藏书，其实也没几本书。在小镇上，我们家就算是书比较多的了。到我们家里借书的人也很多。那时书很稀奇，借书往往有规定的期限，比如三五天，最多也就是一周。每家爱读书的孩子也会将有限的书跟其他人交换，以此来读更多的书。

从别人家借来的书当然不能拖，必须在规定的时间内读完，否则读到一半就会被人要走。大家都约定，不然下次再跟别人家借书就很难了。《三国演义》《水浒传》《射雕英雄传》《笑傲江湖》等我都是那个时候以交换的形式读完的。有些书已经破烂了，要么没有开头部分，要么没有结尾，这些书给我们的童年留下了许多悬念和想象。

念初中时，班上也会私底下传阅各种书籍，有些大胆的女生不知从哪里借了琼瑶的小说，女生悄悄地传看，男生并不知道，一天班里的一名女生在课堂上忘情地看了起来，也许是太入迷，竟然没发现走近她身边的老师。老师抓起了她藏在课本底下的小说，径直把书扔出窗外，女生神情错愕地看着老师，不知所措。班里胆大的男生一下课就开始起哄，说女生喜欢某某。

在我家门前的街边有一个河南姓相的摆摊人，镇上的人都叫他老相，我叫他相爷。相爷在镇上摆摊一摆就是二十年。村里年龄相仿的男人有好几个都成了他要好的朋友。空闲时，村里人会到他的摊位边跟他聊天，拉家常。有时候，要好的几个爷们儿还会请他到家里喝几盅，老相似乎成了村里的一户人家。相爷没别的爱好，唯一的爱好就是看书。平日里守着摊位，没人的时候他就是读书，文学名著、武侠小说各类书他都看。他的摊位对面的房子是镇上的供销社，供销社里有一个专柜是用来卖书和连环画的，过一段时间就会来一些新书，老相总是会从生活费里节约一部分用来购书。《七剑下天山》《白发魔女传》《浣花洗剑录》《萍踪侠影录》《倚天屠龙记》《天龙八部》等我都是从相爷那里借来读的。小时候，常常看到他在门前的摊位边读书的身影，就感觉他是一个不一样的货郎。

我读三四年级以后慢慢地能读懂整本书了，除了父亲、哥哥、姐姐们买的书以外，很多书都是从他那里借来的。《射雕英雄传》《笑傲江湖》《玉娇龙》《杨家将》《伊索寓言》等都是从他那里借来的。这些书不仅让我养成了读书的习惯，还给了我一个不一样的世界和童年。要知道乡村文化生活相对贫乏和落后，一本书和一场电影会给一个孩子带来很多意想不到的欣喜和快乐。他的读书习惯影响了我，也影响了村里很多年轻人。

有一次我想借乡政府一名干部的一套《大唐游侠传》，怕被人拒绝，就求助哥哥去帮着借。那是一个黄昏，当哥哥从那名干部家里把书拿回来的时候，借着黄昏的微光，我激动地看着书的封面，飞奔进屋，捧起书本就开始阅读，内心的欣喜无与伦比。

儿时，我藏在老家的阁楼里偷偷地翻看父亲放在那里的各类报刊和书籍。阳光从小木窗射进来，我就坐在那束光里读那些似懂非懂的文字，至今难以忘怀。就是那些文字在我的内心里撒下了种子，让我爱上了文字，并与文字为伴。不管今后的人生路怎么变化，我想自己不会忘记这份初心，沿着这条路走下去。

从小养成了读书的习惯。直到我读中文系时，才意识到阅读对一个人来说有多么重要。大学几年，除了上课，我几乎都是在学校图书馆度过的。这个时期读了大量的文学、历史、哲学、美学等方面的书。这对于我后来从事宣传思想文化工作，以及个人的创作打下了坚实的基础。

每一个黄昏，当我坐在宽敞的图片室里伏案读书时内心是无比幸福的。累了，站在窗户边眺望远方，憧憬着自己将来也能写出华彩篇章。

大学毕业参加工作后，我依然保持着读书的习惯。在有限的工资里“挤”出一点来，去书店买书，或者在邮局里订杂志。《读书》《书屋》《天涯》《散文》等杂志我一直在订阅，一直保持到了现在。除此之外，还阅读了大量的中外名著，以及哲学、历史著作。其间，我还完整地读了《毛泽东选集》《周恩来选集》《邓小平选集》，以及任继愈先生的《中国哲学史》（四卷）、《鲁迅全集》等。在阅读期间，我也开始自己的写作历程，开始散文、诗歌、文艺评论的写作。几年后，我因工作变动，调到南水北调工程移民大镇柳陂镇政府工作，全程参与了南水北调中线工程核心水源区的移民外迁全过程，移民外迁结束后，我在工作之余开始了长篇报告文学的创作，并出版了《挥别故园》一书。该书出版后得到了各方的关注，媒体也做了大量的报道，同时本书也在首届“绿洲源”杯湖北报告文学大奖中获得了长篇报告文学奖项。书中的易地搬迁经验和移民工作法先后被西藏自治区昌都市政府作为搬迁的“样本”借鉴。作品先后被中国国家图书馆、清华大学图书馆、复旦大学图书馆、武汉大学图书馆等图书馆收藏。

特别是还得到了移民乡亲们的关注和肯定，他们才是这本书的主角，才是最有发言权的人。当我听说有几位远迁的移民辗转多方打听到我，想问我要这本书时，我毫不犹豫将手中保存不多的书送给他们。一本书能把他们的历史、奉献以及喜怒哀乐记录下来，作为他们的一种念想和回忆，我觉得是值得的。移民的历史是一曲伟大的奉献史，是值得被历史和人民铭记的。直到后来我再次听说这本书在移民中间还是流传比较广泛的，这是人民的历史，而我是这段历史的记录者，我因此而倍感欣慰。2018 年 1 月，我的散文集《老家：一个人的故乡心灵史》出版发行。这也是对我之前散文创作的一个梳理和总结。

直到现在，电子阅读占据了主流，真正读书的人并不多。但我仍然对纸质书情有独钟，依然保持读纸质书的习惯。精挑细选之后，我一定会在网上买回自己喜欢的书籍。同时，正在上小学的儿子正是阅读的好时光，我也在网上挑选一大批适合他阅读的书。家里的书越来越多，以至于妻子常常抱怨家里的客厅、阳台、卧室等都放有书。后来搬家，妻子再三要求我再挑选一遍，把有些书淘汰一部分，将剩下的书搬到新家，仍然放不下。妻子仍然为此而苦恼。

著名作家麦家说：有时候我想，今天的我们，真正需要的也许就是去某个书吧坐一坐，看一看，听一听，想一想。在那里，在书里，有比飞翔还轻的东西，有比钞票还要值钱的纸张，有比爱情更真切的爱，比生命更宝贵的情和理。有书的地方就是天堂。

据说，每一个犹太人的家庭里，孩子出生后不久，母亲就会读《圣经》给他听。而每读一段后，就让孩子去舔一下蜂蜜。当小孩稍微大一点儿时，母亲就会取出《圣经》，滴一点儿蜂蜜在上面，然后叫小孩去舔《圣经》上的蜂蜜，这些举动用意是不言而喻的：书甜如蜜。我曾经将这个故事讲给我的孩子听，孩子听后点点头。让我欣慰的是孩子从小还是比较爱阅读的，对学习也充满兴趣。

前不久，我和老父亲在电话中聊天时，他不断提到他每天晚上睡前都要看书，看《领导文萃》《半月谈》《毛泽东选集》等。他反复强调：读书好！要多读书。父亲年龄越来越大，思维也不如原先敏捷，但始终不忘读书，他过去在基层政府工作，跟人民群众打交道多，他深知群众性和人民性的重要性。他也多次跟我说我写的书，也多次跟我讲一定要写老百姓看得懂的书，老百姓听得懂的语言。我想这也是作为一名写作者应该追求和坚守的。

我想说，只有真真切切体验过饥饿的人才会理解食物的珍贵，也只有经历了书籍的温暖和指引的人才能体会到读书的重要。读书就是回家，家是温暖、是归宿、是精神家园。

过风楼　赵锋 / 摄　2020. 赵庄

母亲的厨房

近两年，母亲常来城里跟我一起住，主要是为了接送孩子。祖孙二人关系融洽，相互关心，让人心生羡慕。孩子只有七岁，却能周到地关心奶奶的生活冷暖，外出逛街更是步步不离，生怕奶奶走丢了。奶奶对孙子也是极有耐性，任由孩子天性发挥，并不阻拦。母亲常说："孩子就像一棵禾苗，自然生长最好！"

一次，一起去餐馆吃饭，孩子吃过几口菜后，感叹地说："这菜跟我奶奶的手艺比还是差一点！"母亲坐在旁边会心地一笑。母亲厨艺很好！

我们家里人多，记得儿时，父亲在乡政府上班，家里来来往往的，人客很多。母亲总是想方设法地招待客人，把家里的生活调剂得很好。那个年代物质匮乏，大伙生活都不容易，也没有更多的能力接待客人。母亲省吃俭用，把好吃的都留给了客人，客人们也都说母亲的饭菜做得好。时间久了，这样的标签算是给母亲贴上了。每年的正月，母亲最忙，父亲的同事过完春节来上班，总会来家里坐坐，父亲好客，留下喝一杯，于是年复一年的正月，母亲总在厨房里忙碌，为的就是能让客人们品尝到一桌好菜。

小时候，每天清晨天刚亮，母亲就开始点着油灯在厨房里准备全家的早饭。家里有老有小，口味也各不相同，硬了老人吃不了，软了孩子们吃不饱。面对不同情况，加上粮食并不充足，那些年月，母亲就在厨房的烟雾和炊烟下踌躇着。

母亲不仅要照顾一家老小的生活，还要腾出时间来给乡亲们做衣服，来补贴家用。她的脚步匆匆，从厨房到田地，再从田地到缝纫机前。从清晨到傍晚，她总是忙个不停，她每天有几个小时是在厨房里度过的。在漫长的岁月里，她在厨房里待的时间远远超过其他地方。近几年，兄妹一起聊天，感觉母亲不像原来喜欢做饭，一开始我们都不理解，但慢慢地我们发现，一个人其实都有自己的极限。母亲在厨房的时间占据了她很多时间，她也希望看看别的风景。

每天放学，走在放学的路上，每个孩子都在注视着自家的屋顶，看到炊烟，就知道母亲们都在厨房做饭了。上中学，正长身体，每天放学第一件事，就是冲进厨房看母亲饭做好没。有几次，母亲因为忙，饭做晚了，我责怪母亲说："怎么现在才做饭，想饿坏我？"母亲并没有恼，放下手中的家务活儿赶紧走进厨房烧火做饭。许多年以后，才听到哥哥姐姐说起母亲那时背后笑着说："我们家老四是个'寒号鸟'。"母亲的比喻很生动，但并没有责备的意思。现在想起这些，我心里很是后悔。

母亲就这样虔诚地做好每顿饭菜，并在餐桌上领会每一个家人的表情。生怕有人吃不饱。客人来了，又怕不合客人的胃口，每一顿饭都是她的舞台，一年又一年里，她练就了一手好茶饭。

有一年，家里来了客人，母亲照旧热情款待，客人们吃饱喝足走了。过了一段时日，有人说："他家的菜虽好，就是量有点少。"母亲得知后并没有恼，独自自责自己没有安排好。其实那个年代，各家各户都缺吃少喝的，母亲也是费尽心思地招待客人。

春节来临，也是母亲最忙的时候，也是大家品尝美食的最好时光。几十年的磨炼，孩子们都围在厨房时，看着母亲做着各种好吃的，母亲一个人忙碌，我们插不上手，只能做些零散的活儿，比如淘菜、剥葱之类的，母亲不让我们做更复杂的事，只有她自己做，她才放心。多年以后，兄妹相聚，都说按着母亲做菜的步骤去学着做，却总是做不出母亲的味道。

这些手法和味道都是经历了岁月的沉淀，经由母亲的手，才让它变得回味无穷，并不是简单的模仿就能达到。

兄妹们都参加工作后，家里的条件也大大改善，想吃的、想喝的都能买回来。母亲再也不为食材发愁了。每年春节成了品尝母亲手艺的好时光。春节家里的客人众多，母亲每年腊月都忙上整整一个月准备各种食材，有一些还要加工成半成品，以免到时手忙脚乱。许多年的腊月二十九晚上，我都是陪着母亲在厨房里忙碌，炸红薯丸子、炸鱼块、切魔芋、削萝卜、泡竹笋——往往忙到凌晨两三点才能回屋休息。那些年我目睹着母亲的劳累，也深知美食背后其实隐藏着巨大的艰辛；同时也领悟到深藏在其中的浓浓的爱。

前几年，我想接母亲到城里过春节。真实的目的就是想让她歇一歇，免去在厨房里的劳累和辛苦。可是父亲并不答应。几次请求，仍然不同意。最终只能作罢。不管在哪里，只要快过年了，母亲就一定要赶着回去。去年过年前，母亲在哥哥家里，哥哥想让她留在京城过年，可是母亲仍然要赶回老家，怎么劝也不听。

母亲一天天老去，看似硬朗的外表，其实行动起来已不如从前。厨房是她一辈子的舞台，她在这里伺候了全家几代人的吃喝，经历过“无米之炊”的艰辛和心酸，也体验过美味佳肴的满足和甜美。但心灵手巧的母亲总能做出一桌可口的饭菜等着我们，等我们一起品尝着美食，一起品味着家的温暖和味道。

远程视频里的“花灯表演”

母亲从老家打来电话问我：“用手机怎么拍视频？在电话里我反复给她讲解：“打开拍照功能，选择录像，按红点开始录制，再按红点就可结束。”不一会儿，电话又打来了，她说：“还是录不上。”我又给她重复了一遍操作流程。十多分钟后，她又打来电话说：“仍然录不上，操作不对。”我说：“您再试试。”心里想这是要录什么？这么急？我问她：“您这是要录什么内容？”她这才说：“今天是元宵节，下午镇里要来表演花灯的人，我想录点儿视频发给你们看看。”

我这才明白母亲为什么这么急切地问怎么录视频。母亲自从使用智能手机，有了微信后，很愿意学习使用智能手机的方法。经常使用微信语音功能给我们发信息。春节时，我还跟她开玩笑说：“您比我都时髦。我都很少用语音功能。”她笑笑说：“语音使用方便。”

母亲反复尝试录视频，效果不好后，她给我出了个主意。她在电话里说：“你不是在院子里安有视频监控吗？你能看得到不？”我说：“当然能看到。”她接着说：“那你从监控里录点儿视频可以不？”

我心里一乐，这老太太主意还不少。但这的确是一个办法。我立刻回答：“可以，只是清晰度可能不够。”“只要能录下来就行了。”她愉快地回答。

下午五点多，她又打来电话说：“马上就来我们家了，你注意看视频监控。”我说：“好。”其实在她提出要录视频的时候，我也抽空关注视频监控。在视频中，我看到了她和父亲两个人在院子里，父亲手拿扫帚仔细地扫院子，母亲则手持手机尝试录视频，一会儿扫描一圈院子，一会儿又把镜头对准父亲，让他别动，看录没录上。嘴里还念叨：“老四说这么操作，咋就是录不上呢？我搞错了？”

视频里，他们两人从下午四点多就开始在院子里出出进进地活动，忙得不亦乐乎，就是为了迎接花灯表演的到来。

这一场景让我想起儿时跟伙伴们在元宵节时一起看花灯的经历。儿时，乡村生活较为单调，除了乡政府的露天电影院外，正月里大家最盼的就是花灯表演。正月无疑是孩子们快乐的时刻，大人们一般也会在这个时候放松对孩子们的管束，孩子们可以尽情地玩耍。花灯表演队一般从初二就开始表演，一个村一个村地跑，我们是乡政府所在地，有着先天的优势，总是能最先看到花灯表演。孩子们总是乐此不疲地跟着表演队走村串巷，兜里揣着零散的小鞭炮和瓜子，一边走一边嗑着瓜子，偶尔点燃一个小鞭炮，抛向空中，等待它在空中炸开，一副欢天喜地的样子，就这样一群孩子成群结队地跟着花灯队，走过一个村，队伍就会长出一大截。

许多年过去了，父母在小院里奔忙等待着花灯表演到来的场景，我仿佛在这热闹的璀璨花灯里看到了他们的欢喜，就像我们小时候，一盏小小的花灯便能让一个孩子的元宵节变得灿烂辉煌。只要心里有爱，灯火便一如旧日般明亮，元宵便一如旧日般温暖。

下午六点半了，我在视频监控里听到了鞭炮声，打开视频，果然看到花灯队出现在了院子大门口，首先进来的是乐队，跟着是一头高大威风的狮子，舞狮人走在前面，引领着狮子做出搔痒、舔毛、伸腰、打滚、掏耳朵、打舒张等动作，形态细腻逼真、憨态可掬，真的是惟妙惟肖。表演者在锣鼓音乐伴奏下扮成狗或者其他瑞兽（如貔貅、狮子）的样子，做出各种形态动作，以图喜庆与吉祥。狮子在众人的围观下舞得越来越欢，时而威武勇猛、雄壮威风；时而嬉戏欢乐、幽默诙谐，惹得众人捧腹大笑。

舞狮之后，轮到彩船队上场，撑船者跑进院子来，船队紧跟着进场，她们身穿水衣腰系战裙，腿穿短腿裤，脚穿白色长筒袜、登麻鞋，手执浆板引船作舞。随船起舞者，扮有彩旦、丑角、货郎等，帮唱和嬉戏，以烘托船舞，活跃场面。她们在乐队的伴奏下，高歌轻舞，光亮熠熠，五彩缤纷，璀璨夺目。表演动作文雅细腻。舞步轻盈稳健。

隔着屏幕，我也能感受到其间的热烈，看到了乡亲们脸上的笑容。在人群中间，我看到父母也像年轻人那样忙着拍摄，忙着与大家打招呼。想必这又是热闹的一晚，美好的一晚。

花灯表演结束后，母亲又打来电话问："你看到花灯表演没？可好看了！"她的声音里充满了激动和满足。我说："看到了，很热闹！"她又问："你录了视频没？我按你说的方法都录了，只是现在找不到在哪里？""您到相册里找，我也在监控上录了。"我答道。

录完视频我将视频传到家庭群里，与身处各地的亲人们分享。让大家也能感受到这熟悉而又热闹的场面。

正月十五，圆月相邀。花灯璀璨，如星如昼。执爱人手，携亲眷游。东风依然，元宵依旧。

今日，上元，天上悬着新年第一轮圆月，守护着人间千千万万个团圆。不管亲人们身居何处，都不要忘记与至亲的人一起吃汤圆；不要忘记给父母打电话通视频；不要忘记跟家人一起抬头看天上的一轮圆月。因为这才是既繁华美满，又深情万千的人间真情。

那片桃树林

小时候，姑姑家里有一片桃树林。勤劳的姑姑把桃林打理得很好。每年春天，桃花开过，小小的桃核就闯了出来。姑姑抽出农忙以外的时间，更为精心地守护着这片桃林。

初夏的风吹过山梁，姑姑的桃林枝繁叶茂，桃子也一天天地长大，慢慢地由青变成了粉红，桃子熟了，半掩在绿叶之间。

每到阴历五月，我们兄妹就欣喜地盼望着姑姑能回娘家。她每年的这个时候回来，一定是为了给娘家送一篮桃子。姑姑住在邻近的一个镇上，与我们家相距三十里地。兄妹中就我没去过姑姑家，并不知道实际到底有多远。

我虽然没去过姑姑家，但从小就知道姑姑家有这么一片诱人的桃林。因此我一直认为姑姑家里一定是殷实人家。我判断的标准就是这片桃林。

那时候，我一直渴望着那一片遥远的桃林，渴望它花朵盛开，果实成熟。每年五月，姑姑若没能回来，一定会让姑夫骑着自行车，送一整袋桃子到我们家。听到姑夫自行车的铃声响起，我们知道桃子送来了，一脸的兴奋，巴不得早一点尝到这红彤彤的大桃子。

姑姑总是把又大又红的桃子选出来送给我们家。

后来才听老太太说，姑姑的家里并不富裕，甚至一度没有可以拿得出手的礼物。每年能给娘家送一袋桃子，也算是不错的礼物了。因此，每年这个时候，即使是自己家不吃，也一定要给娘家拿一袋桃子。

因为这一袋桃子，村里有很多孩子羡慕我们。那个年代，孩子们没有更多的零食可以选择，桃子也算是正经八百的水果了。许多年以后，表弟回忆说，那时我妈把最好的桃子都摘下来，送给你们家，留给我们都是被选剩下的桃子。表弟说，我们家里穷，妈妈回娘家没什么可以带的，桃子算是好东西了。

姑姑每年春天都在忙碌着给桃树松土、施肥、除虫，希望桃子有个好收成。桃子成熟的季节，姑姑家里成了全村最热闹的地方，大人小孩农闲时都涌到了桃林里。姑姑是大方之人，并不恼，也不拦。她把桃林当成了客厅，小孩欢天喜地地在桃林里穿梭，大人们在树下拉家常。每当此时，姑姑总会露出得意的笑容。

桃子的成熟期并不长，村里的大人小孩一番光顾之后，树上的桃子渐渐少了，只有一些高悬枝顶的桃子无法采摘。这些桃子往往成了姑姑最后的果实。

那些年月，果树和水果在乡间是稀罕之物，能吃上桃子、苹果之类的水果并不容易。乡间的孩子只能在山里寻找野果吃。

许多年后，再到姑姑家，问起姑姑那片桃树林呢？

姑姑说：“说起桃树林我都伤心，那一年不知怎么回事，桃子刚刚长成，还没成熟，就有虫子吃，没过几天，满园的桃子就有一半落了一地。喷了治虫的药，还是治不住。第二年、第三年依然如此，再后来桃树就再也结不出果子来。真是可惜了！”

姑姑说这些话时，神色里透着惋惜。那些桃子，那些年，曾经是她的牵挂。陪伴着她走过了艰难岁月。

那些年表弟远在塞外大漠当兵，一年又一年，她想念自己的儿子，牵挂儿子的冷暖。她常常问：“听说那里很冷，离我们这里很远很远。”想念儿子时，她就站在山坡上的那片桃树林里，向着远方眺望，期盼着儿子归来。

表弟当兵三年了，从未探过一次亲。姑姑说：“这娃子，不想家啊！”

直到第四年的春节，当儿子穿着一身整齐的军装出现在家门口，站在她面前向她敬了一个标准的军礼时，姑姑喜极而泣。那个当年贪玩的儿子已然长大成人，锻炼成了一名真正的军人。

表弟问姑姑：“桃林还能结桃子吗？”

姑姑摇摇头。

表弟说：“不如把桃树砍了吧！还能当菜园种。”

姑姑答：“留着吧！都长成大树了，我们吃过那么多桃子。”

小院时光　赵锋 / 摄　 2022 年 . 汉江

邂逅海来阿木

那是一个冬夜，远方一个朋友归来，一群朋友把酒临风，一起聊这些年的心里话，聊人生中的喜怒哀乐；聊自己内心的诗与远方……不知不觉夜已深了，大家提议去唱歌，大概平日里内心都有没有发泄出来的东西。一群人转场到歌厅，都想把自己心里的不快抖出来。

朋友里有当年“歌唱家”，也曾有着自己的音乐梦想，曾经外出闯荡江湖，追逐梦想，可是屡屡遭遇挫败，梦想被现实击得粉碎，回归现实，他已经不是那个意气风发，放声高歌的少年。时至今日，都是有故事的人了。那晚借着酒劲儿，把自己这些年心里的隐忍和无奈唱出来。那晚他唱了不少老歌，最后他唱了《别知己》，听完这首歌我被深深打动了。唱完后，我抓住他追问这是谁的歌？他说：“海来阿木。”我说：“我怎么不知道有这个歌手？”他回答：“你落伍了吧！最近的网红歌手。”

回到家里，我在网上搜了海来阿木，戴上耳机听了很多遍，一遍遍地感动着，想起从前的点点滴滴……第二天我下载到了车里，成为我的必听歌曲。

把歌发给远方的朋友，告诉他，我想起了许多年前，我们一起看望住在山里的朋友，那是朋友从远方归来看望山里的父母。朋友要强，拥有自己的理想，有不达目标不罢休的勇气，在城市奋斗了许多年，终于有了自己的一席之地，其实只有他自己知道自己付出了多少，放弃了多少，他自己咬牙坚持着，他知道自己最终想要什么？走在山路上，我们体味着朋友每次从大山里走向山外，走向学校时内心的所思所想，体味着他想走出大山的那种强烈渴望和向往；体味着他落寞而寂寥的内心感受……但都是我们现在的想当然，远没有当年他走在这条山路上内心的孱弱和苍凉……

走着走着，山里竟然飘起了久违的雪花，山谷里两边的山坡慢慢也染上了一层淡淡的白，寂静无声的雪仿佛是无声的问候，雪花让山路和山谷变得有了几分诗情画意。我想朋友当年也一定在上学或回家的路上猝不及防地邂逅这场雪。不知他是怎样的心情，是激动，还是担心回家的路滑？

那个大雪纷飞的夜晚，我们在朋友家里，围着火炉边，喝酒聊天，外面的雪还簌簌地下着，邻居家的狗会寂寥地叫几声，雪花存住了，把山谷映照得如白昼，不识真伪的鸡也跟着打几声鸣。人生路上，也有“打眼”的时候，犹如眼前的鸡，人生路上也有被误解、受委屈的时候；也一定遇到各种艰难险阻，我们必须勇敢面对。

此去经年，那些日子已不在。那晚的雪花，那些诉说，那些感动都成了记忆。

此去经年，那些感同身受，那些只能趁着酒意才能宣泄的感受，那些只有在故乡才能找到的感觉已经很难再寻到。

同样是在冬夜里，听到海来阿木的歌，仿佛是与一段陈年往事相遇，那年纷飞的雪花、那个寂静山谷里吹过的风、那个不能归来的年代，与远方的朋友欣喜交谈。

如今再没有当年的激情。去年冬天，亲戚家的老人去世，赶去参加葬礼，与亲戚们一起守夜，快午夜时碰到几个中学同学，许久不见，一起回忆往事，其中某位同学喝得酩酊大醉，他抱怨同学们怎么都不联系了。其实人到中年，各有各的事，都在为生活忙碌，孩子大了，父母老了，现实中并没有多余的时间像从前一样相聚。

最近看到一段视频，由三个农村老汉组合而成，取名：三根葱。视频里说："很心酸吧！曾经那个跟你有几百页聊天记录的人；那个整天跟你黏在一起的人；那个让你以为会在一起一辈子的人；会和你一起牵手到老的人；现在，你连她的朋友圈都进不去。"几句简单的话，让三个农村老汉演绎得鲜活而心酸。他们说的正是许多人经历过的真实写照。在人生历程中，总有一些人到来，也总有一些人离开，都有各自的背景和理由，不必苛求。

我们每一次的邂逅，每一次的别离，每一次重逢都是上天有意无意的安排，不合时宜的苛求都是自讨没趣的尴尬。我有一个朋友，儿时家贫，村里无人瞧得起，朋友发奋读书，最终留在城里，有了不错的工作和经济背景，一切似乎好起来了，他自己也有些飘飘然，在熟人面前做了一些看似无意的回应，甚至有一些小小的任性，在几个朋友面前也暗示自己的能力，大家嘴上没说什么，却都心知肚明。他以为自己有足够的底气扬眉吐气，有足够的能力面对眼前的风雨和世界，其实不尽然，他的有意无意的回应，他的不大不小的任性都被别人看在眼里，被熟悉的人解读成了一种新的贫穷。再后来几个要好的朋友聚会时少有他的身影了。也许从此就只能渐行渐远了。一个人的成熟不在于金钱，而是在心智上的自我觉醒，朋友的回应和任性印证了这一点。有了金钱，没有品德、修行的支撑，照样得不到肯定和认可。

每一次开车回老家的路上，我都会听海来阿木的歌，他的歌声中有追忆似水年华般的惆怅，也有千帆过尽后的沧桑，他吟唱友情和爱情，演绎别离和伤感，他的每一首歌，都能搅动往事，每一个音符都如石子击碎尘封的记忆，沧桑的声音穿透紧闭的心房，写尽爱恨情仇，写尽人生心酸，每个音符里都盛满了孤独和忧伤。他的歌声更像是一种诉说，一种追忆，有着很深的忧伤，更布满了如藤蔓般蔓延着的无奈。

海来阿木的歌声也唤醒了我们内心深处的激情，将心底藏得最深的伤感和麻木用歌声连根拔起，告诉你，你曾经爱过，曾经拼过，曾经年轻过。

团结

儿时，和团结一群年龄相当的小伙伴上山砍竹子，茂密的山林挡住了我们的视线，毫无经验的我，无意间惊扰了旁边树梢上的蜂窝，敏感的蜂群，仿佛遭遇了炸弹，顿时炸开了，蜂群四散飞舞，外围的马蜂已经向我袭来，眼看蜂群便要袭击我了，心里想：这下可完了！肯定要被蜂群攻击不可，怕是要被叮咬得千疮百孔。

正在此时，只听见身后不远处的团结高声急呼："你碰到了蜂窝了，快往山下跑，快点！快点！"他的喊声如雨点般，急切，像是他被叮咬了一般。我有些不知所措，并不知道要往哪个方向跑，犹豫之间，群蜂已向我飞来，我一回头，团结已从我身后二十多米处飞奔过来了，直奔我的前方，挡在了我和群蜂之间，仿佛忽略了我的存在一般。我惊呆了，他这分明是在给我当盾牌。

情急之中，我大声问："你要往哪儿跑啊？"

"不要管我了，你快往山下跑！快点……"他坚定地回答道。

与此同时，他的双手用力地推了一下我的后背，我被推到了几米开外，我回头张望，团结大声喝道："快跑，不然来不及了……"

蜂群瞬间涌向了他的方向，显然他已经躲避不及了。此刻，我正在向相反的方向跑去，心里忐忑而懊恼。

我不时地回头看团结，他正抱头，把脸朝下趴在地上，一动不动，蜂群还在不依不饶地围着他。他大声喊叫着，一边又抱着头往竹林更茂盛的深处狂奔。

我跑向了山梁，一刻也没有停留，我越跑越远，慢慢听不到团结的呼声了。慢慢也听不到蜂群的声音了。我放慢脚步，试图去寻找团结。顺着山梁边走边四处张望，若是跑快了，又怕招惹了蜂群。

我站在山梁的高处，寻找团结，还是没有看到他的身影，我的内心开始着急，开始大声呼喊团结的名字，几分钟过去了，还是没有听到团结的回音。我害怕团结被蜂群蜇坏了。内心既害怕又内疚，但我的呼喊消失在山间，迟迟听不到团结的回答。

我顺着山间小路往家的方向走去，不停地回头渴望能寻找到团结的身影，却始终不见他的身影。直到第二天，我才听到关于团结的消息，他被蜂群蜇得满头是包，红肿，不得动弹。我去找他的时候，他正独自一个人坐在门前小板凳上，我叫他的名字，他冲我点点头，他此刻连说话的力气都没有。

我问他："疼不疼？"

他勉强小声说："没事。你怎么样？"

我感激地点点头说："我没事。"

中学毕业后，团结如愿走进了军营。从军一直是团结小时候的梦想。军营将他历练成了一名真正的军人。团结军事素质过硬，一身正气，在部队年年都被评为"优秀士兵"，还当了班长。

三年后，他穿着整齐的军装回到家乡时，乡亲们都夸团结变壮实了，是个真正的男子汉了。

再次见到团结已经是五年之后，他早已退伍，并且已经结婚。先是在市里开出租车，接着进入快餐行业。团结依然能吃苦，而且是两个孩子的父亲了。

有一天，我在街头吃饭，意外地在大街上遇到他，他的快餐店就在街边，生意很红火的样子，他非拉住我进店吃点，我说："我已经吃过了。"

他转过身，跑进店里，出来的时候，手里拿了瓶饮料，一定要我拿上。此时，他店里很忙，我示意他，让他进店忙去。他挥挥手说："不要紧，店里还有媳妇，好不容易见到你了！"

我问："生意还好吧！"

他欣慰地回答："还不错！现在两个孩子上学，不忙不行啊！"

见到他消瘦了许多，不似他退伍归来时强壮，鼻音也重了很多，跟往日声音洪亮的他大不相同。我问他："声音是怎么回事？"

他才悄悄地告诉我："这两年有甲亢，正在调理恢复。"

我很惊诧，一向身体强壮的他，怎么会得这种病？他摇摇头，似有难言之隐。我迅速转移话题，问他："孩子们都还好吧！"

他似乎很兴奋地说："老大都上中学了。老二下半年也要上小学了。"

言语间流露着欣慰。他的妻子站店面里远远地望着我们说话，边照看着店里的生意。我问："那是你妻子吧？你是不是回去帮忙去。"

团结转过身看了看妻子，对着她轻轻地摇头。他的妻子似乎瞬间明白了他的意思，又继续低头做事。

团结连忙解释说："她并不是催我，刚才还是她看到你，问我是不是你老家的人。"

他的妻子是个身材矮小，皮肤黝黑的女性，但看起来人很朴实。过去我在老家过春节时见过一次，但并不熟识，走在街上肯定是认不出来的。没想到她竟然认出我来。团结的媳妇很能吃苦，对团结也很好。团结后来开玩笑说："见笑了，媳妇长得矮，生得丑。"

我奉劝他："一家人，过日子，健康平安最重要。千万别这么说自己的爱人。"

团结点点头，也乐观地说："就是，就是，她很勤劳，也很会持家。"

团结说这些年一直在外面打工，家里全靠妻子一个人操持着，忙里忙外。团结军人出身，骨子里依然透露着军人的本色，做事说话干净利落，对人讲信用讲义气。他跑出租车的时候每天跑到凌晨两三点，也曾经搞过建筑，皮肤晒得黝黑，后来在妻子的劝说下才作罢。

有一年，我在县城附近的小镇游玩，无意间遇到正在工地指挥工程车的团结。六月的太阳下他忘我的工作，听他的声音，似乎跟烧火的风箱一样，关不住气。我叫他的名字，他回过头来，一下子就认出我来。他问："你怎么来了？"我说："我路过这里，看到像你。"他激动地从高高的工程车上跳下来,脸上还淌着大颗大颗的汗滴。他停下手里的工作，跟我在工地现场边的大树下坐下来，一起聊天，我才得知这个工程是他和他的妻弟承包的，由他在这里负责施工。为了少请一个工人，他主动在现场协调。

谈话间，我再次感觉他的声音缺乏中气，人也很瘦。他大概猜到我的顾虑，他主动说："我最近两年身体出现了一点状况，老毛病了，是甲亢。"我心里一惊，随口就问："那你还干重活儿？"团结笑笑，停了片刻说："我现在两个孩子，老大马上要上高中了。我不挣钱，一家人怎么生活？"我接着说："那你也要早点治疗，不能拖。"团结点点头。

那一年春节回老家，去祭祖的路上遇到一帮小孩子正在追逐嬉戏，逮一个问:"你是谁家孩子？"他指指前面的房子。我又问:"你爸爸是谁？"他响亮地回答："李团结。"

啊！这竟然是团结的孩子。

犹豫间，小孩挣开我的手，跑远了。

故乡繁星点点

睡觉前照例看一会儿书再睡，今夜看的傅菲的《故物永生》，看着看着，竟然想起了从前故乡的那些夜晚。

少年时，好读书，每晚就着微弱的光看《射雕英雄传》，夜晚也因此丰富而光彩照人。也是在那样的夜晚种下自己的武侠梦、英雄梦。那时，父亲对我们严厉，受了责罚，也不敢声张，默默忍受。只有在夜里油灯下看书，才在内心放任自己，喘息，发泄。甚至有一次，遭到责罚后，我悄悄告诉母亲："我打算悄悄跑去少林寺学武功，然后闯荡天下，再然后挣钱盖房子，再也不回老家了。"

母亲听后，轻轻一笑。我不知道母亲是不相信我的话，还是只是没当回事，我怕她看轻我的想法，让我本来想发泄的情绪功亏一篑，我接着认真地重复自己的话，说我一定做到。母亲扭过身，没再作声。

第二天，兄弟姐妹们都知道我要去学武功，挣钱盖房子，并且不再回来。哥哥姐姐都嘲笑地问我："真的再不回来了？"我倔强地点点头。其实我的内心在发虚，我并不是真的想去学武功，更舍不得离开家。兄妹们的嘲笑让我无所适从，我该怎么应对呢？

那天傍晚，我悄悄跑到门前路边摆摊的相爷的摊位前，相爷正在收摊，路上不断有人经过，也有从田地里回家的人，也有骑自行车往家赶的年轻人。我沮丧地站在相爷的摊位前，此刻相爷注意到了我，我觉得相爷比那些经过的人强。相爷是河南人，他开口问：“你咋了？”

我摇摇头，并没有回答相爷的问题。相爷此时已在我们屋前摆摊八年了，他似乎也把自己当成镇上的居民了。他对周围的人了如指掌。

相爷接着提醒我：“天快黑了，快回家吃饭吧！不然你爸妈会担心。”

相爷是个善良的人。他让我回家是出于本心，但他并不知道，我的内心有一团火在烧；不知道我在跟父母较劲，尽管父母根本就没有察觉。这是可悲的，他没有洞察我的内心。

此刻，我的内心闪现的是《射雕英雄传》里郭靖儿时在草原上受欺负的画面，那时的郭靖是不是也如我这般委屈。

相爷见我站住不动，就轻轻地拍了我的肩膀，再次示意我回去。家门就在不远处，如果想回去，估计我几个箭步就能踏上门前的台阶。可是我并没有动，仍然站在原地，相爷似乎发现了我的异常，转身继续准备收他的摊位。

夜色降临，我看到家里的厨房已经升起了炊烟。我知道母亲已经开始做饭了。相爷再次对我说：“回去吧！你们家里已经开始做饭了。”我低声说：“嗯。”

但我并没有挪动脚步，我并不打算此刻就一定回去。我想起了后院小屋顶，我常常在有星星的夜晚悄悄爬上去，数天空中的星星。我绕过门前的石阶，穿过石阶边的小花园，翻过后院的栏杆，从那里可以顺着台阶爬上屋顶上一个小平台。站在小平台上既可以看到全村的景色，仰望天空，也可以看到满天星空。

我站在屋顶看了许久星星，才听到母亲在前院喊我的名字。我伴着月光慢慢走下台阶，又重新翻过栏杆，回到大门口。母亲这时看到了我，问我去哪里了？我并没有回答。母亲有些埋怨地看了我两眼，说：“还不赶快到厨房吃饭。”母亲并没有发现我内心的变化，为此我异常懊恼。

我上学经过相爷的货摊，他叫住我，问我：“你昨晚怎么了？”我摇摇头没有回答。相爷说：“你们家里人吵你了？”我点点头，接着又摇摇头。

相爷也摇摇头说：“这个孩子怎么了？”接着相爷又戴起老花镜，继续看他的《封神榜》。

此后，很多个放学后的傍晚，我都悄悄爬上屋顶，静静地等待着星星出来。直到有一天，我听到母亲在呼喊我的名字，我并没有回答。母亲穿过院子，来到相爷的摊位前问：“看到我们家老四没？”相爷答：“没有看到，前两天每天这个时候都到我的摊位前站很久。这两天没看到了。”

我走到屋顶的边缘欠着身子，看到了母亲慌张的身影。我连忙收回身体，转身向楼梯边走，翻过栏杆，往后门跑去。我并不希望她担心。当我跑回到院子中间时，刚好看到母亲返回。她问我：“你跑去哪里了？也不吃饭。不饿吗？”我以为母亲会责怪我，她并没有。我内心因此有了一种愧疚。

第二天清晨，我还在睡梦中，被母亲在厨房烧火做饭声惊醒。我睁开眼睛，窗外天刚刚微亮，厨房就在我的小卧室的隔壁，我站起身来，悄悄走到房门边，将房门打开一条窄窄的缝，透过缝隙，我看到母亲正围着灶台做饭，一大家人的早餐都是她早早起床准备好的。几乎每天清晨，母亲都是顶着清风和未落的星辰起床开始自己一天的忙碌。年复一年地重复，只为了把家里每一个人的饮食准备好。看到母亲忙碌的身影，我为自己前一天心中愤懑而后悔。

到了晚上，结束了一天的忙碌，母亲终于可以闲下来，一起在门前梧桐树下乘凉，母亲并不知晓我内心的变化。母亲闲下来的时候总爱给我们讲她小时候的故事。讲她的老家有一个大庄园叫冻青沟，那里有很多院子，有娘娘庙、有祠堂、有戏楼；还讲她的爷爷辈在汉江河上跑船，各个院子发生的故事。坐在一旁的奶奶说：“你们的妈妈原来是大户人家的女儿！”母亲这个时候总是会心地一笑，说：“那是从前的事了！”

许多年以后，当我们兄妹都离开了故乡出去念书求学。直到参加工作，去到城里工作后。父亲母亲又把老房子进行了翻盖，有一个像样的院落时，每一次回家，我们依然习惯性地围在小院里或者火炉边议家事。我依然习惯性地爬上楼顶，仰望星空，看寂静的夜空中的群星闪耀。像儿时一样，每当看到繁星点点，内心就有不一样的感受和激荡。

记得哥哥刚刚去参军时，母亲常常在闲下来的时候站在院子里守望，抬头看星星，哥哥远在北国，她实在太想念自己的儿子了。时间再往前十五年，同样想念自己儿子的奶奶也一样在这个简陋的院落里辗转反侧，难以入睡。

在他乡，在军营里，一样的月光，一样的星空。或许他们也一样想念自己的母亲，一样辗转反侧，一样难以入睡。

如今，父母年龄越来越大了，却执意要住在老家。周末，我们都会赶回老家，陪他们一起过周末。院子已经被父亲打造得越来越好了，满院子的花草树木，还有各种盆景。家里来了朋友，总会到院子里转上一圈，每当此时父亲总是最高兴的。近两年，我在前、后院分别装了视频监控。在我没有时间回去看望他们时，我会打开软件在视频里看他们在院子里都做些什么。每当看到他们在小院里活动，或浇花，或种菜，或喝茶，心里无比踏实。

我依然保持着一个月开车回去一次，看望父母，陪他们一起在院子里聊天、喝茶、浇花；跟他们一起回忆陈年往事；一起说东家长西家短。时至今日，能这样陪伴着他们，难道不是一种幸福吗？每晚看着他们聊着聊着就打起瞌睡时，就提醒他们早点休息。

他们睡定之后，我便独自登上门前平房的屋顶，独自仰望满天星斗，夜空中的繁星灿烂，我久久地凝望着它们，仿佛在那里看到了我的童年、回忆、梦想和未来。

故乡的大山　赵锋 / 摄　2021 年 . 汉江

颠沛流离的乡愁

一

村里曾经有一位大叔，在最年富力强的时候遭遇到了最致命的打击，他新婚不到两年的妻子在没有任何征兆的情况下，抛下他和刚满一岁的孩子跟随外地一个小商贩跑了。当时这在村里引起了轩然大波，村里此前根本没有发生过这种事，这件事不仅给大叔，也给村里人重重一击。大叔在这个春天里遭遇到了他生命中最灰暗的春天。

在得知妻子出走的当晚，大叔独自站在自家老屋的门口，沉默不语，望着远方的群山。这个大山里的男人像被抽空了一样无力。他无法想象妻子在仓皇出走的那一刻是否想过孩子和自己，以及这个属于他们自己的家。走出这茫茫的大山，她会走向哪里呢？

大叔自此艰难而沉默地生活在村庄里，生活在流弹一般的流言蜚语中。他在最强壮的年华里承受着巨大的压力，它似乎比贫困的家境来得更致命。村里人都觉得人可以穷一点儿，但要活得有尊严。那个负心的女人注定要以村里意想不到的方式让大叔在村里抬不起头来。

许多年过去了，大叔独自生活，带孩子，跟着老母亲相依为命。大叔为人正派、勤劳厚道，他在人前依然是那个乐观的大叔。只有在没有人的夜晚，他才独自抽烟，望着远方。

老母亲明白儿子的心思，儿子想要回来的不是媳妇，是尊严。年近七十的老母亲帮着儿子喂猪、做饭、带孩子、洗衣服，村里人说老太太这么大岁数了，别干那么多活儿。她对村里人说：“你们都有儿媳妇，我的儿子谁照顾？”大叔终身未娶，是那个逃走的女人灼伤了他的内心。

这两年，每次回到老家总能遇到大叔。他的头发有些花白，但精神很好，他的老母亲已经在三年前去世，那座旧式的老房子里只剩下他一个人了。每次见到他，他都热情地伸出沾有泥土的双手跟我握手，总是用清澈而慈祥的眼神看我，总是温暖而质朴地问候，他并不问关于工作、收入等，在他的眼里，他只觉得你是一个在村里长大的孩子，一个他的后辈，一个回到老家的后生。

在他的眼里村庄依旧、大山依旧、人面依旧……

眷恋熬不过岁月，大叔的老母亲坚持到了她九十大寿之后，最终熬不过去了。她在安详中病逝。生病时，大叔精心伺候，就像这么多年以来母亲伺候他一样。倒是老母亲依然放不下他，有亲朋好友来看望她时，她总是叹气：“你们的儿子都还有人照顾，我可不敢走早了，走了儿子没人管了！”然而就在那年春暖花开的时候，老母亲走了。村里人说老母亲走时紧紧地握住大叔的手，握住不放，村里人说是她放心不下这个儿子。老母亲走前还在给儿子编草鞋，说给儿子上山干活儿时穿。门前的青石板上还整整齐齐地摆着她给儿子编的草鞋，今后的时光里，谁给大叔编草鞋呢？

老母亲走后，大叔独自在老屋里睡了三天。独自在老母亲的房间里枯坐，从此再没有母亲的陪伴和呵护了。年过半百的大叔此刻犹如幼儿一样不知所措。即使是当年妻子私奔之后的疼痛何曾有过这般切肤？村里说老母亲走后，大叔似乎不如从前健康，人也消瘦而苍老，世界上最疼爱他的那个人去了，村里人都很担心大叔会因此而一蹶不振。

谁也没有想到大叔依然坚强，他走出了老屋的房门，走向了他熟悉的庄稼地，走进了村里人的视野。那个憨厚而勤劳的大叔又回来了。谁也不得而知是什么让他在一夜之间又重新找到了自己，找到了自己内心的动力。

儿时，大叔到我家里帮着干农活儿，他扛着犁耙，身影在晨光里显得特别巨大，我跟在他的身后，手提着水壶和茶缸。那时我十岁左右，并不能做什么。站在地边帮着给牛喂草，大叔休息时我就把茶缸端到地中间给他倒水。递给他茶缸时，大叔感叹着对我说："孩子，你现在给我端茶，好好读书，将来成才了就不会给我端茶了！"我有些不知所措地回答："怎么会？"大叔说："你将来不会像大叔一样犁田耙地的。"说完他掏出自己的烟袋，蹲在翻开的庄稼地里抽烟解乏。我站在地边望着大叔劳作的身影，内心茫然不知所措。我将来真的不会再给大叔倒茶吗？其实在我的内心里我是有些羡慕大叔的，他强壮，会做很多农活儿，勤劳善良，是个值得尊敬的人。我那时还是个孩子，眼前的村庄便是我的世界。我并不知道未来的自己和生活会是怎样的，能不能像大叔那样在村里生活，会不会有能力跟他一样劳作，做一个自食其力的人。

天边的云彩映照着大叔的脸庞，他坚毅地望着远方，若有所思。我并不知晓大叔那时的心境，他的内心也许也有懊恼，对过去生活的恋恋不舍，以及现在一个中年男人的尴尬心境。

但我深知大叔对我说这些话是对我有期望的，他希望我能长大成才，能走出属于自己的一方天地来。

许多年以后，在故乡的路上我常常会遇到大叔，他已经年近七十岁了，但精神很好，还在不停地劳作，依然独自生活在自己的小院。前几年听说当年弃他而去的那个负心的女人已经去世，消息传来，大叔没有愤懑和错愕，只是轻轻地说了一句："她今年也快七十岁了吧！"大叔内心的坦荡和宽容照亮了他独自走过的路，同时给予了他当下温暖的小日子。

有一次，我回老家又遇到他，他热情地跟我握手，紧握他的手，能感受他的手有力而温暖。他慈祥地说："你没变，跟我握手，还跟小时候一样。"

大叔的话让我感到某种温暖。村庄里有变的东西，也有不变的东西。我仿佛又看到了小时候我蹲在地边，看到的那个健硕的身影。

精准扶贫开始后，他从原来的老屋搬到了集镇上的扶贫安置点。黄昏，我找到了他居住的扶贫房，是专门供单身老人居住的公寓式的单人间，他住在一楼。走进他家时，他独自一人坐在小客厅里看电视，见我进门，他连忙起身跟我握手，招呼我坐下。

我问他："这里您住得习惯不？"

他点点头说："这里生活很方便，也干净，就是没有我从前的院子。"

我说："您有空，可以到附近村部的小广场转转，跟自家的院子一样。"

大叔乐呵呵地点点头。

二

村东头的山冈上住着一个叫张孝奎的人。他的家就在村里的制高点上，每天走出家门就能看到整个村庄，年轻时因为一场变故，他失去了三分之二的听力。因为耳朵的原因，他的生活变得不一样。尽管他高大魁梧，模样也不差，却因为耳朵和贫穷渐渐成了村里不多的剩男。

儿时他是村里孩子们的榜样，因为他生得高大，学习成绩优异。如今，他依然是村里人的"榜样"，但却成了反面的。为此他承受着巨大的压力和内心落差，他就是在这种落差中迷失了自己。因为变故，他的性情发生了很大的变化，慢慢变得懒惰，自暴自弃，一直靠着年迈的父母养活自己。村里人嘲笑他，他不以为然。直到他年迈的父母再也养不动他了，最终去世。父母不在了，再无依靠，总不能出去要饭吧！慢慢地，他开始学着从自己的世界里走出来，开始劳作，开始一点点积攒着生存的能力和力量，他再次拿起了锄头，走向了庄稼地。岁月老去，他在岁月里开始了自我的救赎。他开始跟邻居交流，帮着村里人干活儿，村里人也渐渐接受了他，他也慢慢地重新融入到这个村庄里，仿佛在村里又捡回了过去的自尊。犹如孩提时代，当年他在村里是受到尊重和羡慕的，自己学习好，父亲还是村里的会计，一切都是美好的。

他怎么也没想到自己的人生会像一片树叶一样静静地躺在村里的一个角落。他没有成家，父母去世后便孑然一身，这个村庄跟他一起长大的伙伴，有几个都快当爷爷了，他显然是村里一个掉队的人。儿时，他总站在老屋的窗口欣喜地注视着这个村庄，内心充满了各种梦想。如今，那个曾经闪亮的少年只能常常坐在自己的空屋里回想从前的时光。

三

村里爷爷辈里的人从军的特别多，他们那个年代能走进军营是一个男人的梦想和光荣。春爷就是其中的一个。春爷十八岁就参军离家去了河南，春爷在部队很努力，他懂得各种机械制造，复员后就分到了国营的油田工作，油田正需要春爷这样的人才，他在油田大展身手，然后在那里成家立业，把一家人都接了过去。但在他的内心里始终放不下老家的父母和兄弟姐妹，放不下生他养他的村庄。

春爷家里兄弟姐妹多，父母在村里辈分极高，德高望重，村里人也都很爱戴这两个长者。春爷每年都会请假回来看望父母，兄弟姐妹中谁家有了困难，他也都极力帮衬，他希望家里的每一个人都能生活得幸福、安定。春天，他赶在清明前回到老家祭祖；夏天，他又抢在麦收时回来帮着父母夏收；春节他有时也会带着棉袄回来，让父母换上。

家里的弟妹都相继成家了，日子似乎也越来越好了。但春爷还有一件事放心不下，他常常为此事担忧。家里唯有六弟未能成家。六弟没怎么读过书，但人很厚道、善良、勤劳，是村里为数不多的犁田耙地的好手。年复一年地过去，六弟却未能找到中意的姑娘，慢慢地年龄大了，更找不到理想的结婚对象。他成了这个村里的“剩男”。六弟自己有思想包袱，内心难过却从不说出来。这一切春爷都看在眼里。每年回来，除了父母的身体，春爷最关注的仍然是六弟的婚事。六弟风里来，雨里去，给村里人犁田耙地，他熟悉村里的每一寸土地，不知道这地他犁过多少遍！渐渐地六弟也只能认命了！但在春爷的心里一直觉得没有安排好六弟的生活是他未尽责任。

春爷在村里是出了名的孝子，这也是让老太爷和老太最欣慰和引以为豪的事。老太出生于大户人家，生得端庄大气，做事沉稳干练，又善良慈祥，村里人都很尊重和爱戴她，老太和老太爷年龄越来越大了，身体也不如从前。春爷每年回来得越发勤了。

有一年，六弟一直钟爱的那头壮牛不知何故咆哮着向他冲来，六弟向来对牲口疼爱有加，以为这牛跟他闹着玩儿，他并没在意也不躲闪，谁料这牛却在他毫无防备的情况下将他顶向空中。六弟因此卧床三月不能下地，自此腰间留下一块伤疤，落下病根。哥哥每年都会休假回来看望父母兄弟，关爱家族里的每一个人。三年后，六弟因旧伤患重病，开始隐隐作痛，后来疼痛难忍，人也慢慢萎缩消瘦。医生说大概是因为当年的牛伤到了内脏。看着六弟一日日消瘦下去，春爷于心不忍，他带着他到武汉等地看医生，想尽办法，仍回天无力。出院时医生悄悄告诉春爷放弃治疗吧！春爷无奈地把六弟带回到老家，那个黄昏，春爷一直坐在六弟的床边，六弟此时已极度虚弱，目光呆滞，眼巴巴地望着他，春爷明白六弟这是不想离开。春爷看到六弟的目光,他明白六弟内心里的苦，却无处诉说，那一刻实在受不了六弟的眼神，他匆忙地跑出房间，站在六弟的牛栏旁的柳树下，想起儿时和弟弟就在树下的堰渠里戏水玩耍；想起六弟一生孤苦伶仃；情难自禁，号啕大哭，哭声穿越整个村庄。

送走了弟弟，他依然每年回到这间老屋，依然回到村里走一走。兄弟情深，亲情永在。是爱让这个家一直凝聚在一起，一直充满着温暖。

四

20 世纪 90 年代初，村里曾经来了一个摆地摊的河南人。那个年代摆地摊的河南人特别多，几乎隔段时间都会有河南人路过村里。他们在村里摆几天，就又往下一个村庄赶，仿佛是草原上放牧的牧人。他们会根据一个村庄的规模和消费水平来决定在村里待几天，然后挑起货担走向下一个村庄。他们几乎不留恋任何一个村庄，他们是一群不断迁徙的牧人。与其他摆地摊的河南人不同的是这个河南人并没有很快就离开。等同伴都收拾好货摊准备出发时，这个河南人却留下来了。这个人就是老相。

老相在村里留了下来，这一留就是二十年。老相最初来这村里摆地摊时他只占一平方米，无非是卖一些针线、剪刀、袜子等一些日用品。他把地摊摆在村里小酒厂旁边，那里人多，村里妇女们也经常聚在那里。老相当年四十岁出头，面色黝黑，额头锃亮，身穿卡其布中山装，兜里插一支钢笔，标准的河南腔。他话少，货物也比之前其他河南人便宜，村里人更愿意到他那里买东西。

老相做生意并不像其他人，他根据村里的实际需要进货，而且价格也比以往任何一个商贩要便宜。村里太贫困的人家，他甚至少收别人的钱。时间久了，村里人都说，从来没见过这么厚道的“货郎挑”。老相在村里越来越受欢迎，渐渐他成了村里人的朋友。

老相虽是小商贩，却有着河南人吃苦耐劳、朴实的性格。老相为人坦诚，做人厚道，村里人慢慢开始接纳这个外乡人。村里人哪家有红白喜事，他也像村里其他人家那样去参加，俨然是村里的一分子。

在村里站稳脚跟后，老相让自己的大儿子也从家乡来到村里摆摊，摊位也由原来的一平方米变成了五平方米，货种也由原来的针线扩大到衣物日用等。原来跟他一起出来的老乡再次路过村里时，都羡慕地说，老相真会做生意，摊位都发展这么大了。

老相在河南老家原本是村里的会计，识文断字，能写会算，在村里人缘极好，家里也算过得去。他有两个儿子，老大到了结婚的年龄，老二还在上学。包产到户后，过去能写会算的他却搞不好眼前的农业生产，家里的负担越来越重了，妻子虽身体强壮但毕竟禁不起长期的劳作。老相便想着跟村里人一起出去跑商贩，以此来缓解家里的压力。

每年的夏收时节，他都要把货封存起来，寄放在我们家里，然后回到河南老家帮妻子忙农活儿。他是个勤劳而顾家的男人。有一年，他把他的大儿子带来了，一起摆摊，后来儿媳妇也来了。一家人住在狭小的屋子里，但日子过得比以前越来越有滋味了，毕竟有亲人在身边。对于他来说那是一段最快乐的时光。

六十岁那年，老相的老伴得了半身不遂，行动很不方便，两个儿子也分别在外面打拼，并没人可以照顾她。出于无奈，老相只能决定回河南老家。离开的前一天，村里好多人来跟他道别，这个村庄里几乎所有的人他都认识，他内心里舍不得离开，其实他早已在心里把这里当作了第二故乡。他熟悉这里的每家每户、一草一木；习惯了这个村庄里的生活方式、风俗人情；融入了这个村庄，现在就要回到老家去了，以自己的年龄今生不会再回到这里。当晚，和他最要好的李大叔接他吃饭，酒过三巡，老相忍不住了，老泪纵横，说忘不了当年自己挑着货摊走进村庄时的艰辛；说忘不了村里人对他的各种好；说忘不了接纳他宽容他的村里人；怕自己这一去再难回来看望大家；怕未能报答村里人对他的恩情；清明的月光下，几个老男人相互道别。

老相依依不舍地离开了村庄，回到自己的家乡河南。如他所料，他没有再回过这个村庄，回到家乡他独自照看行动不便的老伴，他没有时间和精力去别的地方。他时常托其他老乡打听村里人情况，问候村里的乡亲们。

在内心里，村庄成了老相的另一个故乡。

后院里的黄蜡梅

周末回老家，看到后院石磨旁边的蜡梅花开了，蜡梅是黄色的，花朵饱满、剔透，在冬日阳光的照射下，显得熠熠发光，因此在冬日的后院里显得与众不同。我忍不住掏出手机拍了不少照片。

同样是去年冬天，我把拍好的照片分享到微信朋友圈，刚发出去不久，就有好多朋友点赞，也有朋友留言：这是哪里的蜡梅？黄色蜡梅很好看！那次拍照时刚刚下过雪，黄色蜡梅在雪地之上，色彩的冲击力更强，以雪为背景，黄色蜡梅显得更具生命的张力，同时也透着生命和世间的一抹暖色。朋友圈发出还不到十分钟，就有两个朋友打电话询问，其中一个是雕刻艺术家，他问：“我见过不少蜡梅，见到黄色的却很少，这种黄色更是很少见！图片你处理过没？”我说：“我很少处理图片的颜色。”

他惊叹道：“那些颜色真是太好了！你在哪里拍的？”

我说：“老家后院。”

他连忙说：“等时节合适时，我也移一棵回来。”

他的言语间闪烁着欣喜，仿佛想马上把这蜡梅移走。他对故乡也和我一样有着很深的感情。

放下朋友的电话，我突然就在想与故乡有关的场景。

每年下雪时，就总能想起故乡的点点滴滴，儿时天冷，每天清晨在母亲的督促和呼喊下才急不情愿地爬出被窝。然后在母亲生好火的炉灶里铲出一铲红火的火炭，倒进自己的火盆里，再加上几截黑炭，等吃完早饭，小火盆就是一片火红，于是提着这一盆炭火上学去。有了这盆炭火，一个上午都暖和的，上课才不至于分心。

那时，供销社就在我家背后，供销社的销售部会收各种山货，其中也会收大山上烧制的黑炭，黑炭都是装在用竹子编制的竹筐里，一些体积小的黑炭总会在挑炭人行走中被颠簸得抖落下来。放学路上，我就沿着挑炭人所走的路线寻找掉在地上的黑炭，运气好的时候，甚至能捡满自己的小火盆。有了这些黑炭我第二天便不需要从家里的炭筐里取炭了。

有几次，我捡的多，回来后，母亲还表扬我。但她说，捡可以，千万不能像有些孩子那样悄悄从挑炭人的炭篓里拿，挑炭人在山里烧炭不容易！我从那时起就一直记住母亲的话。

那时在放学路上也会时常在路边的山坡上看到凌寒独自开的蜡梅，好生羡慕。那些蜡梅迎着风雪，与风霜雨雪抗争，花瓣在寒风中抖动，却不掉落，它不像桃花一阵春风春雨就飘落一地，也很美，但不免让人叹息。

我们走在路上，抬头仰望风中的蜡梅，每到此时，就和儿时的伙伴们一起情不自禁地想：此刻最想的两样东西就是山崖上的蜡梅和门前河里的鱼。

那时想得真美、真天真啊！最好的季节都想最合适的事。

儿时并不能完全理解蜡梅的品格，只觉得它与众不同，别具一格。

一年，外婆生病了，母亲回去看她。走之前，我反复给母亲交代：一定要买一双运动鞋回来。可是母亲许久没有回来，我多么渴望母亲早点回来，那些天下着雪，窗外似乎比往日寂静，一连多日的雪早已击退孩子在外疯跑的热情。我也没有心情出去，我家在镇上供销社院子前，跟其他伙伴的家隔着一段距离，想要约他们走一段雪地。

我很渴望去找小伙伴，但放学后，天气渐渐变暗，那些雪地里高大的树影让我有些害怕，我害怕回来的时候那些树影会笼罩着我幼小的身躯，找不到回家的路，一想到这些，我就打消自己的想法了。我独自跑到后院，趴在栏杆上，向路的方向张望，期盼着母亲的身影能突然出现。但直到村庄里的炊烟升起，缕缕的炊烟在白雪的映衬下袅袅升起，我仍然没有看到母亲的身影。

正当我打算转身回屋的时候，我用余光看到了后院角落正在盛开的蜡梅花。黄色的蜡梅花在傍晚的雪地里显得格外夺目，我被这种光亮般的黄吸引了。我慢慢地走近蜡梅花，睁大了眼睛，注视着它，黄色的花在雪地里仿佛发着光，透着亮，我久久地看着它，内心似乎有了某种光亮和温暖。

“老四，你在干啥？天快黑了，还不回屋去？”奶奶的叫喊声打断了我。我应声站了起来，苍茫的暮色中，蜡梅花显得光彩夺目。奶奶站在后院的门口，看到我站起身来才转身回屋了。

此后几日，我便每天放学时去后院看那一树雪中的蜡梅，趴在蜡梅边的栏杆张望母亲的身影。我还再三给母亲交代一定要给我带回一双回力鞋。内心的急切仿佛是门前小河中的河水，驱使着我日日在后院的栏杆前等待。

有一天，放学后兄妹们寻不着我，便问奶奶，奶奶说：“老四大概是想他妈了，每天都到后院里等。这么冷的天，他也要站在那里，好大的风！”

就这样，我日日守候在后院的栏杆边，期盼母亲归来。可是，母亲却迟迟未归，日子对我来说似乎更为漫长难熬。母亲原本说回去一周，过了半个月，还是没有回家。

一天放学，我仍然去栏杆边守候，趁着黄昏最后一点光亮，终于看到了远处母亲的身影，尽管天色已暗，但我确信那一定是母亲。果然，那个身影越来越近了，是母亲回来了。

我转身往前院的大门口跑，嘴里大声喊道：“妈妈回来了！”兄妹几个听到我的叫喊声，都走出了屋外，往大门方向跑。我想他们跟我一样，心里兴奋极了。只有奶奶站在堂屋门口小声说:“你们看老四高兴的!”

母亲背着她自己做的碎蓝花背包，装了一大包东西，但我最关注的当然是我想要的运动鞋。可是直到把背包里最后一包东西拿出来，也没有看到运动鞋的影子。我心里失望极了，站在旁边的奶奶似乎看穿了我的心思。故意大声问:“你给老四买的鞋呢?”母亲在地上站起身对我说:“天天伺候你外婆了，真的忘记了!”母亲说完又弯下腰整理东西了。

听了母亲的话，我更加失望，我宁愿她说没有看到合适的。我盼望这双鞋已经很多天了。我转过身独自跑到后院，蹲在蜡梅边的栏杆，此刻天色已暗，甚至看不见人影。已经很久没有见到母亲了，内心是渴望此刻围母亲身边的，我回头看到厨房的灯已经亮起，母亲已经在厨房里忙碌起来了。兄妹们都围在了厨房。

我还站在原地，没有动，眼前的蜡梅在黑夜里似乎还透露着微光。

“老四!你妈把饭都做好了，你还站在那里干啥?”我一回头，奶奶站在后门口叫我，屋内的灯光把她瘦小的身影拉得很长很长。奶奶就站在门口，并没有马上回屋的意思，似乎在等着我。我一步步慢慢往后门口走，奶奶说:“你快进屋吧!外面凉。”

蜡梅花开　赵锋 / 摄　2021 年 . 赵庄

回望乡愁

在中国纪录片业内有这样一个说法："一个国家没有纪录片，就好比一个家庭没有相册。"这个说法很形象，我想说的是，这正是我写作《挥别故园》这本书的全部意义。我想以此书作为一种媒介，为移民，为曾经在柳陂移民工作中做出过贡献的干部和群众架起一座回忆和铭记的桥梁；为我们这一代人和后世的人回忆起这段难忘的历史作为一种参照和念想；也为这次大移民，为这个英雄的群体做一本"家庭相册"。如果能起到这样的作用，我觉得就值了。

参加完南水北调柳陂镇移民外迁之后的2012年春天，春意绵绵，樱花满天飞舞的季节，我和摄影师陶德斌再次来到柳陂镇韩家洲村、舒家沟村等地采风。一年多前，这里曾是移民外迁的主战场，全市全省的焦点，我们曾在这里度过多少个炎炎午后和难眠之夜。一万余名移民挥别故园，远迁他乡。如今仍然有八千多名内外移民也正在重建自己的新家园。这是一块装满太多故事和感慨，承载太多奉献和牺牲，充满活力和希望的土地。当天在镇党委书记秦子胤的办公室里也不自觉地聊起了柳陂的发展，同时也聊起了移民这个话题。提起移民有说不完的故事，共同回忆那段不平凡的经历时，依然感慨万千。每一个细节和辛酸成了如今回忆的精彩，每一天的艰难和劳累成为今日"含泪的微笑"。因为自始至终，我们对移民充满了感激和敬意。多少个烈日当空的午后，多少个明月风清的夜晚，多少个挥别故园的瞬间，我们与移民一起度过，一起经历，一起感动。我们有太多的话要说……不知不觉中三个小时过去。就在那个下午正式有了记录柳陂镇万人大移民搬迁的想法。

2014年春暖花开的时候，我的南水北调长篇纪实文学《挥别故园》一书正式出版。拿到新书的那天晚上，我内心有了一丝欣慰，这份欣慰是因为在我的内心对那些远迁了的父老乡亲的一种交待。

当晚，我站在自家的阳台上仰望满天星光，内心感慨而激荡。三年前，移民同样是在这样的月光下，他们挥别故园，仰望故乡的月亮，依依不舍地离开郧阳，离开汉江，去遥远的他乡。故乡，他乡，郧阳从此是故乡。

那些夜晚，我同在现场，同样忙碌，但他们的眼神里闪烁着别离的深邃光芒，谁能感知他们的内心呢？我曾经在汉江河畔的柳陂镇彭家岗村跟一个叫木政荣的老人在搬迁前夜一起在火堆旁边度过小半个夜晚，火堆里烧的就是他半个世纪前盖起来的老屋的椽子，那些椽子在他眼前散发着温暖的光，并一点点化为灰烬。他慢慢回味着半个世纪在老屋里的每一个清晨和傍晚，眼神复杂而透明，一如当晚天上明亮而清澈的星光。

回忆起移民过程中的点滴，一经想起内心都无法平静。除了想起移民过程中的艰辛外，我如今更多地去思考移民这一群体他们在这项国家工程中个体命运所发生的巨大变化，以及这些变化对个体命运的影响和转变。作为这项工程的主角，他们承载的可能要超出我们的想象，他们的奉献同样超出我们的预期。

写作和出版《挥别故园》一书远比我想象得要艰难和复杂。经过复杂、细致的工作，漫长的准备，书终于出版了。出版之后，我听到了不少关于书的故事：

——我曾经工作过的柳陂镇政府的干部拿到书之后，个个都很激动，参加过移民工作的干部禁不住流下了眼泪。我想他们的眼泪可能不仅是我的书本身，更多的来源于他们曾经的移民经历。

——我以前同事的父亲看到书后，也很感慨。书中很多移民他都认识，有些甚至就是他的亲戚。他指着书中移民的名字对儿子说：这个去年春节还回来过；那个儿子去年在安置地结婚……

——已外迁在他乡的年轻移民在网上看到报道，也纷纷留言给我，感谢我记录了这一段珍贵而难忘的历史时刻；记录了他们外迁时的点点滴滴。

…………

移民和相关领导对书的关注超出我的想象。

我想这一切都源于那段不能忘却的记忆以及对移民们经久不息的敬意。移民的故事讲不完，他们的故事历史不会忘记。移民是这次国家行动中的典型人物。他们都是普通的中国农民，他们也因为国家工程而改变了自己原有的生命轨迹。故乡，他乡，他们用我们没有过的体验和行动体味到了这一切。

中国农民大概是世界上最眷恋故乡的农民，他们善良、质朴，坚强而隐忍。因为移民，我更加深信了这一点；也因为移民，我从心智上趋于成熟。这是我到移民一线之前从未想到过的。因为工作原因，我全方位、零距离地了解了移民的方方面面，并且全程亲历了这场声势浩大的移民外迁。时至今日，我仍然记得发生在移民过程中的每一个故事，体验到移民对家园的情感；感受到他们的喜怒哀乐；感悟到人对于情感，对于生命，对于别离等等的细微变化，让我对生命对移民心生敬畏。他们的生命里有我们无法体验和拥有的真实状况，而且会伴随他们一生。他们的现实生活里的每一个细节那么真实，我们无法完全理解。

我曾经很幸运地亲眼看到他们在外迁前一年时间里真实的生活现状和状态，体验到了他们的情感，目睹他们在故乡生活的最后时光。这一切都多么难得，多么珍贵！它对我来说不仅仅是一段人生经历，移民的别样经历让我对命运和情感有了更深的认识。

2011 年端午节，韩家洲岛上的移民韩林组织外迁移民从随州赶回来参加堵河口原生态龙船会。“这是老祖宗传下来的习俗，在我们这一代不能断了。”韩林曾经正声说道。

2014 年 4 月《挥别故园》出版，此时移民外迁结束已过去三年了，移民内安也有一年了。但内心对于移民，对于那段特殊的经历却难以割舍，甚至常常能在梦到那些熟悉的移民和离别场景，挥之不去。尽管在此期间我也分别参与了各级的移民报告文学的撰写，但我始终忘记不了我曾经熟悉、亲历的那段移民经历，有一种不把它们记录下来就难向他们交待的负罪感。在这种极其复杂，加上工作生活极其忙碌的情况下我开始了这本书的采访和写作。我始终觉得那是一段不能忘却的历史，也是我自己一段珍贵的人生经历和体验，自己有责任把它记录下来。同时我也感觉到没有现场经历的人不会切身体验到个中滋味和真实感受。作为一个亲历过移民整个过程的干部，我坚持认为移民本身才是最重要，应该把他们放到他们应有的位置上进行记录。与其如此，不如我自己来讲这些故事。但说起来容易做起来难。更何况是给移民写本书。

我想把我自己所看到的，经历的过的真实瞬间记录和呈现出来。在今后的岁月里的任何一个瞬间里当回首打量和重温这段历史时，我记录的每个场景都是真实的，这本书能像教科书一样是一件多么美好的事。透过这些文字能看到真实的场景和历史，这才是它全部的意义。

南水北调工程对于郧阳这片土地的意义是非凡的，也是长久的。影响同样是深远的。移民的经历对我这样的移民干部影响同样是深远和难忘的。移民、远迁、艰难、奉献、汉江串联起了所有郧阳移民的记忆和回忆。它们对于每个体生命的影响巨大，也同样让很多家庭和家族历史得以改变。

回望那段移民岁月，回望经历过的酸甜苦辣，回望故乡，每一个经历都感慨万千。经历了这段历史，经历了写作的艰难过程，我收获了很多东西。移民的奉献和付出讲不完，他们不需要当下的热闹，而是我们要长久的铭记。我想说的是，这本书可能微不足道，但对于那些付出巨大奉献的移民来说，意义就全然不同了。是的，移民的故事讲不完，移民是我们情同手足的兄弟姐妹，是我们可亲可敬的父老乡亲。我们是时常告诫自己不能忘记那些珍贵的记忆，以及内心深处对他们经久不息的敬意。

2022 年春天，我带着十二岁的儿子在汉江边游玩，我给他讲十二年前的那段历史，他出生刚刚满月时，我就奔赴移民前线了，到移民结束时，他几乎有点不认识我了。那天我们站在烟波浩渺的汉江岸边观景台上，汉江波光粼粼，远处夕阳正浓。随着南水北调水位趋稳，辽阔的江景带天蓝、水清、地绿，水鸟翔集，江岸船只如梭，形成“高峡平湖”的大美画卷。江对面就是当年移民的最多的柳陂镇，搬迁之后的柳陂改变了模样，集镇、移民安置小区、特色村沿汉江边星罗棋布，一线穿珠。一个崭新的移民新镇在汉江边浴水重生了。悠然柳陂，金色汉江，烟柳画桥，风帘翠幕，晨曦薄雾，衣草飘香。汉江两岸成了人们休闲的好去处，每到傍晚时分，夕阳西下，晚霞映着落日，天边酡红如醉，吸引一大波游客到桥下的沙滩玩耍，踏水、游泳、玩沙子、散步……形成了一道独有的美丽风景线。

儿子常常在家里的书架上翻看我的那本记录南水北调移民外迁的书。他也只能通过这本书了解那段历史。他见证的将是一个崭新的图景。如今我家就住在汉江边，下楼穿过一条沿江大道就是汉江了，我和孩子经常到汉江边散步， 江水绿波盈盈，四周烟波渺渺。 清澈奔腾的汉江水正一路直流北上，滋润着北方辽阔的大地。水，至清，至美，是大自然的神来之笔。随着甘甜清澈的一库清水永续北方，架起了一座连心桥。这是一库水的担当，也是千里水缘的相守与相望。

大美汉江　赵锋 / 摄　2022 年 . 汉江

梦回老屋

周末，表姐搬新居了，接亲戚们小聚一下。聚会上，小姨、小姨父格外高兴。表姐是他们的二女儿，几年前离婚了，有一个正上高中的儿子，也曾度过一段艰难的日子。但表姐是个自强独立的人，通过努力考下了会计证，这几年就做兼职会计，日子也越过越好，小姨也因此而倍感欣慰。

吃饭期间，我向小姨提起她们的老家。我多说了一句：“我到现在也没去过你们老家。”小姨回答：“今天天气好，一起去看看吧！”我欣然同意了。

于是，吃过午饭后，我开车带着小姨，还有大姐一家，一起去一个叫莫家台子的小山村。出了城区，沿着山路行驶不到二十分钟，就到了小姨在老家新盖的楼房。楼房位于山坳之间，是一栋三层楼房，屋后是茂密的杉树林，门前是一片菜地。地里的白菜、萝卜、蒜苗、香菜一应俱全，在冬日暖阳的照射下显得格外鲜活，历经了风霜的洗礼，它们变得更加精神。

在小姨的带领下，我们楼上楼下参观了一番，尽管楼上还没有完全装修好，但总体布局合理，生活设施齐全，确实是个适合生活休闲的好地方。小姨喜滋滋地给我们介绍她准备的各种过年礼，她说：“今年我们都打算回来过年，不在城里过年了，你表弟说了过年还是农村热闹。”

小姨又带我们去看她的菜地，地里的菜长很好。一转身，小姨回到厨房拿了一把菜刀，边说边砍大白菜，然后又去拔萝卜、蒜苗，一定要我们带回去尝尝。

拔菜的间隙，我问小姨："你们原来住的房子在哪里？就是我外婆住的房子在哪里？"

小姨边拔菜边说："还在上面，离这里大概一千米，但是路窄，不太好走。"

我问："带我去看看，咋样？"

小姨和小姨父拔完菜，就带我向老屋出发，十几分钟后就到达老屋了。老屋坐落在山坡上，由三间大瓦房和两间厢房组成。屋前有一个水塘，但因为周围已经没有人居住，所以快要干涸了。老屋两旁还分布着许多失修的老房子，看得出来，过去这里是一个大院落。

老屋的山墙因为年久失修，墙体已经严重开裂，厢房的后檐已经塌陷，椽子已经断掉了，瓦片也散落一地，唯一在土墙上还残留着贴在墙上旧报纸还能证明这里曾经生活的痕迹。相邻的厢房也是如此，屋中间还放着一个打理粮食的风扇。

小姨就站在我身后，给我介绍当年在这里生活的情形。她说："当年这里住了好几十户人家，很热闹，如今国家精准扶贫，政策好，都搬到山下的集中安置点，这里只剩下这些老房子。"

母亲站在老屋前，感慨万千。她说："我十二岁时才搬到这里，后来每次回娘家都要走很远的路，那时候还没修公路，要走近五公里山路，翻山越岭的。每年回来看你的外婆都要费不少周折。"那时，我们家里兄妹多，加上还有奶奶要照顾，母亲为了全家的生活常常忙到深夜。除此之外，为了贴补家用，还要在农闲时给十里八乡的乡亲们做衣服。每次母亲回娘家时，都要给表兄妹们做新衣服带回去。表兄妹中大都穿过母亲做过的衣服，一提起来都满怀感激。

外婆每年也都会抽上一段时间到我们家里住一段时间。外婆同样要走很远的路才能坐车抵达我们家。外婆原来出身大户人家，读过书，还懂中医。后来家道中落，一时竟适应不了普通人家的生活。到了晚年，生活好了，倒是可以四处走走，可惜身体不允许。外婆去世后，就葬在老屋对面的树林里。那天母亲指着对面的山坡，对我说："你外婆就在那棵松树下面。"

母亲常常念叨着外婆活着时没享到福。等她有能力孝敬她时，外婆已不在人世了。几年前，我曾经带着母亲回到她的出生地汉江河畔的百年明清古建筑群——冻青沟村何氏庄园。母亲就出生在那里的椰田子老屋。这栋有着几百年历史的老屋，是典型的明清建筑。那次是她离开这个院落后半个世纪第一次回到那里，她仔细寻找每一间房子、每一道门、每一扇窗，她站在老屋前斑驳的石门前，抬眼遥望对面的群山，不禁泪流满面。

这次同样是她住过的老屋，她也很久没有回到过这里了。她趴在老屋的窗口向里面张望，寻找着从前的影子，回忆着从前的生活点滴。她和小姨一起围着老屋看，一起讲述着从前生活的场景。小姨对她说："我们现在这里的生活好了！国家实施精准扶贫政策之后，搬到山下之后，条件好得很！有广场、有路灯、有健身器材，还有卫生室，很方便！"母亲也说："现在条件比过去不知好了多少倍！"姊妹俩相互搀扶着，边说边在院子里转悠。

母亲看到院子屋檐下放了一个陈旧的床头架，她一眼认出是她们当年用过的。她对小姨说："那不是我们当年用的床头架吗？"小姨并不确定，凑近了看说："是的，还是我姐眼睛尖！"母亲说："我可一直记得这个床头架，好多次做梦都梦见过。"

梦回老屋，梦里老家。母亲的老家都还是儿时的模样，它深深地镌刻在母亲的心中，她一次次地回忆小时候的情形；一次次怀念在老屋度过的时光；一次次在梦里凝望老屋对面的一道道山梁。

老屋祠堂　赵锋 / 摄　2022 年 . 冻青沟村

梦想成真的日子

周末，我正在开车回老家的路上，电话铃响起。一看是一个陌生的电话号码，打开免提，听筒里传一个中年男子的声音：“赵队长，您好！”

我一听就猜想是扶贫村的老乡打来的，因为只有扶贫村里的老百姓才这么叫我。因为 2017 年至 2018 年我在所包保的郧阳区大柳乡黄龙庙村担任过扶贫工作队长、第一书记。所以村里的老乡们都这么叫我。

我连忙问：“您是哪位？”

中年男子回答：“我是柏桦林。”

“您好！您是换了电话号码吗？我之前存过您的电话号码。”我疑惑地问他。

他说：“是的，我刚刚换的电话号码，我从老家给您带了一袋自家制的魔芋，您尝尝。”

我说：“谢谢您！我没在城区，今天在外面办事。您自己留着吃吧！”

柏桦林着急地回答：“我自己留的有，这是我的一点儿心意，没有多少，就几斤又不值钱的。您为我们家操了不少心，请您一定收下。”

听他这么说，只好盛情难却，对他说：“那好！谢谢您！”

其实在此之前，柏桦林就已经联系过我好几次，希望给我一些他自己种的土特产，我都没有收。

柏桦林是黄龙庙村的贫困户。他就是我包保的贫困户，早在 2014 年，我们刚进村入户时就见到他了。他当时正在人群中跟村里人说说笑笑，他的声音最大，嘴巴也最会说。村会计指着人群中的他，对我说："他就是柏桦林，您包的贫困户，他可是个事多的人，不好对付的。"村会计说完就转身离开了。

我走上前去，跟他说明我是包保他家的包户干部。他立忙把我拉到一旁，急切地说："我有一堆事向您反映，您可得给我做主。"

我当即就跟他说："我以后就是包保你的干部，只要是政策以内的问题，我都尽可能地帮着你解决。"

经过了解，柏桦林全家四口人，一儿一女，妻子患有半身不遂，行动不便，没有劳动能力，不能完全照顾自己。女儿已经在外打工了，儿子还在上中学。

我提议跟他一起到他家里看看。他回答："我的老屋已经住不了了，我现在借住在我妹妹家里，我本人在开发区工厂打工，我现在想在原址翻盖房子，但路不通，您帮我想办法解决。"

经过走访了解，原本柏桦林是村里最早纳入到村内集中安置点，他本人也已签字同意，村里也选了址，地基也已打好。村书记跟我说："柏桦林就是这个时候提出退出集中安置点，要回老家原址建房，那怎么可能？另外，他的家离村道还有三千米，房子也处于坍塌状态。为这个事，他四处反映情况，搞得不得安宁。"

在得知这一情况后，在一次入户走访时，我问他的内心到底是怎么想的？他说："政府给我修路，我要在原址上盖房。"口气不容置疑。我又问他："那你现在已经选择到村内集中安置，而且村里的地基都搞好了，你也在表上签字确认上报了。"

听我这么一说，他急了，望着我搓搓手说："我现在有些反悔了，你跟村委会一条心，就是不想我在原址建房，想撵我走。"

我冲他笑了笑，耐心地说："易地搬迁是针对全村老百姓，也是一项针对原来住在不适合居住的地方的利民政策，目的就是改善老百姓的居住环境，而且有一套完整的工作程序，并征得本人同意，经过上级审核后才能入选。不是谁想进就能进的，再说，搬到村内安置点比你原来的地方好多了！”

柏桦林听完我的话，气冲冲地朝我瞪眼睛，大声说：“不管怎么说，我反正要在原址盖房子。”说完头也不回地走了。

我看着他的背影，心里想：这可咋办啊？

为了说服柏桦林，我多次找到他，去他妹妹家柏桦凤家里请她做哥哥的思想工作。一次为了填写一张表格，为了找他签字，多方打听才找到他在开发区上班的工厂。当时他正在车间工作，我费了不少周折，说服门卫，走进了他的车间。因为工作需要，工人们必须要把自己的面部裹严实，因此在车间很难认出谁是谁，车间里的烟尘比较大，我几乎跑遍了整个车间，一个个工位地问，最终才找到他所在的工位，我从他的一背拍了拍他，他转过身来，看到是我，他很惊讶，大声问道：“您咋来这里了？灰很大啊！”

他戴着防灰尘的帽子，只有眼睛露在外面，见到我站在他的面前，他迅速侧过身子，把帽子取了下来，并且用手把脸上的灰尘抹了抹。他不好意思地说：“您咋还亲自跑到工厂里来了，灰尘多，衣服给您弄脏了。”言语间少了之前见到他时的蛮横和冷漠。我接着说：“没关系，今天来主要是有一份表格必须您本人签字确认。我拿给您看一下。”

他放下手中的工具，扭头对我说：“为这事您还跑这么远，辛苦了！我们到车间外面说吧！这里的灰大，您受不了的。”

我们一起走出车间，在车间外面的花坛边，我给他讲解了最近的相关政策，把表格给他，让他看清楚后再签字。

他看过表格内容后，爽快地在表格上签了字，还羞涩地说：“我的字写得不好看！”

我笑着说：“您还这么谦虚，您有什么事可以给我打电话。”

柏桦林笑呵呵地说：“您是个好干部！”

我正向大门口走去，准备返程时，柏桦林叫住了我，小声说："盖房子的事，我同意到集中安置点，您上次给我讲的有道理。"

听他这么一说，我感到有些意外，但还是掩饰不住内心的喜悦，对他说："老柏，这事您能想通就对了，谢谢您！"

老柏双手向我示意："我应该感谢您才对！"

从那以后，柏桦林像是变了一个人似的，对扶贫工作积极主动，支持每一项工作。村支书见到我，开玩笑说："您给老柏上了什么'紧箍咒'，现在这么听话！"

他到我办公室找过我几次，都是因为他媳妇住院的事，报销手续他不懂程序，我帮着他去医院办理。有一次，他的儿子在学校上课玩手机被老师发现了，为此他很是苦恼，给我打电话，他说我真想把他揍一顿。我劝他，孩子大了，要找孩子好好沟通，不能用拳头解决。那一次在电话里跟他聊了二十多分钟，挂电话时，他动情地说："真的要感谢您！从来没有人对我，对我的儿子这么用心！"

又过了一年，老柏的女儿从外地打工回来了。我劝他，让女儿学门技术，能独自生存下去，才是解决生计的根本办法。他听我的劝告，让女儿在县城学了电脑和美发。

如今，他的儿子已经中专毕业，正逢村委会在找治安人员，他的儿子报名被录取了，纳入村协警管理。老柏仍旧在他原来的厂里上班。他的家搬到了村部旁边的集中安置点，新房子整洁美观，一排排小二楼在青山的映衬下显得格外清新，门前是一片菜地，路边种满了格桑花，夏季来临，格桑花盛开，明艳动人。跨过门前的公路是已经治理过的河道，河道上新修的梯形坝形成了一个又一个小水塘，层次分明，清澈见底。儿子既能在村委会上班，又能在新家居住，两全其美，每每提到眼前的生活，老柏总是高兴得合不拢嘴："我终于过上了梦想中的日子。"每逢周末，老柏都会回到村里，看看新家，在门前的河坝上走走，心情格外愉悦。

寂静的衰老

一

父亲年轻时是乡镇干部，分管过财贸和企业，走南闯北，去过不少地方。可是，热闹过后是寂静，反倒是退休之后却哪儿也不愿意去，就在老家守着自己的院子。他对老家院子的热爱超过其他任何事物。他爱院子里一砖一瓦，一草一木。

我们兄妹几个让他来城里住，他不愿意。哥哥甚至在汉江边给他们买了一套房子，装修好了，他却不愿意去住。一提起县城，他说："我年轻时经常去开会，所有的地方我都熟悉，我哪里没去过？我就住在老家。"

一次，他把自己医保卡的密码弄丢了，忘记密码就用不了医保卡。如果换密码就必须到区医保局办理。这次他实在没有办法，就只好进城来办理。我因为工作原因不能开车回去接他进城，只能让他先乘公交车。在电话里说清楚了，让他到了城区再下车，可是他却提前在开发区下车了。他一下车发现不对，开发区是近些年发展起来的，他根本不清楚方向。

他这下着急了，便给我打电话。我说让他在路边等着，我开车去接他。我开车从城区出发，边走边打电话给他。但手机却一直处于无人接听状态。父亲对智能手机的操作并不熟悉。只能重复拨打，车都开过开发区了，路边仍不见人影。

继续拨打，终于通了，我问："您在哪里？"

他说："我在开发区的一个路口。"

我问："什么路？您看一下旁边有什么建筑？"

他回答："旁边有一个公交站，有楼房……"

我心里想，这等于没说啊！

我说："您就站在原地，千万别往别处走。"

我还没说完，电话就中断了。

我继续开车寻找，还是不见他的身影。

我有些着急了。开发区这么大，有些路口连我都不太熟悉。

我顺着主干道继续寻找，把开发区转了个遍，终于在一路口看到了他，他围着围布，站在路边四处张望。

我把车停在他身边时，他才发现我。

上车时，他说："天冷，你说让我在开发区下车的。"

我说："您可能是听错了，我说让您到开发区时给我打电话，我好去接您。"

我看了他一眼，他好像很无辜的样子。那一刻，我深深地感觉到衰老正在一步步向他逼近，以他察觉不到的速度。衰老仿佛是一张你看不见的大网，在某个瞬间就会笼罩在你的头顶。等你发现时，它已经越来越近，越来越收紧，不给你任何缓冲的余地。父母的身体一直还算不错，在同年龄段的已经算好的了。但衰老依然会在某个瞬间，以不同的形式提醒父亲它的存在。我并没有责怪父亲，静静地听着他的自我辩解。其实这有什么关系呢？

儿时的我们也一样有犯错和无助的时候，同样的问题，同样的处境以不同的方式，在不同的时段出现在我们的生命里。

父母的衰老和童年的我们，就是生命状态的轮回。生命的状态，潮涨潮落，日出日落，是自然生命最自然的状态。谁都不能，也不可能抗拒。

山水旅程，艰难险阻，由此想到父母一路走来的艰辛。

母亲七十岁以后，就开始在我们兄妹几家分别居住。不管是在我家住，还是去北京哥哥家，她始终放心不下的仍然是老家。想起老家的卫生没有打扫；想起老家的被子没人晒；想起后院里的菜园快要荒芜了。

恰恰相反的是，父亲却一个人坚守老家，哪儿也不去。哥哥让他去北京住，四处走走。他坚决不去，京城再好，也没有老家院子好。他一直觉得老家才算是他的家。他在院子里种了不少花草树木，还有几块菜地。每天看着它们成长，从发芽、开花、结果，再到秋天收获，四季之间，他侍弄着它们，从未感到厌烦。朝露夕阳间，他静静地看着燕子飞走又飞回。

二

村庄的东头住着老太。她是村里最年长的老人，辈分也是最高的。她儿孙满堂，五个儿子中，只有老三去了远方。可是老太却最牵挂这个儿子，常常在老屋门口张望，希望儿子早日归来。其实她内心清楚，老三早已转业到了油田，当了技术工人，衣食无忧。他在那里早已安了家，每年都有一次探亲假，回来看她。

老太一直在盼望老三能回来看望她。老太爷却埋怨她说："你这个人就是贱，其他几个儿子都在你身边，非要天天念老三，老三过得最好，还要你惦记，自己找罪受。"

老太回应："你个老东西，没感情，老三一个人在外面，受不受罪谁晓得？"

为此，老太和老太爷闲暇时总是争吵不休。老太身体硬朗，满头银发，面孔清冽，目光慈祥，精神十足。她时常搬一把老木椅坐在大门凳边晒太阳，坐在这里既能看到自己的院子，还能俯视整个村庄、稻田和河流。哪家开始生火做饭了，哪家的稻谷收割了，哪家的庄稼该施肥了，她都看在眼里。在房屋的西头，再下一个陡坡，有一条水渠。水渠是公社火纸厂修的，既能灌溉，又能带动火纸厂里的水车。

水渠旁边有一棵巨大的柳树，高约二三十米，树冠巨大，能够遮住水渠边的水池。夏天，水渠边总有成群结队的妇女来这些洗衣服，大人们埋头洗衣服，小孩子们却趁机在水渠里戏水。因此，每年到了夏天，水渠边成了村里最热闹的地方，住在水渠边的家庭，中午吃饭也会端着饭碗到大柳树下，边吃边乘凉边说着闲话，有的打情骂俏；有的指桑骂槐；还有的一起传着村里的各种“八卦”。

老太有时也会趴在院子边的篱笆上，看着大树下忙碌的人们，听着他们说各种闲话。一年，她的二儿媳妇因为说里根媳妇的坏话，正好被里根听到了，不一会儿工夫，里根媳妇从家里冲了过来，两人吵了起来，各种脏话喷涌而出，其实暗地里两人早就心生怨气，一直没有机会发泄出来，今日里根媳妇当然会咬住不放。

吵闹声瞬间传遍整个村庄，也惊醒了正在午休的老太。老太拄着拐杖赶到柳树下，人群中有人悄悄说：“老太来了。”顿时喧闹声小了许多，二儿媳见老太来了，连忙不作声了，正在劲头上的里根媳妇背对着老太，还在大声吆喝。见周边的人都没说话了，才四处张望，一回头与老太碰了正着，也收住刚才架势。

老太站在大树下，并不作声，可脸色很难看。在水渠边嬉闹的孩子也偷偷地溜到大人们的身后，孩子们都怕老太。

老太站在人群中央，仍不作声。她在人群中看到了自己的二孙子，指着二孙子说：“还不让你妈先回去？这么多人大吵大闹，不嫌丢人？”二儿媳妇听老太这么一说，弓着身子退出人群，朝着家的方向走去。众人都不敢吭声。躲在身后的小孩们都悄悄退到旁边的稻田里，继续嬉戏。

里根媳妇也不再作声。老太的话也在她的心里回荡了好一阵儿，她不想让老太拿住自己的话把儿。今天这是她二儿媳妇理亏，要不然老太不是这般轻松了事的。老太明里是在训斥二儿媳妇，其实是给她台阶下。也好堵住大伙的嘴。

这时，老六正从田里赶牛回家，他见老太站在大柳树下，太阳正毒的时候，老六搀扶着母亲往家里走，老太问：“老六，中午饭吃没？身上这么多泥也不知道洗洗。一会儿回去了就赶快回屋休息，你下午还得干活儿的。”

老太心里最放心不下的就是这个老六。老六打小就厚道、实诚，会犁田耙地，给谁干活儿都不惜力，村里人谁都愿意请他。快四十岁了，还没娶上媳妇，老太为此常常在兄弟们面前念叨：“你们几个都有家了，就是老六造孽，他将来咋办啊？”

一年又一年，老六仍然没娶上媳妇。老太心里比谁都急，老太爷劝老太说：“老六现在体力好，能干活儿，吃饭生活没有问题。”老太一听更来气说:“你个老东西，儿子活着就是为了吃饭吗？他干不动了，咋办？”

一年，老太妹妹来家里玩儿，老姊妹坐在一起晒太阳、聊天，老太对老六的事唉声叹气的。妹妹说：“大姐，您莫操那么多的心，自己的身体重要，晚辈的事由他们自己解决。”

老太神情无奈，拉起妹妹的手，说：“老六的事咋能不操心，其他兄弟几个都成家了，都过得红红火火的，就是他一个人还是单身汉，有病还得我经管，吃穿我都要过问。我现在哪儿敢生病啊！生病了，谁替我照顾老六啊！”

老太爷去世后，老太一个人照看着老六，她已白发苍苍，但是精神依然矍铄。一年春天，我回老家，在河边的小草坪上遇到她，她独自一个人坐在石头上歇脚。我问她去哪里了？她指指身边的竹篮，苦笑着说：“刚去给老东西烧纸钱，免得他在那边受罪，他一个人过去享清福，撇下我一个人。”说完，老太神色黯淡，望着远方的群山，默不作声。

三

都说衰老是不可抗拒的生命过程。可是当它真的一天天地逼近时，都会有手足无措的时候。村里一茬又一茬的人老去，消失在这个村庄。整个村庄都处在这种轮回之中。

喇叭爷年轻时声如洪钟，气息过人，是远近闻名的吹鼓手。他的喇叭声传遍十里八乡，他会吹各种古老的曲调，全凭自己的记忆。据说，他的手艺是小时候爷爷传给他的。他儿时聪明好学，又能吃苦。众多兄弟中，爷爷看中了他。爷爷经常带着他去各种红白喜事的现场，手把手地教他。农闲之余，爷爷也不忘督促他练习。喇叭爷果然是块好料，他用了不到两年的时间就掌握了爷爷传授的所有曲目。

一年之后，喇叭爷成了村里的乐班师傅。家家户户有了红白喜事，都少不了他的身影。他年轻气盛，吹起喇叭来高亢清澈，听起来荡气回肠。村里的老人们说：这娃子怕是要接他爷爷的班了。

渐渐十里八乡的乡亲们办事都以请到喇叭爷为荣。每年冬天，喇叭爷日程安排得满满的，有时同一天还转场才行。冬天村里的人更加悠闲，更有闲暇去赶热闹。

喇叭爷成了冬季里不可或缺的主角。他去到哪里，一定会引人注目。男女老少都很尊重他。走到哪里，大家都请他坐上席。农村是有规矩的，不管红事还是白事，风水师傅和乐班师傅为大。喇叭爷那时风光无限，家里也人丁兴旺。喇叭奶奶给他生了六个儿子，一个闺女。孩子们一个个长大，都遗传了喇叭爷的基因，个个都是大嗓门，都在他的影响下，个个对乐器感兴趣。每逢过年，一家人都能凑成一个乐班。一家人其乐融融，幸福的乐声围绕在他们的周围。

十里八乡大部分家庭的儿媳妇都是在喇叭爷的喇叭声中迎进门的。喇叭爷成了他们走进婚姻，走进幸福的见证者。

可是喇叭爷的婚姻却并没有那么幸福。喇叭奶奶是外地人，瘦高个儿，比喇叭爷高出一个头，齐耳的短发，用簪子束在脑后，说起话来柔声柔气，跟喇叭爷刚好相反。她没读过几天书，记忆力却很惊人，人也很贤惠。长辈们说：这村里来了这么多媳妇，就数喇叭娶的媳妇最贤惠。

喇叭爷暗自庆幸，憋足了劲儿，要把日子过好。结婚第二年就盖起了三间大瓦房，还加上了一排厢房。这在当时村里并不多见。喇叭爷还盘算着孩子们长大后的住处。然而好景不长，就在喇叭奶奶生完第五个儿子后，经常头疼，有时候还会晕倒。有好几次，都是跟邻居说话，说着说着，就突然倒地，不省人事，大伙都吓坏了。送她到附近镇上的卫生院，查出说大脑有毛病，供血不足，并不好治。

喇叭爷听后，把粗壮的胳膊伸在医生面前说："需要血，抽我的，要多少抽多少。"医生说："这不是输血就能解决的事。你们还是去大医院看看吧！"喇叭爷也带她去了大医院，初步检查是贫血症。医生要求留下来治疗。喇叭奶奶心疼钱，说住一天要花好多钱，又不影响吃喝。在喇叭奶奶的坚持下，出院了。

此后，喇叭奶奶病情时好时坏的，家里的人口多，喇叭奶奶没有歇脚的时候，更别说关注自己的病情。日子一天天过去，喇叭奶奶感觉到自己的身体一日日不如从前，但她强忍着，并不声张。她渴望着有一天，等儿女的事都安顿好了，再好好看病。喇叭爷问起她来，她总说：不要紧，还撑得住。

终究还是撑不住。病情一天天侵蚀着身体，有一天正在水井边洗衣服的喇叭奶奶突然晕倒，从此再也没有醒来了。喇叭奶奶就这样无声无息地走了。

娘在，家在。没多久，老大率先提出要分家。兄弟几个都纷纷应和，喇叭爷无奈之下只有照办。那时，小儿子还没有成家，喇叭爷提出多给小儿子分五分田。

从此以后，喇叭爷开始独自生活。从前做饭洗衣，一切家务都有喇叭奶奶操持，如今这一切都落在他自己的头上。在家要烧火做饭，在外要犁田耙地。整天忙忙碌碌，时间久了，喇叭爷身上少了先前的那份潇洒和不羁。十里八乡的乡亲们家里有红白喜事照样请他，他还是乡村乐班中当之无愧的主角。但村里的人都说喇叭爷吹出来的乐调更动人了。

小儿子的媳妇是外地来的，不会做田里的活儿，每年农忙喇叭爷都帮着小儿子犁田耙地，帮着把秧插上。慢慢地其他几个儿媳妇心里就有了意见，在喇叭爷面前说话也都透着刺儿。背地里都说他向着小儿子。

多年以后，喇叭爷老了，没有力气吹喇叭了。当年给小儿子分的半亩地和半间房如今成了妯娌之间吵架的“导火线”。每每到了需要出生活费和医药费时，这个话题总是被她们重新提一次，作为拒绝的理由和利器。这把利器让喇叭爷无地自容，但又无可奈何。如今已今非昔比，他已经行动不便，而且需要人照顾，他几乎没有了反驳的能力。他整日搬一把木椅到家门口，临着路边坐着。困了，就低头迷糊一会儿。有后辈打门前经过时，就叫他一声，他哼一声应一下，并不抬头。

到了第二年春天，村里的老队长说：“这喇叭怕是熬不过春天啊！”

老队长一语成谶。田地里的油菜花快开的时候，喇叭爷走了。据说，喇叭爷上山的那天，送葬的队伍排出好几里地，他这一辈子迎来送往了多少人，连他自己都记不清。一声清亮的喇叭声穿过山梁，吹喇叭的是喇叭爷的徒弟。

上山那天，军民、团结、建设、成功四个孙子一字排开跪在他的坟前，四个孙子的名字都是喇叭爷亲自取的。他渴望着自己的子孙团结兴旺发达。

深山人家　赵锋 / 摄　2018 年 . 赵庄

后记｜山河明白我

《万物有爱》是继散文集《老家：一个人的故乡心灵史》之后我写给故乡的又一本新书。书中所写的仍然是我心心念念的故乡。写故乡的山水人事，写故乡的万物生灵。是对故乡万物的温故，更是对自我精神成长的回望。

与故乡山水，与故乡万物深情对望，与过往的点滴对唱，与自我内心深处的默默寻觅。时至今日，每次回故乡我都去河边走走，家乡的河流早已不再是原来的模样，地貌、地形也发生了巨大变化。那些儿时熟悉的瓦房、水塘、稻田、火纸厂、小卖店早已不见踪影；那些记忆中健硕的大叔、大婶早已头发斑白；那些陈年的墙头和村头的水井似乎也成了与过去连接的最温暖的接头暗号。它们让我再次看到了属于故乡、村庄、童年的精神光亮。在这些光亮之间我才能找到属于故乡和村庄的朝花夕拾。

我只能站在故乡的土地上感受故乡的存在，感受故乡的前世今生；感受故乡的蜕变。我在寻觅，寻觅属于我们这一代人的乡愁，我们这一代人遇到当今中国社会结构，特别是村庄变化的全过程，经历了各种坎坷，也见证了苦难和精彩；同时也见证了凤凰涅槃般的蜕变。

那些湮没在岁月深处的小人物；那些不被人记起的过往；那些依然耸立的群山；那些还在流淌的河流；那些被散落在记忆里有光辉时刻。

也许就在你人生中的某个时刻被重新激活，在你的记忆深处大放异彩。它们最终汇集成了你的记忆密码，我们每个人似乎都有意无意地用这些密码来寻找属于自己的精神归处。

前几年，我带着年过七旬的母亲去寻访她儿时的故里，那是一处有着几百年历史的明清时期建筑群。那个坐落于汉江岸边的古村落冻青沟村，是湖北省历史文化名村。那里有相对完好的古建筑群。母亲就出生在那里一栋标志性的建筑：丰记园。她自从十二岁被迫离开那里以后就再也没回去过。半个多世纪的岁月里，她念念不忘那里山水和村寨房屋。她站在楞田子老屋的石门前，急切地寻找着儿时的天井院，那抚摸着天井院旁边的厢房漂亮的雕花窗户感慨万千，嘴里念着：这扇窗户我记得，小时候经常在这里玩儿。随行的一名摄影家朋友将这一瞬间抓拍到了，那就是她记忆最好的瞬间，穿越时光，历久弥新。

看完老屋，她执意要一起到老屋背后山坡上祠堂看看，众人劝阻，说山高路滑就不要上去了。但她却坚持要去，她说："我现在如果不去，日后更不可能去了。就让我去看一看。"众人沉默，两位师姐帮着搀扶着她在山路上艰难前行。在祠堂的旁边找到了外祖父的墓碑。那一刻，母亲泪如雨下，外祖父去世得早，母亲说甚至有点记不住他的模样了。但穿越岁月，趁着模糊的记忆，故乡依然清晰。

儿童相见不相识，笑问客从何处来。不知不觉中已人到中年，有时回老家看望父母，村里好多年轻人已经不知道是哪家的孩子？更叫不出名字。一些年长的长辈遇到我，总是大声问："你是赵家的老二？在北京的那个？"我笑笑说："我是老四，北京的那个是我哥。"老人总是呵呵一笑说："老了，不中用了，连人都不认识了。"目送老人远去的身影，内心总是感慨万千。

故乡的夜晚，月光依然清澈，犹如儿时的眼神。群山依旧沉默不语，儿时我们一群伙伴总是成群结队地在山梁上扳竹笋、找野菜、拾柴火。

那些山梁上留下了我们的脚印和笑声。

岁月不等人，山河明白我。时代变迁，但我想不能变的是自己的初心。对于生活，对于写作，就要保持着自己最初的本真。不取悦于别人，不迎合他人，把最真最美的情感记下来，便是最好的。坚持跟村里的庄稼人一样，保持勤勤恳恳的态度、朴素诚恳的情怀，像村里人一样敬畏自然和生活，尊重土地，就像农民种地一样，日出而作日落而息，内心需要定力，心中对土地满怀希望。

我一直希望通过书写故乡书写小人物来书写人间。也许是受职业影响，多年的媒体工作，让我更愿意去与社会底层的人交谈和沟通来完成认知。但我希望通过一种田野式的调查，更文艺的方式来展示乡村，来记录那些普通人眼里的“乡下人”。我想写春爷、六爹、里根、任翠花等这些小人物，通过他们的命运去记录艰难而微弱的生活，朴素而真挚的情感，来感受乡村背景下的普通生活和命运。他们是许多人的缩影，是我多年来观察和思考，也是跟“他们”确认过眼神。

故乡那些人和事，记忆里的童年，你以为它们已经远离你，其实在每个人的心里从未远离，它们一直藏在你心里的某个隐秘之地。总会有一道光在某一瞬间将它们照亮。我想用一道光把属于村庄，属于记忆中的山河照亮。

近两年，一条叫十巫高速（湖北十堰—重庆巫溪）要穿过故乡的群山。故乡位于鄂西北最高峰沧浪山脚下，并且在我的老家对面过风楼处设有一处服务区。这意味着故乡与外界联系更为紧密和发达。前不久，在抖音上看到一个老家的年轻后生，也算是我的老表，他中学毕业后就走南闯北，四海为家，吃过苦，也练过武，五大三粗，性格直爽，大大咧咧，留着板寸。我十一岁的儿子见过他一次，后来跟我说：“老爸，你这个老表像极了香港电影里的打手。”他在外多年，却几乎年年春节时赶回老家，喝酒吃肉，和乡亲们吹牛闲聊。他的老家那片因修高速公路而拆迁。

他将之前拍摄的老家的大山、小河和稻田，还有旧房屋做成视频，取名：回不去的故乡、回不去的童年。如此文艺的标题出自一个远走他乡的人之手，还是有几分感叹的。我给他留言：老表，你是一个有乡愁的人！过了几日，他回给我：老表，你是一个写乡愁的人！

乡愁是一种带有高贵感的怀乡病。一个人对故乡的思念，还不能简单地理解是对乡村的感情，对自己祖先的缅怀，以及对自己生养之地的怀念，我想更多的是一种精神皈依，一种文化认同。因此，乡愁不仅是一种情感，更是一种哲学、一种理念。

故乡贫瘠，良田不多，但大山连绵，沧浪山、大佛山、老母山都是在老家很知名的山。大山上各种植物繁多，飞禽走兽众多。儿时，在一个叫孤山的村庄里竟然发现为数不少的娃娃鱼，在另一个叫马龙河的村庄发现罕见的狮子。

我很庆幸自己一直生活在距离故乡并不算远的地方。我所工作小城距离老家不过百里，每次回家都要途经十堰市（中国“二汽”所在地），是有名的“汽车城”。距离的保证，同时也是在认知、了解、情感上的保证。我经常开车往返于小城和老家之间，老家的山水人事似乎从未走远，但又不是亲临现场，保持着“若即若离”的状态。即使在我不经常回家的日子，母亲也一定会在第一时间在电话里传达老家发生的一些“大事”，比如谁家接儿媳妇了；谁家添新丁了；谁家的老人走了；也会告诉我山上的竹笋可以扳了；后院的黄瓜可以摘了；其实故乡在我与母亲的通话中若隐若现，故乡从未远离。

那些离开故乡的人，一朝离开故乡，千里万里远游，置身一个完全陌生的环境，山河悬隔，乡音乡风迥异，陌生感、孤独感、疏离感、无所归属感、悬空感，他们虽然也满怀乡情，却在长期的分离中产生了疏离感。我既不像有些远离故乡的人对故乡有疏离感，又不似原乡人那般没有距离感。这在情感距离上刚刚好。这样就给了我恰如其分的情感、想象、体味的空间。

在此，我要特别感谢著名作家、原中国作家协会副主席、中国现代文学馆馆长陈建功老先生。我冒昧地给他发微信，恳请他为我的新书写推荐语，陈建功老先生并没有随意地打发我，而是很认真地回复了我，并要我寄去文稿，我深受感动和鼓舞。而且很快我就收到了他的回复，老先生对一个文学后辈的关爱让我感动，他的为人为文让我叹服。感谢著名散文家、中国散文学会副会长、徐迟报告文学奖获得者王剑冰老师在百忙之中为本书写的推荐语，这对我来说是莫大的鼓舞。王剑冰老师在当代中国散文界是一位极具影响力的散文大家。他的散文《绝版的周庄》入选上海高中语文课本，并被刻碑于周庄。王剑冰老师被周庄授予荣誉镇民的称号；《喧嚣中的足迹》被中国现代文学馆和宁波天一阁藏书楼收藏。感谢著名散文家、百花文学奖获得者傅菲老师为新书写的推荐语。傅菲老师是近年来迅速崛起的散文名家，他写了大量关于乡村、生态、自然等，出版了散文专著三十余本，2006 年被网络媒体称为“傅菲年”，可以说我后来的散文创作也受到了他的影响，他出版的每一本散文集我都买来读，后来在一位作家朋友的介绍下，有了他的微信，便有了更为真切的交流。我在他的身上感受到了贴近大地的写作迸发出的无穷力量。傅菲兄的写作给我树立了榜样，傅菲是我们这个时代可贵的“山乡巨变”记录者与人民书写者。更要感谢为本书作序的著名军旅作家张子影老师，她出版了一系列有影响力的军旅题材的文学作品。张子影老师工作和写作任务繁重，还身兼多项社会事务，感谢她在百忙之中抽出时间为本书写序。这些前辈的鼓励将化为我前行的动力。

“故国不堪回首月明中”。至今我依然保持半个月或者一个月带着妻儿开车回一次老家，回去看望父母，看望故乡的山水万物；依然保持着有空在老家的河边和山上漫无目的散步、拍照，和乡亲们闲聊。对我来说，这就是我与故乡之间的交流，与故乡山川河流、自然万物的一种对话。在幽静的山梁上，我与故乡亲密无间，“于无声处听惊雷”。

2022 年春于汉江河畔